AVANT MOI

Dans la collection **Empreinte**
dirigée par Marie-Pierre Bay

La Logique du vampire, *par Adelaida García Morales*
Douleurs exquises, *par Shûsaku Endô*

A paraître :

Un bon flic, *par Jerome Charyn*
Le Mariage de Sachiko, *par Clive Collins*
Shirobamba, *par Yasushi Inoué*

JULIAN BARNES

Avant moi

roman
traduit de l'anglais par Michel Courtois-Fourcy

Titre original :

BEFORE SHE MET ME
(Jonathan Cape, Londres)
ISBN 0 330 30005 9

Pour Pat

L'homme se trouve dans la désagréable situation de se voir octroyer par la nature trois cerveaux qui, malgré une grande différence de structure, doivent fonctionner ensemble et communiquer entre eux. Le plus ancien est fondamentalement reptilien. Le deuxième nous vient des mammifères inférieurs et le troisième, héritage des mammifères les plus évolués, a fait de l'homme ce qu'il est précisément. Si nous nous permettons une image à propos de ces cerveaux à l'intérieur d'un seul, nous pouvons dire que lorsque le psychanalyste exige du patient de s'allonger sur son divan il lui demande aussi d'y étendre un cheval et un crocodile.

PAUL D. MACLEAN,
Journal of Nervous and Mental Diseases,
vol. CXXXV n⁰ 4, octobre 1962.

Il vaut mieux encore être marié qu'être mort.

MOLIÈRE.
Les Fourberies de Scapin,
acte I, scène 4.

1. Trois costumes et un violon

La première fois que Graham Hendrick surprit sa femme en flagrant délit d'adultère, il s'en moqua éperdument. Il se mit même à rigoler doucement. Il ne lui serait certes pas venu à l'esprit de tendre la main pour couvrir les yeux de sa fille.

Bien entendu, c'était un coup de Barbara. Barbara, sa première épouse, par opposition à Ann, sa deuxième femme, celle qui précisément était en train de se livrer à l'adultère. Évidemment, à l'époque, il ne pensait pas encore qu'il s'agissait d'adultère. Aussi, toute réaction du genre « pas devant » n'était pas de mise. D'ailleurs, la chose se passait pendant cette période que Graham aimait appeler les jours de miel.

Les jours de miel avaient commencé le 22 avril 1977, à Repton Gardens, à l'instant où Jack Lupton l'avait présenté à une jeune parachutiste. Il en était, à ce moment-là, à son troisième verre de la soirée, malheureusement l'alcool ne l'aidait jamais à se détendre. Aussitôt que Jack l'eut présenté à la fille, quelque chose clignota dans sa tête et effaça automatiquement son nom. C'est

toujours ce qui se passe au cours des fêtes. Quelques
années plus tôt, histoire de voir, Graham avait tenté de
répéter le nom des gens à qui il serrait la main. « Bonjour
Rachel », disait-il, « Salut Lionel », « Bonsoir Marion ».
Malheureusement les hommes ont alors tendance à vous
croire homosexuel et vous regardent l'air perplexe, quant
aux femmes, elles vous demandent poliment si vous ne
seriez pas par hasard un peu snob. Graham avait rapidement renoncé à cette manière de faire et accepté d'avoir
de nouveau honte de son cerveau.

Lors de cette tiède soirée d'avril, Graham, appuyé à la
bibliothèque de Jack, à l'écart du tumulte gazouillant et
de la fumée, avait regardé poliment cette jeune femme,
encore anonyme, aux cheveux blonds, proprement mis en
plis, et au corsage à rayures multicolores, qui, pour ce qu'il
en savait, devait probablement être en soie.

« C'est une vie extrêmement intéressante, non ?
– Oui, effectivement.
– Vous devez... voyager énormément.
– Oui, bien sûr...
– Faire, je suppose, des démonstrations. » Il l'imaginait
culbutant là-haut dans le ciel, tandis qu'une fumée écar-
late s'échappait en sifflant d'une boîte métallique, atta-
chée à l'une de ses chevilles.

« A vrai dire, ce genre de choses est confié à un autre
service. » (De quel service, ciel, pouvait-il s'agir ?)

« Ce doit être dangereux, non ?
– Pardon ? Vous voulez dire... le vol ? » Vraiment
surprenant, s'était dit Ann, que les hommes aient si
souvent peur de l'avion. Cela ne la gênait nullement, elle.

« Non, non pas le vol, la suite, le saut. »

Ann pencha la tête sur son épaule, d'un air interroga-
teur.

« Le saut. » Graham posa son verre sur une étagère et agita les bras. Ann accentua le mouvement de sa tête en direction de son épaule. Graham saisit alors le bouton central de sa veste et tira dessus d'un coup sec vers le bas d'un geste martial.

« Ah, fit-il finalement, je pensais que vous étiez parachutiste. » Le bas du visage d'Ann esquissa un sourire, puis ses yeux passèrent lentement d'un scepticisme moqueur à un amusement certain. « Jack m'a dit que vous étiez parachutiste », répéta-t-il, comme si cette répétition et l'autorité attribuée à l'informateur rendaient la chose plus vraisemblable. En fait, bien entendu, c'était le contraire qui était vrai. Voilà, sans aucun doute, un autre exemple de ce que Jack appelait « donner un coup de pouce au pince-fesses ».

« Dans ce cas, répliqua-t-elle, vous n'êtes pas historien et vous n'enseignez pas à l'université de Londres.

– Mais non, grand Dieu, dit Graham. Est-ce que je ressemble à un universitaire ?

– Je ne sais pas à quoi ils ressemblent. Ne ressemblent-ils pas à tout le monde ?

– Bien sûr que non, dit Graham, l'air farouche. Ils portent des lunettes, des vestes brunes en tweed, ont une bosse dans le dos, possèdent des natures mesquines et jalouses et s'aspergent tous, sans exception, d'Old Spice. » Ann lui jeta un coup d'œil. Il portait des lunettes et avait une veste brune en velours.

« Je suis neurochirurgien, dit-il. Enfin, pas encore, mais je fais mon chemin. On doit pratiquer sur d'autres parties du corps d'abord, ça va sans dire. Je travaille pour le moment sur les épaules et le cou.

– Ce doit être intéressant, dit-elle, ne sachant trop

jusqu'à quel point il ne fallait pas le croire. Ce doit être difficile aussi, ajouta-t-elle.

– C'est difficile. » Il déplaça ses lunettes sur son nez, les poussant légèrement de côté, avant de les remettre exactement où elles étaient auparavant. Graham était grand, avec un visage long, taillé à la serpe et des cheveux châtains qui semblaient grisonner au hasard, comme si quelqu'un les avait saupoudrés de poivre et sel. « C'est également dangereux.

– Je m'en serais douté. » Pas étonnant que ses cheveux soient dans cet état.

« La partie la plus dangereuse, expliqua-t-il, c'est le vol. »

Elle sourit ; il sourit. Non seulement elle était jolie, mais elle était également amicale.

« Je suis acheteuse professionnelle, dit-elle. J'achète des vêtements.

– Je suis prof, dit-il, j'enseigne l'histoire à l'université de Londres.

– Et moi je suis un magicien, dit Jack Lupton, qui déambulait à portée de voix et qui, maintenant, inclinait sa bouteille. J'enseigne la magie à l'université de la vie. Un peu de vin ou un peu de vin ?

– Fiche le camp, Jack », lui dit Graham fermement. Et Jack s'était éloigné.

En regardant en arrière, Graham pouvait voir maintenant avec une clarté insistante à quel point sa vie était délabrée à l'époque. A moins, bien entendu, que toute clarté insistante au niveau du souvenir ne puisse provoquer que déception. Il avait trente-huit ans alors, était marié depuis quinze ans, avait depuis dix ans le même travail et se trouvait à mi-chemin d'un emprunt logement.

Au milieu de sa vie également supposait-il. A vrai dire, il commençait déjà à sentir la pente de l'autre versant. Bien entendu, Barbara n'aurait pas vu les choses ainsi, et, de toute évidence, il ne les lui aurait pas exprimées de cette manière. C'était peut-être en partie ça, l'ennui. Il aimait encore beaucoup Barbara à l'époque, même si depuis plus de cinq ans il ne l'aimait plus réellement. Il n'éprouvait plus aucun orgueil à être avec elle ni ne ressentait le moindre intérêt dans leurs relations. Il aimait aussi beaucoup sa fille, Alice. Cependant, à sa propre surprise, elle n'avait jamais provoqué chez lui de profondes émotions. Il était heureux lorsqu'elle réussissait en classe, mais il se demandait si ce contentement était réellement très différent du pur soulagement qu'il éprouvait à savoir qu'elle n'avait pas échoué. Comment être vraiment sûr de ce genre de choses ? Il appréciait son propre travail, mais d'une manière un peu négative également. Il l'aimait d'ailleurs un peu moins chaque année, étant donné que ses étudiants étaient de plus en plus ignares, paresseux sans remords, polis mais insaisissables.

Durant ces quinze années de mariage, il n'avait jamais trompé Barbara. Certes parce qu'il pensait que ce n'aurait pas été bien, mais aussi, supposait-il, parce qu'il n'avait jamais réellement été tenté (quand certaines de ses étudiantes essayaient de l'allumer, en croisant haut leurs jambes, il réagissait en leur donnant les sujets les plus difficiles, elles disaient qu'il était un lapin froid). De la même manière il n'avait jamais pensé à changer de travail et doutait fort qu'il puisse en trouver un ailleurs qui lui parût aussi facile à faire. Il lisait énormément, s'occupait de son jardin, faisait des mots croisés et protégeait sa propriété. A trente-huit ans, il avait vaguement l'impression d'être déjà à la retraite.

Mais lorsqu'il rencontra Ann – non pas à cette soirée à Repton Gardens mais plus tard, après qu'il se fut résolu à l'inviter à sortir avec lui – il eut l'impression qu'une ligne de communication avec lui-même, coupée depuis plus de vingt ans, avait brusquement été rétablie. Il se sentait de nouveau capable de folie, d'idéalisme. Il avait également l'impression que son corps s'était remis à vivre. Par cela, il ne signifiait pas seulement qu'il reprenait un grand plaisir à faire l'amour (même si c'était également ce qu'il voulait dire), mais aussi qu'il avait cessé de se voir uniquement comme un cerveau logé dans une sorte de boîte. Depuis au moins un dizaine d'années, il s'était de moins en moins servi de son corps. Le lieu de tous ses plaisirs et de ses émotions, qui avaient semblé autrefois atteindre les limites mêmes de sa peau, avait battu en retraite dans les minuscules espaces du centre de sa tête. Toutes les choses auxquelles il attachait de la valeur se trouvaient logées entre ses oreilles. Bien entendu, il entretenait son corps, mais avec la même sorte d'intérêt muet, imperturbable, qu'il montrait pour sa voiture. Les deux choses devaient être alimentées et lavées à intervalles variables. L'une et l'autre, à l'occasion, se détraquaient, mais pouvaient généralement être réparées avec facilité.

893 - 8013. Comment s'y était-il pris pour avoir le culot de faire cet appel ? Au fond, il le savait : il avait rusé avec lui-même. Il s'était assis, un matin, à son bureau, avec une liste de numéros à appeler et avait intercalé « son » numéro au beau milieu. En plein cœur de marchandages mesquins à propos d'emploi du temps, et de marques d'intérêt résigné de rédacteurs en chef de revues savantes, il s'était trouvé confronté à « sa » sonnerie. Il n'avait pas

demandé à qui que ce soit (c'est-à-dire à aucune femme)
de déjeuner avec lui (pour un déjeuner autre que professionnel) depuis des années. Cela ne lui avait jamais
semblé... approprié. Pourtant, il n'avait eu qu'à dire son
nom, à s'assurer qu'elle se souvenait de lui et à lui poser
la question pour qu'elle accepte. Bien plus, elle avait été
d'accord pour le premier jour qu'il avait suggéré. Ça lui
avait plu, ça lui avait donné confiance, de sorte qu'il avait
gardé son alliance durant le déjeuner. Il avait, à un
moment donné, pensé à l'enlever.

Et les choses avaient progressé de cette manière extrêmement directe. Lui ou elle disait : « Pourquoi ne fe... » et
elle ou lui répondait : « Oui » ou « Non », et la décision
était prise. Aucune de ces sortes de suppositions à propos
des motifs réels que le mariage avec Barbara avait mis à
la mode. Tu ne veux pas vraiment dire ça, n'est-ce pas
Graham ? Quand tu dis x, au fond tu veux dire y, hein,
Graham ? Vivre avec toi c'est comme jouer aux échecs
contre quelqu'un qui aurait deux rangs de cavaliers,
Graham. Un soir, dans la septième année de leur mariage,
après un dîner pratiquement sans tension, alors qu'Alice
était allée se coucher et qu'il se sentait aussi apaisé, aussi
heureux qu'il lui avait semblé alors possible, il avait dit à
Barbara, en n'exagérant que légèrement :

« Je me sens réellement heureux. »

Et Barbara, qui chassait les dernières miettes traînant
sur la table du dîner, avait pivoté sur ses talons, levé ses
mains gantées de caoutchouc rose, vaguement humides et,
comme si elle était un chirurgien s'immobilisant au cours
d'une opération, elle avait répondu : « A quoi cherches-tu
à te dérober ? »

Ils avaient échangé ce genre de propos, aussi bien avant
qu'après cette scène, mais ce dialogue lui était resté dans

l'esprit. Peut-être parce qu'il n'avait aucunement tenté de
se dérober à quoi que ce fût. Par la suite, il s'était surpris
à marquer un temps d'arrêt avant de dire à sa femme qu'il
l'aimait ou qu'il était heureux, ou que tout allait bien.
D'abord, il se posait cette question : Y a-t-il quelque chose
là-dedans qui puisse autoriser Barbara à penser que je
veux me défiler si je me risque à lui dire ce que je ressens ?
S'il n'y avait rien à craindre, il se permettait alors de
formuler sa pensée. Bien entendu, cela nuisait quelque peu
à la spontanéité.

En l'aidant à retrouver spontanéité et franchise, à
rétablir les lignes de communication avec son propre
corps, Ann l'avait initié non seulement au plaisir (beaucoup d'autres auraient pu le faire) mais également à la
complexité de ses approches, à ses ravissements labyrin-
thiques. Elle réussit même à lui rafraîchir la mémoire des
moments de plaisir. La forme de cette initiation était
invariable : d'abord il s'agissait d'une prise de conscience
lorsqu'il voyait Ann faire certaines choses (par exemple
manger, faire l'amour, parler, ou même simplement se
tenir debout ou marcher) ; puis suivait une période
d'imitation destinée en quelque sorte au rattrapage, jusqu'à ce qu'il se sente tout à fait à l'aise en face de ce plaisir
particulier ; enfin, il éprouvait une gratitude mêlée (il ne
comprenait pas tout d'abord comment cela était possible)
de ressentiment et d'un vague écœurement. Quelle que fût
sa gratitude envers elle pour ce qu'elle lui apprenait, alors
même qu'il s'émerveillait de ce qu'elle l'ait découvert la
première (sans cela comment l'aurait-il jamais appris ?) il
éprouvait néanmoins parfois une sorte de contrariété, de
nervosité résiduelle à l'idée qu'Ann en fût arrivée à ce
point avant lui. Après tout, il avait sept ans de plus qu'elle.
Au lit, par exemple, sa décontraction assurée lui semblait

souvent révéler (critique moqueuse presque) sa propre maladresse faite de prudence et d'embarras. « Holà, arrête, attends-moi », pensait-il. Et à d'autres moments, avec même plus de ressentiment : « Pourquoi n'as-tu pas appris ça avec moi ? »

Ann était consciente de cette situation – elle avait fait en sorte que Graham la rende consciente aussitôt qu'elle avait pressenti la chose – mais cela n'apparaissait pas comme une menace. Il suffisait d'en parler pour dissiper le malaise. D'ailleurs, il y avait de nombreux domaines dans lesquels Graham était bien plus savant qu'elle. Elle était, par exemple, totalement ignare en histoire. Les informations, pour elle, étaient inintéressantes, parce qu'elles étaient inévitables, immuables. La politique l'ennuyait, en dehors du frisson de joueuse qu'elle éprouvait au moment du budget et celui, un peu plus prolongé, qu'elle ressentait lors des élections. Elle parvenait, tant bien que mal, à citer le nom des membres les plus importants du gouvernement, malheureusement elle était généralement en retard d'un cabinet.

Elle aimait voyager, alors que Graham y avait presque renoncé (c'était une des activités qui prenaient place principalement entre ses oreilles). Elle aimait l'art moderne et la musique ancienne ; elle haïssait le sport et le shopping. Elle aimait manger et lire. Graham trouvait la plupart de ses goûts justifiés et plutôt agréables. Elle avait aimé le cinéma – elle avait d'ailleurs tenu de petits rôles dans un certain nombre de films – mais ne voulait plus maintenant s'y intéresser, ce qui n'était pas pour déplaire à Graham.

Quand Ann l'avait rencontré, elle n'était pas en quête d'homme. « J'ai trente et un ans », avait-elle répondu peu avant à un oncle soucieux, qui regardait avec trop d'insistance l'annulaire de sa main gauche : « Je ne suis pas au rancart et je ne me suis pas mise en chasse. » Elle ne s'attendait plus, bien sûr, à ce que chaque soirée, chaque dîner lui révèle le partenaire idéal ou même un compagnon possible. De plus, elle avait déjà compris la disparité déconcertante et comique entre projets et résultats. On désire une aventure brève, aux contacts réduits et l'on s'entiche de la mère. On le pensait bon, mais certes pas lâche et l'on découvre un égoïsme inflexible, derrière une apparence modeste et serviable. Ann ne se pensait pas désabusée ou (comme certaines de ses amies le croyaient) peu chanceuse. Elle se trouvait simplement plus avisée et réfléchie qu'à ses débuts. Jusqu'ici, se disait-elle, alors qu'elle constatait autour d'elle les pénibles ménages à trois, les avortements baignés de larmes et les liaisons minables et mesquines auxquelles se prêtaient quelques-unes de ses amies, je m'en suis plutôt tirée sans trop de casse.

C'était un bon point en faveur de Graham qu'il ne soit pas particulièrement beau. Ann se disait que ça le rendait plus authentique. Qu'il soit ou non marié, cela n'avait guère d'importance. Les amies d'Ann décrétaient qu'après trente ans, on ne pouvait rencontrer que des hommes (à moins de les prendre au berceau) homosexuels, mariés ou psychotiques. De toute évidence, les hommes mariés étaient encore les mieux. Sheila, la plus chère amie d'Ann, soutenait que de toute façon les hommes mariés étaient préférables aux célibataires, parce que leur odeur était plus agréable. Les épouses s'occupaient de porter leurs costumes à la blanchisserie, alors que les vestes des célibataires, déclarait-elle, puaient le tabac et la sueur.

La première fois qu'elle avait eu une liaison avec un homme marié, Ann avait été quelque peu troublée. Elle se

sentait sinon un voleur, du moins un escroc. Mais cette
impression n'avait guère duré et maintenant elle soutenait
que si les mariages se terminaient en eau de boudin, ce
n'était guère sa faute, n'est-ce pas ? Si les hommes cava-
laient, c'était parce qu'ils en avaient envie. Si l'on s'en
tient à une position de principe, épaule contre épaule avec
toutes nos compagnes, cette attitude ne changera en rien
les choses. On n'obtiendra aucun remerciement pour nos
vertus négatives. L'époux volage ira bientôt rejoindre
quelque coureuse et l'épouse ne sera jamais au courant de
votre support silencieux. Donc, lorsqu'elle s'assit pour
déjeuner avec Graham la première fois et qu'elle remarqua son alliance, elle pensa seulement : Eh bien, ça
m'évite de lui poser la question. C'était toujours un
moment difficile quand il fallait se livrer à cette sorte
d'interrogatoire. Parfois, ils supposent qu'on a envie
d'entendre un mensonge, et c'est ce qu'ils font. Si bien
qu'on a sur le bout de la langue des commentaires
sarcastiques et inutiles du genre : « Vous êtes drôlement
doué pour le repassage. »
    A la fin de ce qui ressemblait surtout à un repas
d'affaires, Graham se pencha vers elle et, à cause de sa
nervosité, oublia de ponctuer ses deux phrases :
    « Aimeriez-vous qu'on déjeune de nouveau ensemble à
propos je suis marié. » Elle sourit et répondit simplement :
« Oui bien sûr. Merci de m'en informer. »
    A la suite du deuxième déjeuner, après quelques verres
de plus, il l'aida à enfiler son manteau avec un certain
empressement, lissant l'étoffe à la hauteur des omoplates,
comme si le tissu s'était mis brusquement à avoir des faux
plis. Ann raconta cet épisode à Sheila et lui dit qu'il
s'agissait là des seuls contacts physiques qu'ils aient eus

après trois rendez-vous. Son amie fit alors le commentaire suivant :

« Peut-être qu'en plus d'être marié il est pédé. » A quoi Ann se surprit elle-même en répondant :

« Peu importe. »

Peu importait en effet. Ou plutôt cela n'aurait eu aucune importance, pensait-elle. Mais en temps utile, après un laps de temps à l'ancienne (et aussi après avoir émis un nombre suffisant de signaux pour faire changer de cap une armada) elle découvrit que Graham n'était nullement homosexuel. Tout d'abord, ils firent l'amour un peu comme si c'était vaguement une obligation sociale, puis, peu à peu, ils commencèrent à le faire à des intervalles qu'ils considéraient comme proches de la normale et avec des motivations plus naturelles. Au bout de trois mois, Graham inventa une conférence à Nottingham, de sorte que les amants purent passer le week-end à parcourir des villes d'eaux noircies par la fumée et de soudaines étendues de landes, délimitées par des murs de pierres sèches. Sans se le dire, ils s'inquiétaient de ce qui pourrait arriver si Barbara téléphonait à l'hôtel et découvrait qu'elle, Mrs. Graham Hendrick, était déjà sur les lieux. Chacun de leur côté, ils décidèrent que la prochaine fois il leur faudrait prendre deux chambres séparées, sous leur propre nom.

Ann ne fut pas peu surprise en découvrant, petit à petit, qu'elle était amoureuse de Graham. Celui-ci ne lui avait pas paru être le candidat évident : il était nerveux, agité, cognait les pieds des tables dans les restaurants, au moment de partir. Jusque-là, les hommes qu'elle avait failli aimer étaient paisibles et détendus. Il lui semblait aussi que Graham était un intellectuel, même si elle découvrit rapidement qu'il détestait parler de son travail et paraissait bien plus intéressé par le sien. Tout d'abord, en le voyant remonter ses lunettes sur son nez, alors qu'il se penchait sur le numéro en français du prêt-à-porter de *Vogue*, il lui apparut comique et même légèrement menaçant, mais puisque en fin de compte il ne montrait aucun désir de la voir l'accompagner à la bibliothèque Colindale pour l'aider à collationner les récits divergents sur l'entre-deux-guerres au cours des grèves et des manifestations, elle cessa de se tracasser.

Elle se sentait à la fois plus vieille et plus jeune que lui. Parfois, elle s'apitoyait sur l'étroitesse de la vie passée de son amant, tandis qu'à d'autres moments elle se sentait démontée à l'idée qu'elle ne saurait jamais autant de choses que lui, ne serait jamais capable d'argumenter avec la logique et la rectitude qu'elle percevait chez lui. A l'occasion, couchée dans leur lit, il lui arrivait de penser au cerveau de Graham. En dessous de ce revêtement de cheveux poivre et sel, y avait-il un contenu différent de celui qui se trouvait sous ses propres cheveux, parfaitement mis en plis (et légèrement teints) de jeune femme blonde ? Découvrirait-on, en lui ouvrant le crâne, une structure différente et immédiatement perceptible ? S'il avait été réellement neurochirurgien, peut-être aurait-il été capable de lui répondre.

Lorsque leur liaison eut duré six mois, il devint urgent d'en informer Barbara. C'était nécessaire, non pas tellement pour elle, mais pour eux. Ils prenaient bien trop de risques, il était donc préférable de lui en parler au moment de leur choix, plutôt que de se voir obligés à une confession après une période de suspicion qui risquait de se révéler pénible pour elle et pleine d'autoculpabilité pour eux. Ce serait également moins choquant, moins insupportable pour Barbara. C'était en tout cas ce qu'ils se répétaient.

De plus, Graham détestait aller aux toilettes lorsqu'il avait envie de regarder la photographie d'Ann.

Pourtant, il se dégonfla à deux reprises. La première fois parce que Barbara se trouvait dans un de ses rares accès de bonne humeur et qu'il ne supportait pas l'idée de la blesser à ce moment-là ; la seconde, parce qu'elle était pleine d'une hostilité fougueuse et qu'il ne voulait pas qu'elle pense qu'il lui faisait cette révélation, à propos d'Ann, uniquement par vengeance. Il voulait que cettte mise au point soit sans équivoque.

Finalement, il s'en remit à la lâcheté, il passa une nuit entière avec Ann. Ce n'était pas prévu, mais ils s'endormirent après avoir fait l'amour et quand Ann, prise de panique, le réveilla avec une petite tape, il pensa brusquement : Mais pourquoi ? Pourquoi devrais-je rouler dans le froid pour m'allonger près d'une épouse que je n'aime pas ? Donc, il se retourna et laissa un sommeil, moralement neutre, transmettre l'information.

A l'heure où il arriva à la maison, Alice aurait dû normalement être déjà partie pour l'école, pourtant elle était encore là.

« Papa, n'est-ce pas que je peux aller à l'école aujourd'hui ? »

Graham haïssait les instants comme celui-ci. Il se tourna vers Barbara, prenant conscience qu'il ne pourrait plus jamais dorénavant la regarder tout à fait de la même manière, si immuable, si inaltérable fût-elle, avec ses petites boucles de cheveux noirs, son joli visage joufflu et le trait turquoise de son eye-liner. Elle ne laissait rien paraître et le fixait, le visage aussi impassible que s'il avait été un des présentateurs du journal télévisé.

« Hum », fit-il en regardant de nouveau Barbara, sans

pour autant trouver le moindre signe d'encouragement.

« Hum, je ne vois pas pourquoi tu n'irais pas.

– Nous avons un examen d'histoire aujourd'hui, papa.

– Alors tu dois y aller. »

Le sourire de satisfaction d'Alice ne parvint jamais à son épanouissement.

« Tu dois ? Tu dois ? Quel droit as-tu de parler de devoir ? Allez, vas-y, indique-moi le droit chemin. » La colère de Barbara allongea un visage pourtant rond et rendit angulaires des traits généralement mous.

Graham détestait encore plus les moments comme celui-ci. Il se sentait incapable de batailler avec Barbara. Elle se retranchait toujours avec une extrême audace sur des principes non scientifiques. Avec ses étudiants Graham pouvait parfaitement discuter, calmement, logiquement, en s'appuyant sur une base de faits commune. Avec elle, il n'y avait aucune base de cette sorte ; on n'avait jamais l'impression de commencer la discussion (ou plus exactement le système de réprimande à sens unique) au début. On se retrouvait toujours au beau milieu et les accusations qu'il devait parer étaient un tissu fait main, d'hypothèses, d'affirmations, d'imaginations et de méchancetés. Pire encore était le revêtement émotionnel implacable dont elle recouvrait la dispute : le prix menaçant à payer après la victoire féminine pouvait être une haine fracassante, un silence hautain, ou un hachoir à hauteur de nuque.

« Alice, va dans ta chambre en attendant que ta mère et moi réglions ce problème.

– Pourquoi devrait-elle aller dans sa chambre ? Pourquoi ne pourrait-elle pas entendre d'où sortent tes "tu dois" ? Est-ce pour ça que tu as passé la nuit dehors, pour mettre en position tes "tu dois" ? Sans doute reviens-tu ici pour nous présenter une liste de devoirs à exécuter,

n'est-ce pas ? Allons, dis-moi ce que sont mes "obliga-
tions" pour aujourd'hui. »
    Seigneur, déjà sur ses grands chevaux.
    « Est-ce qu'il y a quelque chose qui ne va pas, Alice ?
demanda-t-il doucement.
    – Non, papa.
    – Elle a saigné du nez. Je ne vais pas envoyer une
enfant à l'école qui vient de saigner du nez. Pas à son
âge. »
    Et nous y voilà. « Pas à son âge » – qu'est-ce que cela
signifie ? Y a-t-il des âges auxquels on peut envoyer sa fille
qui saigne du nez à l'école, ou est-ce que Barbara tirait
purement et simplement un chèque sur son compte en
banque suisse de raisons « féminines » afin de pouvoir faire
ou ne pas faire certaines choses ? Est-ce que tout cela était
relié au domaine réservé des mères et des filles, duquel
Graham avait été évincé rituellement, deux ou trois ans
plus tôt ? Est-ce que ce « saignement » n'était pas un
euphémisme ?
    « Ça va bien maintenant. » Alice avait levé son visage
jusqu'à ce que ses narines soient dirigées vers son père.
Même sous cet angle les trous de nez restaient dans
l'ombre. Graham se demandait s'il devait se pencher pour
les examiner. A vrai dire, il ne savait que faire.
    « Alice, c'est une habitude dégoûtante », coupa Bar-
bara, rabaissant sèchement d'une tape la tête de sa fille.
« Va dans ta chambre et allonge-toi. Si tu te sens mieux
dans une heure, je te ferai un mot pour que tu puisses
reprendre tes cours. »
    Graham se rendait compte de son inaptitude à partici-
per à cette sorte de dispute. D'un seul mouvement,
Barbara avait raffermi son autorité sur sa fille, s'était
assurée qu'elle resterait à la maison, pour servir de témoin

occulte au procès du père délinquant, et de plus s'était octroyé un rôle de futur libérateur, renforçant ainsi l'alliance fondamentale contre lui. Mais comment s'y prenait-elle donc ?

« Eh bien », lança Barbara, plus comme une affirmation que comme une interrogation, juste un peu avant qu'Alice ne referme la porte de la cuisine. Graham ne répondit pas. Il prêtait l'oreille aux pas de sa fille dans l'escalier. Mais il n'entendit que :

« Hiiiiiiiiiiiiiiiiiiiiiiiiiiiii.

– ... »

La seule technique que Graham avait pu apprendre en quinze ans de mariage était de laisser passer la première douzaine d'accusations avant d'entrer dans la bataille.

« Graham, qu'est-ce que ça signifie de passer la nuit dehors sans m'avertir, et de rentrer à la maison à sept heures du matin pour essayer de m'imposer tes diktats ? »

Et en voilà quatre. Graham sentait qu'il commençait déjà à se détacher de cette maison, de Barbara et même d'Alice. Si sa femme éprouvait la nécessité de jouer à des jeux compliqués pour s'assurer de la complicité d'Alice, il était clair alors qu'elle avait besoin d'elle bien plus que lui.

« J'ai une liaison. Je vais te quitter. »

Barbara le regarda comme si elle ne le reconnaissait pas. Il avait même cessé d'être un présentateur à la télévision, c'était maintenant une sorte de bandit. Elle garda le silence. Il sentait que c'était à lui de parler, mais il n'y avait pas grand-chose à ajouter.

« J'ai une liaison. Je ne t'aime plus. Je vais te quitter.

– Sûrement pas. J'y veillerai. Si tu essaies, je me mettrai en rapport... en rapport avec l'administration de ton université. »

Évidemment, elle ne pouvait penser qu'à ça. Pour elle,

la seule personne avec qui il pouvait avoir une liaison était obligatoirement une étudiante. Cela prouvait l'incroyable étroitesse de son esprit. Cette constatation raffermit sa confiance.

« Ce n'est pas une étudiante. Je vais te quitter. »

Barbara se mit à crier, vraiment très fort, mais Graham ne pouvait la prendre au sérieux. Quand elle s'arrêta, il dit simplement :

« Je pense que tu as déjà Alice de ton côté sans te sentir obligée de faire ce genre de démonstration. »

Barbara recommença à crier, tout aussi fort, et un peu plus longtemps. Graham ne se sentait nullement touché, mais plutôt content de lui. Il avait envie de partir. Il allait partir. Il allait aimer Ann. Non, il aimait déjà Ann. Il allait continuer à aimer Ann.

« Attention, ton numéro peut produire le contraire de ce que tu attends. Je vais à l'université maintenant. »

Ce jour-là il fit trois cours sur Baldwin sans éprouver le moindre ennui, malgré l'aspect répétitif de son enseignement, et les banalités débitées par des étudiants pleins de bonne volonté. Il téléphona à Ann pour lui dire de l'attendre ce soir. A l'heure du déjeuner, il acheta une grande valise, un tube de pâte dentifrice, un fil dentaire et un gant de toilette aussi épais qu'une peau d'ours. Il avait l'impression de partir en vacances. Oui, ce seraient des vacances, de longues d'interminables vacances, avec, qui plus est, des vacances à l'intérieur de vacances. Cette pensée le fit se sentir un peu fou. Il retourna au drugstore et s'acheta un rouleau de pellicules.

Il rentra chez lui à cinq heures et monta directement au premier étage, sans chercher à voir sa femme ni sa fille. Grâce au téléphone de la chambre à coucher placé près du lit, il appela un taxi. Au moment où il raccrochait,

Barbara entra dans la pièce. Il ne dit rien, mais ouvrit simplement sa valise neuve, bien à plat sur le lit. Ils regardèrent l'un et l'autre à l'intérieur : l'orange agressif du rouleau de pellicule Kodak leur sauta au visage.

« Tu ne prends pas la voiture.

– Je n'ai pas l'intention de prendre la voiture.

– Tu ne prends rien du tout.

– Je ne prendrai rien du tout.

– Tu prends absolument tout. Absolument *tout*, tu m'entends ? » Graham continuait de mettre des vêtements dans sa valise.

« Je veux les clefs de la porte d'entrée.

– Tu peux les avoir.

– Je vais changer les serrures. » (Alors, pourquoi prendre la peine de demander les clefs, se dit Graham, sans conviction.)

Barbara quitta la pièce. Graham continua de ranger ses vêtements, son rasoir, une photographie de ses parents, une autre de sa fille, puis se prépara à fermer la valise. Elle n'était qu'à moitié pleine. Tout ce dont il avait envie n'arrivait même pas à remplir une valise. Il se sentait vivifié par cette constatation, soulagé. Il avait un jour lu une biographie d'Aldous Huxley et se souvenait d'avoir été rendu perplexe par la conduite de l'écrivain, lorsque sa maison de Hollywood avait été détruite par un incendie. Huxley avait tranquillement regardé le désastre : son manuscrit, ses carnets de notes, toute sa bibliothèque avaient été réduits à néant sans que leur propriétaire fasse le moindre geste pour s'y opposer. Pourtant, il avait suffisamment de temps pour intervenir, mais tout ce qu'il choisit de sauver étaient trois complets et un violon. Graham, aujourd'hui, en était arrivé à comprendre l'écrivain. Trois complets et un violon. Il regarda sa valise et fut légèrement honteux en constatant sa taille.

Alors qu'il la soulevait, il entendit les vêtements glisser doucement vers les charnières. Ils seraient chiffonnés lorsqu'il arriverait à destination. Il mit la valise dans le couloir et entra dans la cuisine. Barbara était assise près de la table. Il posa devant elle les clefs de la voiture et de la porte d'entrée. De son côté, elle poussa dans sa direction un grand sac en plastique, plein de linge sale.

« Ne crois pas que je vais faire ça pour toi. »

Il fit un signe de tête affirmatif et s'empara du sac.

« Je préférerais dire au revoir à Alice.

– Elle est chez une amie. Elle y passera la nuit. Je lui en ai donné la permission. Une nuit dehors, comme toi, ajouta Barbara, d'un ton las, plutôt qu'agressif.

– Quelle amie ? »

Barbara ne répondit pas. Graham fit de nouveau un petit signe de tête avant de partir. Sa valise dans la main droite et son paquet de linge sale dans la gauche, il remonta l'allée, puis suivit un instant Wayton Drive avant de tourner dans Highfield Grove. C'était là qu'il avait demandé au taxi d'attendre. Il ne voulait pas embarrasser Barbara (peut-être même pensait-il gagner un soupçon de sa sympathie en quittant la maison à pied). Pourtant il préférerait être damné plutôt que d'arriver chez Ann, pour commencer le deuxième épisode de sa vie, dans un moyen de transport en commun.

Le chauffeur de taxi inspecta Graham et ses bagages sans commentaire. Ce départ devait ressembler à une sorte de déménagement à la cloche de bois. Mais Graham se sentait suffisamment sûr de lui pour ne pas donner d'explication. Il se mit à fredonner à l'arrière du taxi. Après un kilomètre environ, il repéra sur le bas-côté une poubelle en planches et demanda au conducteur de s'arrêter. Il se débarrassa alors de son linge sale. On n'arrive pas chez une jolie femme pour vivre des jours de miel avec un sac plein de linge sale. Commencèrent alors les interminables vacances. Graham et Ann passèrent six mois dans l'appartement de la jeune femme, avant de trouver à Clapham une petite maison avec jardin. Barbara prouva de nouveau sa capacité de prendre Graham à contrepied en exigeant un divorce immédiat. Et, bien entendu, pas de ces divorces à l'amiable, aux torts réciproques, elle voulait un divorce à l'ancienne, avec un bon coupable. Devant ses prétentions, Graham resta aussi impassible que Huxley. Il continuerait à rembourser le prêt pour la maison, donnerait une pension régulière, destinée à Alice, et Barbara garderait la voiture et tout ce que contenait la maison. Elle n'acceptait pas d'argent destiné spécifiquement à son entretien, elle ne l'acceptait qu'indirectement. Elle avait, bien sûr, l'intention de travailler. Graham et plus tard le tribunal trouvèrent que ces arrangements étaient justes.

Le jugement de divorce arriva à la fin de l'été 1978 ; Graham avait obtenu pour sa fille un droit de visite hebdomadaire. Peu après, il épousait Ann. Ils passèrent leur lune de miel à Naxos, dans une petite maison badigeonnée à la chaux que possédait un des collègues de Graham. Ils se conduisirent comme la plupart des gens dans leur situation – ils firent beaucoup l'amour, burent de grandes quantités de vin de Samos, regardèrent plus longtemps que nécessaire les pieuvres en train de sécher sur les murets du port – néanmoins Graham ne se sentait pas marié. Il était heureux, mais ne se sentait pas marié.

Après une quinzaine, ils embarquèrent sur un bateau chargé de bétail et de veuves en direction du Pirée, puis sur un autre, plein de retraités et d'universitaires, pour se rendre jusqu'à Venise en longeant la côte Adriatique. Cinq jours plus tard, ils rentraient chez eux. Comme l'avion survolait les Alpes, Graham qui tenait la main de sa femme – élégante, douce, parfaite – se répétait intérieurement qu'il était un homme heureux. C'en était fini pour l'instant avec les vacances à l'intérieur des vacances ; maintenant les vacances ordinaires allaient reprendre. Il semblait qu'il n'y ait aucune raison pour qu'elles s'arrêtent un jour.

Et, alors que les deux années suivantes s'écoulaient, Graham, peu à peu, commença à se sentir marié. Inconsciemment peut-être s'était-il attendu à ce que le déroulement soit le même que la première fois. En épousant Barbara, il avait éprouvé une impérative, même si parfois incohérente, poussée érotique, une sorte de frisson électrisé devant la nouveauté de l'amour, et aussi la vague impression du devoir rempli à l'égard de ses parents et de la société. Cette fois, les accents étaient posés ailleurs : Ann et lui avaient déjà couché ensemble pendant plus d'une année ; l'amour, à la deuxième reprise, le rendait plutôt perplexe et moins ivre. D'ailleurs, certains de ses amis se regimbaient, le tenaient à l'écart, parce qu'il avait abandonné Barbara. D'autres l'incitaient à la prudence : il ne faut jurer de rien, disaient-ils.

Finalement, ce qui donna à Graham l'impression de se sentir marié, fut l'absence de choses négatives. Rien n'arriva qui puisse susciter des craintes ou de la méfiance concernant la manière dont la vie le traitait. Donc, peu à peu, ses sentiments se déployèrent tel un parachute et, après cette première descente inquiétante, brusquement tout se ralentit. Il se retrouva suspendu là, le visage éclairé par le soleil, le sol montant lentement vers lui. Il avait l'impression non pas tellement qu'Ann représentait sa dernière chance, mais qu'elle avait toujours représenté son unique et seule chance. C'est ce qu'on raconte au sujet de l'amour, pensait-il. Maintenant, je vois. A mesure qu'il était plus à l'aise avec l'amour, il devenait aussi plus fasciné par ses propres sentiments et par sa femme elle-même. Les choses lui apparaissaient paradoxalement à la fois plus sûres et plus précaires. Quand Ann était en voyage d'affaires, il s'apercevait qu'elle lui manquait, non pas tant sexuellement que moralement. Quand elle n'était pas là, il se rétrécissait, il se trouvait ennuyeux, devenait stupide et légèrement apeuré. Il ne se sentait plus digne d'elle et se considérait comme un époux juste bon pour Barbara. Lorsque Ann revenait, il se surprenait à l'observer, à l'étudier, bien plus précisément qu'il ne l'avait fait lors de leur première rencontre chez Jack. Parfois cette passion méticuleuse frôlait le désespoir et la folie. Il était jaloux des choses qu'elle touchait. Il méprisait les années qu'il avait passées sans elle, il se sentait frustré à l'idée de ne pouvoir être elle, ne serait-ce qu'un seul jour. A la place, il se livrait à des « duologues » intérieurs, dans lesquels un des rôles était tenu par Ann et l'autre par lui-même. Il obtenait, grâce à ces conversations, la confirmation qu'ils s'entendaient extraordinairement bien. Il ne parlait pas à Ann de cette curieuse habitude, ne voulant pas l'encombrer de détails trop précis à propos de son amour pour elle, au cas... eh bien, au cas où ces précisions pourraient l'embarrasser, au cas où il semblerait demander une certaine réciprocité.

Il se voyait souvent en train d'expliquer sa vie aux passants, à quiconque, réellement, lui aurait porté un intérêt suffisant pour lui poser des questions. Mais jamais personne ne l'interrogeait. C'était probablement plus par politesse que par manque d'intérêt. Néanmoins, Graham avait des réponses toutes prêtes, afin de faire face à n'importe quelle éventualité. Il se les récitait de temps en temps, comme on marmonne un rosaire, un rosaire dans ce cas égrenant des joies éblouies. Ann avait élargi son champ de vision, lui avait rendu les couleurs perdues que tout le monde pourtant a le droit de voir. Pendant combien de temps s'était-il tant bien que mal débrouillé avec uniquement le vert, le bleu et l'indigo ? Maintenant, il en voyait d'autres et se sentait en sécurité, en sécurité existentielle. Une pensée, comme les basses d'un orchestre, lui revenait souvent et celle-ci dans sa nouvelle vie lui apportait un curieux réconfort. Au moins, maintenant, se disait-il, maintenant que j'ai Ann, il est certain que je serai pleuré comme il faut.

2. En flagrant délit

Il aurait dû, certes, se douter de quelque chose bien plus tôt. Après tout, Barbara savait qu'il détestait le cinéma. Il le détestait et elle le détestait aussi. Cela avait été un de leurs premiers liens, lorsqu'ils en étaient encore à se faire la cour vingt ans plus tôt. Ils s'étaient poliment assis pour voir *Spartacus*, se frôlant les coudes par instants d'une manière révélant plus de maladresse que de désir. Par la suite, ils s'étaient avoué que non seulement ils n'avaient pas aimé le film, mais qu'ils n'avaient guère pris de plaisir au concept sous-jacent contigu. Ne pas aller au cinéma avait été une de leurs premières caractéristiques observables en tant que couple.

Et maintenant, selon Barbara, leur fille voulait qu'il l'accompagne voir un film. Il prit brusquement conscience qu'il ignorait complètement si Alice en avait déjà vu un auparavant. Bien sûr que oui, évidemment – à moins que son héritage génétique dans le domaine esthétique ne fût anormalement dominant. Mais, au fond, il n'en savait strictement rien. Cela le rendait triste. Trois ans d'absence et l'on n'était plus au courant de rien du tout. Et cette idée le rendit encore plus triste. Trois ans d'absence et l'on ne se demande même plus si l'on est au courant ou non.

Mais pourquoi Alice voulait-elle aller voir ce film avec lui au Holloway Odeon, cette reprise d'une comédie anglaise qui avait fait un four cinq ans plus tôt ?

« Apparemment une scène de ce film a été tournée à son école », lui répondit d'un ton désinvolte, au téléphone, Barbara. La requête de sa fille, comme toujours, n'était pas faite directement. « D'ailleurs, toutes ses amies y vont.

– Pourquoi ne va-t-elle pas avec elles ?

– Je pense qu'elle a encore un peu peur du cinéma. A mon avis elle sera plus à l'aise avec un adulte. » Non pas parce que c'est toi, mais parce que tu es un adulte.

Graham accepta. C'est ce qu'il faisait presque toujours maintenant.

Quand il arriva à l'Odeon avec Alice, il comprit à quel point il avait été sage de s'abstenir de ce genre de spectacles pendant deux décennies. Le hall sentait l'oignon frit, des oignons que les clients étaient encouragés à tartiner sur leurs hot-dogs, afin de tenir à distance le froid glacial d'un chaud après-midi de juillet. Quant à leurs billets, remarqua-t-il, ils coûtaient aussi cher qu'une selle d'agneau. A l'intérieur, malgré un public clairsemé, l'écran, à cause de la fumée des cigarettes, était à peine visible. Sans aucun doute, parce que les quelques personnes présentes fumaient deux cigarettes à la fois, afin d'imiter je ne sais trop qui dans un film américain que Graham avait résolument décidé de ne pas voir.

Dès le début du film, Graham se souvint d'une multitude de choses qui lui faisaient détester le cinéma. Les gens dissertent sur l'aspect artificiel de l'opéra, mais n'ont-ils jamais réfléchi sérieusement à ces machins ? Couleurs criardes, intrigue ridicule, musique des années 1880, avec un assaisonnement de Copland, et des complications morales dignes de *Bécassine*. Évidemment, *Par-delà la lune* n'était pas un bon exemple du genre, mais, à vrai dire, c'est toujours les mauvais côtés d'un art qu'il faut examiner pour se faire l'idée la plus claire de ses conventions fondamentales.

Quoi qu'il en soit, qui avait pu penser qu'une comédie policière avec pour thème un voleur rondouillard qui se trouve coincé dans une cave à charbon pouvait être une bonne idée ? Et quel lascar, par-dessus le marché, osa inventer un mince détective boiteux, qui courait encore plus difficilement que le voleur rondouillard ? Oh regarde-moi ça, pensa Graham, comme l'une des scènes de poursuites était brusquement projetée en accéléré, avec, pour bruit de fond, un piano de bastringue, ces mecs ont enfin découvert le truc. Ce qui était encore plus décourageant, c'était que les deux douzaines de personnes dans la salle – aucune d'entre elles ne paraissait venir de l'école d'Alice – semblaient rire de bon cœur. Il sentit que sa fille tiraillait sa manche.

« Est-ce qu'il y a quelque chose qui ne tourne pas rond dans le film, papa ?

– Oui, ma chérie, le projecteur est détraqué », répondit-il, ajoutant, lorsque la scène fut finie : « C'est réparé maintenant. »

De temps en temps, il jetait un coup d'œil furtif à Alice, craignant qu'elle ne se passionne pour le cinéma – les enfants de parents qui ne boivent jamais d'alcool aiment descendre de bons petits verres. Mais le visage de sa fille restait sans expression, malgré un léger froncement des sourcils, ce que Graham savait être sa manière à elle d'exprimer son mépris. Il attendait qu'arrive enfin la scène se déroulant à l'école, mais presque toute l'action se passait à l'intérieur. Durant une longue prise de vues d'une ville qui devait être Birmingham (mais que Graham reconnut comme un quartier de Londres) il lui sembla repérer un bâtiment familier au deuxième plan.

« C'est ça ? »

Mais Alice fronça plus fort ses sourcils pour réclamer le silence et faire honte à son père.

Après environ une heure, la piste du voleur obèse amena le détective infirme par le plus grand des hasards à un gangster d'une autre envergure, une sorte d'Italien à petite moustache, paressant dans un fauteuil club, qui exprimait son mépris pour la loi, en tirant lentement sur son cigarillo. Le détective endommagé se mit immédiatement à ouvrir une à une les portes de l'appartement. Dans la chambre à coucher il trouva la femme de Graham. Elle lisait avec, sur le nez, des lunettes noires. Les draps couvraient chastement ses seins, mais le sens implicite, au simple aspect du lit, était clair. Pas étonnant que ce film fût interdit au moins de treize ans.

Tandis que le héros reconnaissait immédiatement une reine de beauté célèbre, et que Graham voyait pour la première fois sa femme décolorée d'une manière outrancière, l'actrice dit, d'une voix suffisamment grave, pour faire penser qu'elle était doublée :

« Surtout pas de publicité. »

Graham laissa échapper un violent ricanement qui l'empêcha d'entendre la réplique du privé à la jambe de bois. Il jeta ensuite un nouveau coup d'œil à Alice et remarqua l'apparition de son froncement de sourcils méprisant.

Pendant les deux minutes que dura la scène, la seconde épouse de Graham joua à la file la surprise, la colère, le mépris, le doute, l'étonnement, le remords, la panique et, une deuxième fois, la colère. C'était l'équivalent, au niveau des émotions, d'une poursuite en accéléré. Elle eut aussi largement le temps de tendre la main vers le téléphone posé sur la table de nuit, permettant ainsi aux vingt-six personnes installées au Holloway Odeon d'avoir, pour ceux dont la vision n'était pas abolie par les deux cigarettes qu'ils fumaient en même temps, un bref aperçu de ses épaules nues. Puis le personnage disparut de l'écran aussi bien, sans aucun doute, que de l'esprit des directeurs de distribution qui s'étaient vus contraints d'assister à la première.

En sortant, Graham souriait encore intérieurement.

« Qu'est-ce que c'était que ça ? demanda-t-il à Alice.

– Quoi, ça ? » répondit-elle avec un sérieux frôlant le pédantisme. Au moins, avait-elle quelque chose de commun avec lui.

« Était-ce cela, l'école, dans cette séquence ?

– Quelle école ?

– Ton école, évidemment.

– Qu'est-ce qui te fait croire que c'était mon école ? »

Ah. Bon bon.

« Je pensais que c'était pour ça qu'on était allés voir ce film, Alice, parce que tu voulais voir ton école.

– Mais non. » De nouveau un froncement de sourcils.

« Est-ce que toutes tes amies ne sont pas allées voir ce film cette semaine ?

– Mais non. »

Ah voilà. Non, bien sûr que non.

« Et que penses-tu du film ?

– À mon avis, c'est une perte de temps et d'argent. On ne nous a même pas emmenés dans un endroit intéressant, comme l'Afrique, par exemple. Le seul passage drôle, c'était quand le projecteur s'est détraqué. »

Pas mal vu. Ils montèrent dans la voiture de Graham et roulèrent prudemment, jusqu'au salon de thé préféré d'Alice, celui de Highgate. Il savait que c'était le favori d'Alice, parce qu'au bout de trois années de dimanches après-midi passés ensemble, ils avaient essayé tous les salons de thé du nord de Londres. Comme toujours, ils prirent des éclairs au chocolat. Graham les mangea avec ses doigts, Alice, avec sa fourchette. Ni l'un ni l'autre n'émirent le moindre commentaire à ce sujet, ni sur aucune des choses qui la faisaient devenir une personne différente de celle qu'elle aurait pu être si son père était resté à la maison. Graham ne pensait pas loyal de parler de ces choses et espérait qu'elle ne les remarquait pas elle-même. En fait, elle les relevait toutes, mais Barbara lui avait appris qu'il n'était pas poli de signaler aux autres leurs mauvaises manières.

Après avoir essuyé ses lèvres avec une serviette – Ne sois donc pas une fille-sarbacane, lui disait parfois sa mère –, elle lança d'un ton neutre :

« Maman m'a dit que tu avais tout particulièrement envie de voir ce film.

– Oh vraiment ? Et t'a-t-elle dit pourquoi ?

– Elle m'a dit que tu voulais voir Ann dans un de... comment c'était déjà... "ses rôles les plus convaincants au cinéma", je crois que c'est ce qu'elle a dit. » Alice le regardait l'air solennel. Graham se sentait furieux, mais il n'y avait aucune raison de s'en prendre à sa fille.

« Je pense que ce doit être une des plaisanteries de ta mère », dit-il. Une de ses plus intelligentes aussi. « Tu sais ce qu'on va faire ? On va nous aussi faire une blague à maman. On va lui dire qu'on a essayé d'aller voir *Par-delà la lune*, mais que c'était bondé, et que du coup, on est allé voir le dernier James Bond. » Il supposait qu'on projetait un nouveau James Bond, comme toujours.

« D'accord », dit Alice en souriant. Et Graham pensa : Elle tient de moi, c'est sûr. Mais peut-être ne pensait-il de cette manière que parce qu'elle était d'accord avec lui. Ils burent quelques petites gorgées de thé, puis Alice dit :

« Ce n'était pas un très bon film, dis, papa ?

— Non, effectivement ce n'était pas très bon. » Un autre silence. Puis il ajouta, sentant vaguement que la question lui était suggérée : « Et que penses-tu d'Ann ?

— Je pense qu'elle est atroce », répondit vivement Alice. Il s'était trompé. Elle tenait bien plus de Barbara. « Elle a tellement l'air d'une... d'une pouffiasse. »

Graham, comme d'habitude, cacha sa réaction à l'enrichissement du vocabulaire de sa fille.

« Elle ne faisait que jouer. » Son ton était conciliant, plutôt que ferme.

« Eh bien, je pense qu'elle le fait fichtrement trop bien. »

Graham jeta un coup d'œil au visage ouvert, agréable, mais encore indéfini de sa fille. Dans quel sens allait-il tourner, se demandait-il. Dans cette curieuse combinaison de joufflu et de pointu qu'il associait maintenant avec Barbara, où dans une sorte d'allongement un peu mou, tolérant, réfléchi qui le caractérisait. Pour l'amour du ciel, il espérait qu'elle ne ressemblerait ni à l'un ni à l'autre.

Ils finirent de boire leur thé et Graham la reconduisit, encore plus lentement que d'habitude, chez Barbara. C'était ainsi qu'il voyait les choses maintenant. Avant, il pensait chez nous, maintenant ce n'était plus que chez Barbara. Et la maison n'avait même pas la pudeur de paraître différente. Graham en voulait à la maison de ne pas s'être fait repeindre, ou quelque chose comme ça, de n'avoir pas trouvé un acte symbolique pour mettre au clair son nouveau statut, mais la maison était, de toute évidence, du côté de Barbara. Elle l'avait toujours été, pensait-il. Chaque semaine, son aspect identique était destiné à lui rappeler sa propre ...quoi exactement, trahison ?

Peut-être. Même si la question de trahison pour Barbara n'était plus aussi épineuse qu'elle continuait à le lui laisser croire. Sa première femme avait toujours été marxiste à propos des émotions, elle trouvait qu'elles ne devaient pas exister simplement pour elles-mêmes, mais devait produire quelque chose si elles voulaient manger. D'ailleurs, elle avait, depuis des années, été bien plus intéressée par sa fille et par sa maison que par son mari. Les gens s'attendaient à ce qu'elle crie au voleur, et elle se rendait à leur attente, sans y croire vraiment elle-même.

C'était le dernier dimanche du mois. Comme d'habitude, Barbara laissa Alice glisser sous son coude puis tendit une enveloppe à Graham. Elle contenait le détail des dépenses supplémentaires du mois, qu'elle pensait devoir être imputées à son ex-mari. A l'occasion, ce serait la facture pour quelques cadeaux aberrants que Barbara jugeait nécessaires de donner à Alice, afin que leur fille puisse surmonter les blessures, impossibles à localiser, que Graham lui avait infligées par son départ. Cette revendication ne pouvait être ignorée. Un chèque désabusé en était la conclusion.

Graham enfonça l'enveloppe dans sa poche sans faire de commentaire. Normalement, le dimanche suivant, il rendait une autre enveloppe qu'on acceptait aussi silencieusement. Les problèmes étaient réglés le jeudi soir, au téléphone. On lui permettait aussi à cette occasion de parler à Alice, entre cinq et dix minutes, selon l'humeur de son ancienne épouse.

« Pris plaisir au film ? » demanda d'un ton neutre Barbara. Elle était jolie et soignée, ses boucles noires bien coiffées, récemment lavées. C'était son air on-sort-et-on
- s'amuse - flûte, qui s'opposait à celui du martyre - de - la
- ménagère - accablée - et - de - la - cruauté - d'élever - un - enfant - seule - merde - alors. Graham, en gros, ressentait la même indifférence en face de ces deux masques. Il éprouvait un manque de curiosité satisfaisant quant à la raison qui l'avait amené un jour à aimer cette femme. Ces cheveux noirs, d'une couleur inhumainement impeccable, ce visage joufflu, insignifiant, ces yeux cherchant à vous rendre coupable.

« Impossible d'entrer, répondit-il du même ton neutre. C'est un de ces cinémas qui se sont divisés en trois. J'imagine que toutes ses copines sont arrivées là avant nous.

– Qu'avez-vous donc fait ?

– Eh bien, on s'est dit, une fois qu'on était là, qu'on pouvait tout aussi bien aller voir autre chose. Donc, on s'est offert le nouveau James Bond.

– Mais bon Dieu, pourquoi ? » lança-t-elle d'une voix plus âpre, plus chargée de reproches qu'il ne l'avait prévu. « Tu vas donner des cauchemars à cette enfant. Franchement, Graham...

– Elle est bien trop raisonnable pour ça.

– Eh bien, à tes risques et périls. C'est tout ce que je peux dire, à tes risques et périls.

– Oui. D'accord. Bon. A bientôt... T'appelle jeudi. »

Il recula vers la porte, comme un vendeur d'encaustique éjecté.

Même les plaisanteries tournaient à l'aigre aujourd'hui avec Barbara. Elle apprendrait, en temps voulu, qu'ils n'avaient pas été voir le film de James Bond – Alice tiendrait sa langue un certain temps et puis lâcherait le morceau, à sa manière vaguement solennelle – mais à ce moment-là Barbara ne regarderait plus la chose comme une simple petite plaisanterie, un renvoi de balle. Pourquoi son ex-femme agissait-elle toujours ainsi à son égard ? Pourquoi avait-il toujours cette sensation en partant ? Oh, et puis merde, pensa-t-il. Et puis merde.

« Visite agréable ?

– Pas mauvaise.

– Chère ? » Ann ne pensait pas à la dépense directe de sortir Alice, mais à celle, indirecte, dont le montant était chiffré dans l'enveloppe. Et peut-être à d'autres frais indirects, également.

« N'ai pas regardé. » Il lança le compte mensuel sur la table basse sans l'ouvrir. Il se sentait toujours déprimé lorsqu'il revenait de la partie ratée de sa vie pour en retrouver le côté positif. C'était inévitable, pensait-il. Et il sous-estimait toujours le talent de Barbara pour le faire se sentir tel un louveteau : l'enveloppe, supposait-il, pouvait tout aussi bien contenir sa carte de patrouille, sur laquelle, même maintenant, son ex-épouse pouvait porter, à l'encre rouge, son appréciation.

Il se rendit à la cuisine où Ann lui préparait déjà un gin-tonic bien tassé, remède qu'elle lui prescrivait ce jour de la semaine.

« T'ai presque surprise en flagrant délit, dit-il en souriant.

– Hein ?

– T'ai presque surprise en flagrant délit aujourd'hui, avec cette espèce de mec, expliqua-t-il.

– Ah ! Lequel ? » demanda-t-elle, n'ayant pas encore deviné la plaisanterie.

« Regard langoureux. Petite moustache. Veste d'intérieur en velours. Cigarillo. Coupe de champagne à la main. Celui-là.

– Ah. Celui-là, dit-elle, toujours dans les limbes. Enrico ou Antonio ? Ils avaient tous les deux de petites moustaches et buvaient du champagne à tout bout de champ.

– Riccardo.

– Oh, Riccardo.» Allez, Graham, viens au fait, pensa-t-elle, arrête de m'énerver.

« Riccardo Devlin.

– Devlin... Seigneur, Dick Devlin. Tu ne veux pas dire quand même que tu as vu *Par-delà la lune* ? Dieu, que c'était mauvais et comme j'étais mauvaise, non ?

– La distribution ne cassait pas les vitres. Et ce n'est pas Faulkner qui s'est attaqué au scénario.

– Je restais là assise dans le lit, en portant de ridicules lunettes de soleil et je disais : "Surtout pas de remue-ménage", ou quelque chose dans le genre. Un rôle vedette.

– Ç'aurait déjà été une amélioration. Non, tu disais : "Surtout pas de publicité."

– Eh bien, je n'en ai eu aucune, crois-moi. Bonnes prévisions. Et j'ai été bien punie d'être une femme facile.

– Hummm.

– Je croyais que tu devais emmener Alice voir un truc où l'on apercevait son école.

– Juste. Sauf que j'ai maintenant des doutes sur l'existence d'un tel film. C'était... eh bien, je suppose que c'était une plaisanterie de Barbara.

– Salope de Barbara. Salope de Barbara.

– Je n'emploierais pas ce mot à son sujet, chérie.

– Non, vraiment. Salope de Barbara. Tu ne peux passer que trois heures par semaine avec cette enfant et elle s'en sert pour se venger de moi.

– Je ne pense pas que ce soit son vrai motif.» Il ne croyait pas ce qu'il venait de dire.

« Qu'est-ce que ça pourrait être d'autre ? Elle voulait juste que tu me voies en train de jouer comme une andouille, pour t'embarrasser devant Alice. Tu sais combien les enfants sont influençables. Maintenant Alice va penser que je ne suis qu'une traînée d'actrice.

– Elle est bien trop raisonnable pour ça.

– Personne n'est raisonnable à son âge. C'est à ça que je ressemble dans ce film. C'est exactement ce qu'elle pensera. "Papa a foutu le camp pour épouser une pute", c'est ce qu'elle dira à ses amies demain, à l'école. "Vos papas sont mariés à vos mamans, mais mon papa à moi est parti. Il a laissé maman et a épousé une pute. Je l'ai vue dimanche. Une vraie pute."» Ann imitait l'air dégoûté de la petite fille.

« Mais non, voyons. Crois même pas qu'elle connaisse ce mot, répondit Graham, sans en être convaincu.

– Eh bien, de toute façon, ça va la marquer, non ? Salope de salope de Barbara », répéta-t-elle cette fois en conclusion.

Graham éprouvait toujours un petit choc lorsqu'il entendait Ann jurer. Il se souvenait toujours de la première fois où c'était arrivé. Ils marchaient le long du Strand, un soir pluvieux, quand brusquement Ann lâcha son bras, s'arrêta, tourna la tête en direction de ses jambes et s'écria : « Bordel. » Elle (ou, sait-on jamais, lui) avait éclaboussé de l'eau sale sur son mollet, sur un seul mollet. C'était tout. Il suffirait de laver le collant et ce n'était, bien sûr, pas douloureux. Il faisait noir, donc personne ne pouvait le remarquer. De plus, c'était la fin et non pas le commencement de la soirée. Néanmoins, elle s'était écriée : « Bordel. » Ils avaient passé une soirée agréable, ils avaient mangé dans un bon restaurant, ne s'étaient pas disputés, avaient trouvé mille choses à se dire. Pourtant, quelques gouttes d'eau suffisaient à déclencher ce « Bordel ». Mais, sapristi, que dirait-elle si quelque chose de réellement sérieux survenait ? Si elle se cassait la jambe ou si les Russes débarquaient ?

Barbara ne jurait jamais. Graham n'avait jamais juré lorsqu'il était avec Barbara. Ça n'allait jamais plus loin que « Bon Dieu », sauf intérieurement, bien sûr. Ce soir-là, tandis qu'ils continuaient à marcher sur le Strand, il l'interrogea doucement :

« Que dirais-tu si les Russes débarquaient ?

— Hein ? Oh, une menace ou une promesse ?

— Non, je veux dire comme tu jures quand tu éclabousses ton collant, je me demande ce que tu dirais si tu te cassais la jambe ou que les Russes débarquent, ou qu'il se passe un truc comme ça.

— Graham, répondit-elle avec circonspection, chaque chose en son temps. »

Ils avaient continué de marcher en silence pendant un moment.

« J'imagine que tu penses que je suis pédant. Je voulais seulement savoir, c'est tout.

— Disons, veux-tu, que tu as mené sans doute une vie particulièrement protégée. »

Ils en étaient restés là pour le moment. Mais Graham ne pouvait s'empêcher de remarquer à quel point, tandis qu'il devenait de plus en plus proche d'Ann, il commençait à jurer abondamment lui-même. Tout d'abord avec hésitation, puis avec soulagement, et même d'une manière bruyamment expansive. Maintenant, il jurait automatiquement, pour ponctuer ses phrases, comme tout le monde. Il supposait que si jamais les Russes débarquaient, les mots justes suivraient eux aussi.

« A quoi ça ressemble de tourner *Par-delà la lune ?* » demanda-t-il à Ann, comme ils faisaient la vaisselle ensemble, ce soir-là.

« Oh, c'était nettement moins drôle que d'autres trucs. Beaucoup de jours de tournage en studio. Petit budget, si bien qu'on devait porter les mêmes vêtements presque tout le temps. Je me souviens qu'ils ont taillé dans le scénario pour que plusieurs scènes se déroulent le même jour, afin de réduire les changements de décors.

– Et comment était ton soupirant italien ?

– Dick Devlin ? C'était un Anglais de l'East End. N'a pas vraiment réussi jusqu'à maintenant à se mettre en vedette. En fait, je crois que je l'ai vu dans une pub pour un after-shave il y a quelques semaines. C'était un gentil garçon, sans grand talent, mais gentil. Ne savait pas jouer. Il se servait uniquement de ce qu'il appelait "le feu de mes prunelles". M'a emmenée un après-midi au bowling, un jour qu'on n'avait pas besoin de nous. Au bowling !

– Et... » Graham, qui essuyait la vaisselle, se détourna et commença à plier les serviettes, afin que, lorsque Ann lui répondrait, elle ne puisse surprendre son regard. « Avez-vous ?

– Oh oui. » D'après la direction de la voix, Graham savait qu'Ann le regardait. « Juste une fois, je crois.

– Rien qu'un petit coup.

– Guère plus. »

Graham lissa les serviettes, ramassa une cuillère à café propre, la porta vers l'évier et la jeta dans l'eau. En même temps, il embrassa Ann à la base du cou, toussota légèrement, puis l'embrassa de nouveau au même endroit.

Il aimait la manière dont elle lui répondait sans détour.

Elle n'était jamais coquette, prude ou évasive. Elle ne se retranchait jamais derrière le : « Tu n'as aucun droit de le savoir. » Elle le lui disait simplement, et voilà tout. Il aimait qu'il en soit ainsi. S'il demandait, on le renseignait ; s'il ne demandait rien, on ne lui disait rien. Simple. Il souleva le plateau avec les tasses de café et se dirigea lentement vers la salle de séjour.

Ann était contente d'avoir renoncé à sa carrière d'actrice au moment où elle l'avait fait, c'est-à-dire quelques mois avant qu'elle ne rencontre Graham. Huit ans étaient nettement suffisants pour qu'elle se rendît compte de la corrélation hasardeuse qui existait entre talent et engagement. Un certain nombre de rôles au théâtre, à la télévision et plus récemment au cinéma l'avaient convaincue que, dans le meilleur des cas, elle n'était pas mal du tout. Ce qui, précisément, n'était pas suffisant pour elle.

Elle avait débattu avec elle-même pendant quelques mois, puis, finalement, avait renoncé. Non pas pour se reposer, mais pour trouver un boulot à plein temps, quelque chose de différent, en se servant intelligemment de l'amitié de Nick Slater pour entrer chez Redman et Gilks. (Ç'avait été drôlement intelligent non seulement de ne pas coucher avec lui avant qu'il ne lui propose du travail, mais de lui faire clairement comprendre que, même s'il lui offrait ce poste, elle ne se donnerait pas pour autant. Il en avait paru soulagé, avait presque montré du respect lorsqu'il s'était vu confronté à une telle intransigeance. Peut-être était-ce la meilleure façon, pensa-t-elle plus tard, la façon moderne, de réussir. De nos jours, on obtient un boulot en ne couchant pas avec les gens.) Et tout avait bien marché. Au bout de trois ans, elle était l'adjointe du directeur du département achats, avec un budget de six chiffres, autant de voyages qu'elle en avait envie, et de longues journées, correspondant toutefois à sa propre efficacité. Elle avait senti une stabilité inhabituelle s'installer dans sa vie, avant même qu'elle ne rencontre Graham. Maintenant, les choses semblaient plus solides que jamais.

Le jeudi, Graham appela Barbara pour l'asticoter durant un instant avec les factures.

« Mais pourquoi Alice a-t-elle besoin de tant de vêtements ?

– Parce qu'elle en a besoin. » La réponse classique de Barbara. Elle prend un bout de votre phrase et la répète textuellement. Moins de travail pour elle et du temps de gagné pour préparer sa prochaine réponse et la suivante.

« Pourquoi a-t-elle besoin de trois soutiens-gorge ?

– Elle en a besoin.

– Mais pourquoi ? Les porte-t-elle tous en même temps, les uns par-dessus les autres ?

– L'un sur elle, l'autre dans son linge propre et le troisième à la lessive.

– Mais j'en ai déjà payé trois il y a quelques mois.

– Tu peux, bien sûr, ne pas l'avoir remarqué, Graham, et de toute façon je doute fort que ça t'intéresse, mais ta fille grandit. Elle change... se forme. »

Il avait envie de lancer : « Tu veux dire que ça pousse. » Mais il n'était plus sûr de ses plaisanteries avec Barbara. Donc, il ergota gentiment.

« Elle grandit si vite ?

– Graham, si tu compresses une fille en plein développement, tu risques de provoquer des dégâts irréparables. Comprime le corps et tu perturbes l'esprit, c'est bien connu. Franchement, je ne savais pas que ta mesquinerie allait jusque-là. »

Graham haïssait ce genre de conversations, surtout parce qu'il supposait que Barbara invitait plus ou moins

Alice à écouter, embellissant, à son gré, durant la dispute, son attitude à elle.

« Bon. D'accord. C'est bon. Oh, à propos, merci pour le cadeau de mariage à retardement, si c'est bien ça que c'était.

– Le quoi ?

– Le cadeau de mariage. Il me semble que c'était de cela qu'il s'agissait ce dimanche après-midi.

– Ah. Oui. Contente que tu l'aies apprécié. » Pour une fois, elle paraissait plutôt sur la défensive, aussi, instinctivement, Graham profita de son avantage.

« Bien que je ne comprenne pas vraiment pourquoi tu l'as fait.

– Réellement ? Tu ne vois vraiment pas ?

– Non, je veux dire pourquoi serais-tu intéressée...

– Oh, je pensais simplement que tu devais savoir dans quoi exactement tu te fourrais. » Maintenant, le ton de sa voix était précis, maternel. Graham se sentait perdre pied.

« Vraiment gentil à toi. » Salope de Barbara, pensa-t-il.

« Il n'y a pas de quoi. Il me semble que c'est intéressant pour Alice de voir quelle est l'influence que son père subit en ce moment. » Il apprécia particulièrement le « en ce moment ».

« Mais comment as-tu découvert qu'Ann jouait là-dedans ? On ne la voit pas particulièrement sur les affiches.

– J'ai mes espions, Graham.

– Allons, dis-moi comment tu as fait ? » Mais il ne put lui tirer rien d'autre que :

« J'ai mes espions. »

3. Il ne faut pas crotter sa proie

Jack Lupton ouvrit la porte, une cigarette allumée logée dans un des côtés de sa barbe. Il tendit les bras, tira Graham à l'intérieur, posa une main sur son épaule, lui donna une claque sur les fesses et finalement le propulsa dans le couloir en hurlant :

« Graham, vieille ordure, entre donc. »

Graham ne put s'empêcher de sourire. Il soupçonnait chez Jack une fumisterie que leurs amis, d'ailleurs, analysaient régulièrement. Mais c'était un homme si fondamentalement aimable, si bruyamment ouvert, si ancré dans son corps, qu'on oubliait immédiatement les termes précis des attaques de la veille. La camaraderie pouvait sans doute être affectée, faire partie d'un plan de séduction, mais, quoi qu'il en soit, ça marchait. Et comme elle ne variait pas, jouant sans hésitation et indéfiniment sur le même registre – dans le cas de Graham depuis cinq ou six ans – on finissait par ne plus éprouver le besoin de se poser de questions sur sa sincérité.

Le coup de la cigarette avait commencé comme une plaisanterie définissant en raccourci le personnage. La

barbe de Jack était suffisamment fournie pour qu'il puisse
y enfoncer une gauloise en toute sécurité, à un endroit
précis, situé au milieu de la mâchoire. Si Jack avait envie
de baratiner une fille lors d'une soirée, il allait chercher
deux verres, après s'être libéré les mains en coinçant sa
cigarette allumée dans sa barbe (parfois il en allumait une,
spécialement pour l'occasion). En retrouvant la fille, alors
qu'il était devenu une masse indistincte de bonhomie, il
adoptait une des trois techniques suivantes, selon le jugement qu'il portait sur son interlocutrice. Si c'était à son
avis quelqu'un de raffiné, de perspicace, ou simplement de
vif, il retirait tranquillement la cigarette et continuait à
fumer (on le cataloguait alors, d'après ce qu'il disait à
Graham, comme simplement « original »). Si la fille lui
paraissait un peu bébête, ou timide, ou réfractaire à son
charme, il laissait la cigarette en place pendant une
minute ou deux, en parlant d'un livre – jamais un des siens
bien entendu – puis lui demandait une cigarette (on le
considérait alors comme « un de ces écrivains intelligents,
distraits, qui ont la tête dans les nuages »). S'il ne parvenait pas à se faire une claire opinion de la fille, ou la
trouvait un peu folle, ou s'il était lui-même assez ivre, il
laissait simplement la cigarette en place, jusqu'à ce qu'elle
se consume à l'intérieur de sa barbe. Ensuite, il prenait un
air inquiet et demandait : « J'ai l'impression qu'il y a
quelque chose qui crame dans le coin ! » (Il passait alors
pour quelqu'un de « vraiment terrible, un être farouche,
peut-être un peu autodestructeur, vous savez bien, comme
le sont les véritables artistes, mais tellement intéressant ».)
Lorsqu'il réalisait la troisième version, il l'accompagnait
généralement de quelques inventions tortueuses sur son
enfance ou sa famille. Néanmoins, cela avait ses dangers.
Une fois il se brûla sérieusement en essayant de faire son

numéro devant une fille extrêmement séduisante, mais curieusement impénétrable. Il n'arrivait pas à croire qu'elle n'avait pas remarqué la cigarette et en même temps qu'augmentait son incrédulité augmentait aussi sa souffrance. Par la suite, il découvrit que, tandis qu'il allait leur chercher à boire, la fille avait enlevé ses verres de contact, la fumée de la cigarette lui irritant les yeux.

« Un petit café ? demanda Jack en frappant de nouveau Graham sur l'épaule.

– Volontiers. »

Le rez-de-chaussée de l'appartement de Jack, à Repton Gardens, avait été ouvert en grand de la baie de la salle de séjour à la fenêtre de la cuisine. Pour l'instant, les deux hommes étaient assis dans la partie médiane, cette partie moins éclairée que le maître de maison utilisait comme salle de séjour. Près de la fenêtre se trouvait son bureau avec un tabouret de piano pour siège. Sa machine à écrire électrique était à peine visible sous l'amas de ce qui paraissait être une corbeille à papiers retournée. Jack avait un jour expliqué à Graham sa théorie du chaos créatif. Il était, quant à lui, quelqu'un de naturellement soigneux, proclamait-il, mais son art exigeait le désordre. Les mots, tout simplement, refusaient apparemment de couler à moins qu'ils ne sentent qu'il y ait dans le coin une sorte d'anarchie excitante, au milieu de laquelle il pourrait imposer leur ordre implacable. En conséquence, il fallait ces masses de papiers, de magazines, d'enveloppes de papier kraft et de tickets de P.M.U. de l'année dernière. « Ils ont besoin de sentir qu'il y a pour eux quelque raison de venir au jour, avait expliqué Jack. C'est un peu comme ces tribus aborigènes chez qui les femmes accouchent sur des tas de vieux journaux. Le même principe et sans doute les mêmes journaux. »

Tandis que la silhouette trapue de Jack se dirigeait vers la partie réservée à la cuisine, l'écrivain pivota légèrement sur une jambe et lâcha un pet assez sonore.

« Vol-au-vent », marmonna-t-il à moitié pour lui-même.

Graham avait déjà entendu ça. Il les avait presque toutes entendues auparavant, mais ça n'avait pas d'importance. Au fur et à mesure que sa célébrité, comme romancier, augmentait, Jack s'était permis quelques petites fantaisies et excentricités. Il s'était mis à péter très régulièrement. Ce n'étaient pas des pets à l'odeur embarrassante, issus d'un sphincter de vieillard. Ils étaient au contraire claironnants, ciselés, les pets de quelqu'un arrivé à maturité. De toute manière – Graham ne parvenait même pas à comprendre comment c'était possible – Jack était parvenu à transformer cette grossièreté en une sorte de maniérisme acceptable.

D'ailleurs ce n'était pas simplement parce qu'il les faisait passer, une fois qu'ils étaient lâchés. En effet Graham, parfois, se demandait si son ami ne les préparait pas longtemps d'avance. Un jour, Jack lui avait téléphoné pour lui demander de venir choisir avec lui une raquette de squash. Graham objecta qu'il n'avait joué que trois fois au squash – dont une fois avec Jack, alors qu'il galopait à toutes jambes sur le cours, au-devant d'une crise cardiaque – mais Jack avait refusé d'accepter cette prétendue incompétence. Ils s'étaient donc rencontrés au rayon de sports de Selfridges. Et, alors que Graham pouvait parfaitement voir les raquettes de tennis et de squash là-bas, sur leur gauche, Jack l'avait emmené faire un tour complet du rayon, et, après un moment, alors qu'ils se trouvaient devant le comptoir nautique, il s'était brusquement arrêté, avait pivoté pour tourner ses fesses vers les dériveurs, et après que le coup fut parti, tandis qu'ils s'étaient remis à marcher, il avait soufflé à Graham :

« Du vent dans les voiles. »

Cinq minutes plus tard, Jack décidait qu'au fond il pouvait se contenter de la raquette qu'il possédait déjà. Graham s'était alors demandé si tout cela n'avait pas été préparé d'avance, si Jack ne s'était pas simplement trouvé avec, conjointement, du temps libre et une idée de plaisanterie. Il aurait alors téléphoné à Graham pour l'aider à se débarrasser de l'un et de l'autre.

« Alors, fiston », fit Jack, en tendant à Graham une tasse de café. Il s'assit, but une gorgée de sa propre tasse, sortit la cigarette de sa barbe et tira une bouffée. « Romancier compréhensif prête oreille sensible à universitaire soucieux. Quinze livres l'heure – payables en guinées. Séances illimitées. Et arrange-toi pour que ce soit quelque chose que je puisse, grâce à mon pouvoir magique, transformer en une histoire de deux cents biffetons minimum. Blague à part, accouche. »

Graham tripota ses lunettes pendant quelques secondes, puis avala une gorgée de café. Trop tôt : il sentit que quelques-unes de ses papilles venaient d'être détériorées. Il prit la tasse entre les mains et regarda à l'intérieur.

« Je ne souhaite pas que tu me donnes un conseil particulier. Je ne tiens pas à ce que tu m'encourages dans une certaine ligne de conduite que je n'oserais pas adopter, par pusillanimité, sans prendre un second avis. Je suis simplement préoccupé, je ne peux, d'une certaine manière, surmonter ma façon de réagir... à ce qui me fait réagir. Je, eh bien, je ne connais rien à ces sortes de choses et j'ai pensé : Jack a plus d'expériences que moi avec tout ce bataclan, il peut même en avoir subi les attaques, en tout cas il connaît certainement quelqu'un qui en a été victime. »

Graham regarda en direction de Jack, mais la vapeur du café avait embué ses verres, de sorte qu'il ne voyait qu'une masse indistincte de couleur marron.

« Mon petit pote, tu es aussi clair que le fondement d'un enculé.

– Ah, excuse-moi. Question de jalousie », dit brusquement Graham. Puis, essayant de faire preuve de bonne volonté : « De jalousie sexuelle.

– N'en existe pas d'autre, d'après ce que je sais. Hummm. Désolé d'apprendre ça, vieux frère. La petite madame joue avec de grosses allumettes, c'est ça ? »

Jack se demandait, bon Dieu, pourquoi Graham était venu le trouver, justement lui, merde alors. Son ton devint encore plus familier. « On ne sait jamais, voilà ce que je dis. On ne sait jamais ce qu'on va avoir avant qu'il ne soit trop tard. Et alors vieux, c'est le gland dans les pincettes. » Il attendait que Graham continue.

« Non, ce n'est pas ça. Merde, ce serait terrible. Non, c'est plutôt quelque chose de... rétrospectif. C'est complètement rétrospectif. C'est toujours à propos de types avant moi. Avant qu'elle ne me rencontre.

– Ah. » Jack devint plus intéressé, et aussi plus perplexe de voir que Graham l'avait choisi, précisément lui.

« Suis allé voir un film, l'autre jour. Un film merdique. Ann jouait dedans. Et un autre type – je ne te dirai pas son nom – y avait un rôle aussi. Par la suite, il s'est avéré qu'Ann était, s'était, avait couché avec lui. Pas souvent, ajouta Graham rapidement. Une fois ou deux. N'est pas, tu vois, sortie avec lui ou quelque chose comme ça.

– Ouais.

– Je suis retourné voir ce film trois fois dans la semaine.

La première fois je pensais, vois-tu, que c'était intéressant d'avoir un nouveau coup d'œil sur la tête de ce type. A vrai dire, je ne lui avais guère prêté d'attention la première fois. Il me fallut lui jeter un autre coup d'œil et je peux te dire que je n'ai pas beaucoup aimé sa gueule, mais pourquoi l'aurais-je aimée ? Et puis, je me suis surpris à y retourner deux autres fois. Ça ne se jouait même pas dans le quartier, c'était là-bas, au Holloway Odeon. J'ai même déplacé un cours un jour, afin de pouvoir m'y rendre.

– Et que s'est-il passé alors ?

– Eh bien, la première fois – c'est-à-dire la seconde fois somme toute – c'était... plutôt drôle qu'autre chose. Le... mec jouait le rôle d'un mafioso de second ordre, mais je savais – Ann me l'avait dit – que ce type était né dans l'East End, donc j'écoutais attentivement et m'aperçus qu'il ne pouvait même pas garder l'accent pendant plus de trois ou quatre mots à la suite. Et je me disais pourquoi Ann n'a-t-elle pas couché avec un meilleur acteur ? Et, en quelque sorte, je me moquais de lui et pensais : En tout cas je ne suis peut-être pas Casanova, mais je suis un universitaire foutrement meilleur qu'il ne sera jamais, lui, un acteur. Et je me souvins qu'Ann m'avait dit qu'il lui semblait qu'il avait fait des pubs pour de l'after-shave récemment. Donc, pour ce pauvre corniaud, ce film était peut-être le point culminant de sa carrière. C'est sans doute maintenant un raté, tordu par l'envie et la culpabilité. A l'occasion, il fait la queue devant le bureau de chômage, en pensant avec nostalgie à Ann, se demandant ce qu'elle est devenue. Quand je suis sorti du cinéma, je me suis dit : "Bon, ça suffit comme ça, bonhomme, ça suffit."

« La seconde fois – c'est-à-dire la troisième fois – c'est ça le casse-tête. Pourquoi donc y suis-je retourné ? J'y suis retourné, c'est tout. Je sentais que je... devais le faire. J'avais une sorte de pressentiment, un pressentiment me concernant, c'est tout ce que je peux dire. J'étais probablement dans une drôle d'humeur, et je ne parvenais pas à savoir pourquoi diable j'étais dans ce ciméma – c'était le jour où j'avais déplacé mon cours – et je restais là, assis, durant la première demi-heure incroyablement ennuyeuse, et je n'étais pas sûr de ce que j'allais ressentir, mais, d'une certaine manière, je savais que ce ne serait pas la même chose qu'auparavant, je suppose que j'aurais dû partir à ce moment-là.

– Et pourquoi ne l'as-tu pas fait ?

– Oh, par une espèce de puritanisme enfantin, qui me disait d'en avoir pour mon argent. A vrai dire, ce n'est pas tout à fait juste. Non, c'était plus que cela. Je vais te dire ce que je pense que c'était. J'avais l'impression que j'étais proche de quelque chose de dangereux. C'était l'attente de ne pas savoir ce qu'on attend. Est-ce que ça te paraît un peu trop... cérébral ?

– Légèrement.

– Eh bien, ça ne l'était pas. En fait, c'était quelque chose d'extrêmement physique. Je tremblais. J'avais le sentiment que j'allais être mis au courant d'un secret grave. Que j'allais avoir peur. Je me sentais comme un enfant. »

Il y eut un silence. Graham but bruyamment une gorgée de café.

« Et as-tu eu peur ? Le petit bedon foireux et tout le tremblement ?

– D'une certaine manière. C'est dur à expliquer. Je n'avais pas peur de ce type, j'avais peur à son propos. Je me sentais très agressif, mais d'une manière fort imprécise. Je me disais aussi que j'allais être malade, mais ça, c'était en plus, une sorte d'extra. J'étais très... bouleversé, dirons-nous.

– Effectivement. Et que s'est-il passé la dernière fois ?

– La même chose. Mêmes réactions dans les mêmes lieux. Tout aussi fort.

– Est-ce que ça s'est estompé ?

– Oui, d'une certaine manière, mais ça revient quand j'y pense.» Il s'arrêta. On avait l'impression qu'il avait fini.

« Eh bien, puisque tu ne veux pas de mon conseil, je vais te le donner. Je vais te dire d'arrêter d'aller au cinoche. Je pensais d'ailleurs que tu n'aimais pas le septième art.»

Graham ne semblait pas écouter.

« Tu vois, je t'ai parlé de ce film en long et en large parce que ce fut le catalyseur. C'est ce qui a mis le feu aux poudres. Je veux dire évidemment j'étais au courant de quelques-unes des liaisons d'Ann avant moi, j'ai même rencontré certains de ses amis. Ne les connais pas tous, forcément. Mais ce n'est qu'après le film que j'ai commencé à me soucier d'eux. Ça a commencé brusquement à me faire mal, lorsque je pensais qu'Ann avait couché avec eux. J'avais brusquement l'impression que ça ressemblait... je ne sais pas, à un adultère, disons. N'est-ce pas idiot ?

– C'est complètement... inattendu.» Jack fit exprès de ne pas lever les yeux. Cinglé était le premier mot qui lui était venu à l'esprit.

« C'est stupide. Mais je commence à penser à eux d'une manière différente. Je commence à me tracasser à cause d'eux. Allongé dans mon lit, en attendant le sommeil, brusquement, c'est comme pour Richard III avant cette bataille... Laquelle c'était, d'ailleurs ?

– Pas ta période ?

– Pas ma période. La moitié du temps, j'ai envie de les aligner, comme ça, dans ma tête, de bien les regarder et durant l'autre moitié, j'ai peur de me laisser aller à ce passage en revue. Il y en a certains dont je connais les noms, mais dont je ne sais pas à quoi ils ressemblent. Aussi, je reste là allongé, leur donnant des traits, comme si je travaillais à un portrait-robot.

– Hummm. Quelque chose d'autre ?

– Eh bien, j'ai retrouvé deux ou trois autres films dans lesquels Ann joue et suis allé les voir.

– Qu'as-tu exactement dit à Ann ?

– Pas vraiment tout. Pas que j'étais retourné voir les films. Juste quelques petites choses à propos de mon agitation.

– Et que t'a-t-elle dit ?

– Oh, elle dit qu'elle est désolée que je sois jaloux, possessif, ou quel que soit le mot juste, et que c'est totalement inutile, qu'il n'y a rien de mal qu'elle ait fait, elle – bien sûr – et que peut-être je travaille trop. Ce n'est pas le cas.

– Y aurait-il quelque chose qui te ferait te sentir coupable ? Quelques petites infidélités que tu serais en train de transférer ?

– Bon Dieu non. Si j'ai été fidèle à Barbara pendant quinze ans, environ, je ne vois pas pourquoi j'irais tromper Ann après si peu de temps.

– Bien sûr.

– Tu ne m'as pas l'air très convaincu.

– Si, bien sûr. Dans ton cas – bien sûr. » Il avait l'air tout à fait convaincu maintenant.

« Aussi, que dois-je faire ?

– Je pensais que tu ne voulais pas de conseil ?

– Effectivement, je veux dire où en suis-je ? Est-ce quelque chose qui te soit familier ?

– Pas vraiment. Je ne suis pas trop mauvais en ce qui concerne la jalousie ordinaire. Je suis génial à propos de l'adultère – mon genre d'adultère, pas le tien : j'ai toute une série de bons conseils à donner là-dessus. Si tu en avais besoin alors là quand tu veux. Bon d'accord... Mais les trucs dans le passé, je ne suis pas vraiment branché. » Jack s'arrêta un instant. « Bien entendu, tu peux t'arranger pour qu'Ann te mente. Faire en sorte qu'elle te dise qu'elle n'a pas, lorsqu'elle a.

– Non. De toute façon, on ne peut pas faire ça. Je ne la croirais plus lorsqu'elle me dirait la vérité.

– Effectivement. » Jack pensait qu'il avait été très patient. Il avait à peine parlé de lui depuis un bon bout de temps. « Tout ça, c'est un peu trop sophistiqué pour moi. Ferait même pas une nouvelle, franchement. » C'était bizarre le nombre de gens, y compris les amis, qui abusent de vous, simplement parce qu'on est écrivain, ils pensent qu'on sera intéressé par leur problème.

« Donc, tu n'as rien à suggérer ? »

Et puis, après vous avoir dit qu'ils ne veulent pas de conseils, bien entendu, ils en veulent.

« Eh bien, à ta place, je m'enverrais une pute comme antidote.

– Es-tu sérieux ?

– Parfaitement.

– A quoi ça m'avancerait !

– Tu serais surpris de constater à quel point ça t'avancerait. Ça soigne n'importe quoi. Depuis un léger mal de tête jusqu'à l'horreur de la page blanche. Recommandé aussi pour guérir les disputes avec la petite épouse.

– Nous ne nous disputons pas.

– Jamais ? Bon, je veux bien te croire. Sue et moi on se dispute pas mal, on s'est toujours disputés, en dehors bien entendu des jours heureux. Mais alors, dans les jours heureux, on ne se donnait pas la peine de faire le lit. On se disputait seulement pour savoir qui serait dessus. » Les lunettes de Graham s'étaient désembuées ; il voyait Jack prendre son souffle pour raconter son anecdote. Il aurait dû se souvenir que l'attention de Jack, si prolongée fût-elle, était toujours conditionnelle.

« Avec Valérie, je ne pense pas que tu **aies** jamais rencontré Val, on se disputait absolument tout le temps. Bon, c'était il y a vingt ans. Mais on a commencé à se disputer dès le début. Pas ta sorte de milieu, mon vieux, c'était Chambre de bonne et Midinette. Mains baladeuses dans les arrêts de bus. Tu essaies de détacher un porte-jarretelles avec deux doigts gelés de la main gauche alors que tu es droitier, tout en lui faisant croire que tu ne veux que caresser sa cuisse et tu l'embrasses dans le même mouvement avant de passer ton autre patte au-dessus de son épaule pour tripoter les lolos. Ressemble un peu à une campagne de Clausewitz, non ? Pas si mauvais, pourtant, lorsque j'y songe maintenant.

« Donc, au début on se disputait pour savoir où je mettrais ma main, à quel moment et le nombre de doigts qui, etc. Puis ce fut le débarquement de Normandie. Alors je me suis dit : Eh bien, formidable, les disputes vont s'arrêter. Ce ne fut nullement le cas. Maintenant nous avions des disputes à propos du nombre de fois, du jour et de l'endroit. Oh dis-moi, Jack, es-tu sûr que c'est un paquet neuf ? Je t'en prie, regarde la date sur le côté. Tu vois ça, rallumer la lumière en plein milieu, vérifier la date sur l'emballage ?

« Après le débarquement en Normandie, on a eu bien

sûr la bataille de monte Cassino. Ensuite, on s'est mariés,
ça va de soi. Alors, c'est devenu, en aurons-nous, en
aurons-nous pas ? Pourquoi ne trouves-tu pas un travail
normal ? Regarde donc ce patron de layette, et Margaret
en a déjà trois. Cinq ou six ans de ce genre de trucs étaient
plus que suffisants, c'est moi qui te le dis. C'était complètement détraqué là, en bas.
    – Qu'est-il arrivé à Valérie ?
    – Eh bien, Val s'est mariée avec un professeur. Un peu
poule mouillée, mais gentil. Aime les enfants, ce qui est
parfait pour moi. Vérifie certainement la date sur le
paquet à chaque coup. »
    Graham n'était pas sûr où le conduisait Jack, mais il ne
s'en préoccupait pas trop. Il n'avait jamais été mis dans le
secret de la vie de Jack Lupton. La politique affichée de
Jack, de vivre uniquement dans le présent, impliquait
l'oubli sophistiqué du passé. Si on l'interrogeait sur sa vie,
il vous renvoyait à ses livres ou inventait un mensonge
baroque, sous l'impulsion du moment. Naturellement, il
était impossible de savoir s'il n'était pas en train, même en
ce moment, de forger un mythe correspondant aux besoins
actuels de Graham. Bien que toujours ouvert, le romancier n'était pas totalement sincère.
    « Je pensais que j'avais laissé les disputes derrière, là-bas
avec Val. Lorsque j'ai rencontré Sue, je me suis dis, ça,
c'est chouette. Pas de problème avec le débarquement en
Normandie : bon, bon, il avait déjà eu lieu. C'était une
douzaine d'années plus tard à Londres et on avait déjà
construit ce foutu tunnel sous la Manche, hein mon vieux.
Non ? Et Sue semblait tout d'abord moins pointilleuse que
Val. Nous nous sommes mariés, et puis après un bout de
temps, devine ce qui s'est passé ? Les disputes ont repris.
Elle s'est mise à me demander quels étaient au fond mes

attributs, des trucs comme ça. Je lui ai répondu qu'elle pouvait cracher autant qu'elle le voulait sur mes attributs, surtout au lit. Et puis nous avons eu une vraie brouille, et j'ai fichu le camp. J'ai cherché quelque consolation. Puis je suis revenu et nous nous sommes disputés à cause de ça. Aussi, finalement, j'ai pensé eh bien, peut-être, est-ce à cause de moi. Peut-être que je suis réellement invivable. C'est alors qu'on s'est dit que ce serait peut-être mieux si j'avais un appartement en ville, tandis qu'elle s'installerait à la campagne. Bon, tu te souviens de ça, c'était seulement il y a quelques années.

    – Et ?

    – Et devine quoi ? Nous avons toujours autant de disputes qu'avant. Bon, un peu moins dans un sens, j'imagine, étant donné qu'on se voit moins. Mais je dirais que le nombre de disputes par heure de contact est resté complètement stable. Nous sommes devenus particulièrement bons à nous engueuler au téléphone. Nous avons de solides brouilles, à peu près aussi souvent que lorsque nous vivions ensemble. Et quand ça arrive, j'agis exactement de la même manière après. Je téléphone à une ancienne petite amie, afin qu'elle m'apporte quelque consolation. Ça marche toujours. C'est la chose que j'ai découverte sur ce que, faute d'un meilleur mot, on peut appeler l'adultère. A ta place, je filerais me trouver une gentille petite femme mariée.

    – La plupart des femmes avec lesquelles j'ai couché étaient mariées, dit Graham. Avec moi.» Il se sentait déprimé. Il n'était pas venu pour entendre une version de la vie de Jack Lupton, quoique cela ne l'ait pas dérangé vraiment. Il n'était pas venu non plus pour être mis au courant des remèdes intimes de Jack. « Tu ne me suggères pas sérieusement de devenir adultère ? »

Jack se mit à rire.

« Bien sûr que si. A la réflexion, bien sûr que non. Tu es bien trop genre grenouille de bénitier. Tu irais tout droit cracher le morceau sur l'épaule d'Ann et ça ne vous ferait aucun bien, ni à l'un ni à l'autre. Rien ne serait résolu. Non, tout ce que je dis c'est que tu ne dois pas crotter ta proie. C'est le cas dans tous les mariages, et c'est le tien. »

Graham le regarda l'œil vide.

« Tu ne dois pas crotter ta proie. Il ne doit pas crotter sa proie. Je ne dois pas crotter ma proie. D'accord ? Mais tu dois porter ta croix. Merde, Graham, nous avons été mariés l'un et l'autre deux fois, nous sommes je pense sains d'esprit. Nous avons réfléchi à la chose chaque fois avant de nous foutre à l'eau. Eh bien, quatre mariages nous disent que les jours heureux ne peuvent durer. Aussi, que peux-tu faire contre ça ? Tu ne penses pas, n'est-ce pas, que la situation présente est la faute d'Ann ?

– Bien sûr que non.

– Et tu ne penses pas que c'est la tienne ?

– Non – je crois que je ne pense pas en terme de faute.

– Bien sûr que non. Tout à fait raison. C'est dans la nature de la bête, voilà ce que c'est. C'est dans la nature du mariage. C'est une faute au niveau de la conception. Il y aura toujours quelque chose. Et la meilleure manière de survivre, si tu veux survivre, c'est d'en prendre conscience, de l'isoler, et de toujours avoir une réaction précise, lorsque ça survient.

– Comme de téléphoner à une ancienne petite amie.

– Bien sûr. Mais tu ne veux pas le faire.

– Je n'arrive pas à voir ce qui serait approprié et que je puisse faire. Ce que je veux, c'est sortir de ma tête pendant un bon petit moment.

– Écoute, il y a des possibilités. Fais quelque chose d'inapproprié, si tu veux, mais fais-le sérieusement. Branle-toi, soûle-toi, va t'acheter une cravate. Peu importe ce que c'est, dans la mesure où tu as quelque chose à faire pour répondre à l'offensive. Autrement, ça te foutra sur le carreau. Ça vous foutra tous les deux sur le carreau. »

Jack pensait qu'il s'en tirait réellement pas mal pour quelqu'un qui n'avait pas l'habitude de tenir la plume du courrier du cœur. Il était sérieusement convaincu de la qualité de l'intrigue qu'il avait offerte à Graham, dans un temps si court. Il avait réussi à donner une forme à leurs deux vies, au fur et à mesure qu'il avançait. Bien sûr, c'était son job après tout, n'est-ce pas, de mettre un peu d'ordre dans le chaos, de transformer crainte, panique, angoisse, passion en deux cents pages à quatre-vingt-dix-neuf francs quatre-vingt-quinze. C'était pour ça qu'il était payé. Aussi ce n'était pas un petit supplément trop difficile à faire. Le pourcentage de mensonges était d'ailleurs environ le même.

Graham décida, sans grand optimisme, de réfléchir à ce que lui disait Jack. Il avait toujours considéré son ami comme ayant plus d'expérience que lui-même. En avait-il ? Ils avaient été mariés deux fois l'un et l'autre, ils avaient lu à peu près le même nombre de livres, ils avaient sensiblement la même intelligence. Aussi, pourquoi Graham considérait-il Jack comme une autorité ? En partie parce que Jack écrivait des livres, et Graham respectait les livres, aussi bien de manière abstraite que pratique – il se soumettait d'une manière viscérale à leur juridiction – et en partie aussi parce que Jack avait eu des millions d'aventures, il semblait avoir toujours une nouvelle fille sur les talons. Bien entendu, cela n'en faisait pas nécessai-

rement une autorité concernant le mariage. Mais alors, à
quelle autorité s'en remettre ? A Mickey Rooney ? A Zsa
Zsa Gabor ? A quelque sultan turc ou autre ?

« Ou... » dit Jack, il se caressait la barbe et paraissait
aussi sérieux qu'il était possible.

« Oui... ?

– Écoute, il y a encore une solution... » Graham se
redressa dans son fauteuil. C'était pour ça qu'il était venu.
Bien entendu, Jack saurait quoi faire, connaîtrait la bonne
réponse. C'était pour quoi il était venu ici, il savait qu'il
avait eu raison de venir. « ... Tu devrais l'aimer moins.

– Quoi ?

– L'aimer moins. Peut sembler légèrement démodé,
mais ça marche. Tu n'as pas besoin de la haïr ou de la
détester, ou quoi que ce soit dans le genre – n'en fais pas
trop. Apprends simplement à te détacher d'elle un petit
peu. Deviens son ami, si tu veux. Aime-la moins. »

Graham hésita. Il ne savait pas très bien par où
commencer. Finalement, il dit :

« J'ai pleuré quand ses plantes vertes sont mortes.

– Qu'est-ce que tu racontes, mec ?

– Elle avait des violettes d'Afrique. Je veux dire, je
n'aime pas beaucoup les violettes d'Afrique. Ann non
plus, d'ailleurs. Je pense qu'on les lui avait données. Elle
a un tas d'autres plantes qu'elle aime davantage. Mais
celles-là ont attrapé une sorte de varicelle des plantes, ou
je ne sais quoi, et elles sont mortes. Ann s'en fichait
complètement. Je suis monté dans mon bureau et me suis
mis à pleurer. Pas sur les plantes, bien sûr. Mais je me suis
surpris à penser à Ann en train de les arroser, de leur
mettre cette espèce d'engrais et, tu vois, rien à voir avec ses
sentiments à elle sur ces foutues plantes – elle n'en avait
vraiment aucun, comme je te l'ai dit – mais ce qui me

bouleversait, c'était le fait, le fait qu'elle soit là à s'en occuper, à leur donner son temps, sa vie...

« Je vais te dire autre chose. Dès qu'elle est partie pour son travail, je me précipite sur mon journal intime et note la manière dont elle s'est habillée. Chaussures, collant, robe, soutien-gorge, slip, imperméable, pinces à cheveux, boucles d'oreilles, leurs couleurs et tout. Absolument tout. Souvent ce sont les mêmes habits, naturellement, mais je le note quand même. Et puis, à l'occasion, au cours de la journée, je sors mon journal pour y jeter un coup d'œil. Je n'essaie pas de me souvenir comment elle était – ce serait tricher. Je sors mon journal, parfois même lorsque je donne mon cours et fais semblant de réfléchir à des sujets d'essais ou je ne sais quoi – et je suis là, assis, à..., si tu veux, l'habiller. C'est très... agréable.

« Je te dirai encore une autre chose. C'est toujours moi qui débarrasse la table après le dîner. Je vais à la cuisine et là je jette les restes de mon assiette dans la poubelle, et puis, brusquement, je me surprends à manger ce qu'elle a laissé sur son assiette. Souvent, tu sais, ce n'est pas particulièrement appétissant – des bouts de gras, des morceaux de légumes décolorés, des fragments de saucisse élastique – pourtant, j'engouffre tout ça. Et puis, je reviens dans la salle de séjour, m'assieds en face d'elle et je pense à nos ventres, me disant que ce que je viens de manger pourrait tout aussi bien être à l'intérieur de son ventre à elle, mais que c'est réellement à l'intérieur de moi. Et je me dis quel curieux instant cela a dû être pour cette nourriture, lorsque le couteau et la fourchette lui ont imposé cette direction plutôt que celle-ci, de sorte que celle-là se retrouve à l'intérieur de toi, et celle-ci à l'intérieur de moi. Et cette idée d'une certaine manière me fait me sentir plus proche d'Ann.

« Et je te dirai encore autre chose. Parfois, la nuit elle se lève pour aller pisser et comme il fait noir, qu'elle est à moitié endormie, elle, je ne sais comment – Dieu seul sait de quelle manière elle s'y prend, mais ça arrive – elle manque la cuvette en jetant le morceau de papier avec lequel elle s'est essuyée. Et le matin, en allant à mon tour au petit coin, je le trouve par terre. Et – ce n'est pas une question de renifler les petites culottes ou quelque chose comme ça – je le regarde et je me sens... attendri. Pour moi, c'est comme une de ces fleurs en papier que les mauvais comédiens portent à leur boutonnière. C'est joli, coloré, décoratif. Je pourrais presque le porter à ma boutonnière. Je le ramasse et le laisse tomber dans la cuvette, mais me sens ensuite vaguement nostalgique. »

Il y eut un silence. Les deux amis croisèrent leur regard. Jack décelait chez Graham une forte agressivité. Sa confession, d'une certaine manière, cherchait à être provocante. Peut-être y avait-il aussi quelque fatuité dans ce numéro. Jack se sentait presque embarrassé, chose qui lui arrivait rarement, et il commença à réfléchir sur son propre cas plus que sur celui de son ami. Brusquement, il prit conscience que Graham s'était levé.

« Eh bien, merci, Jack.

– Content de t'être un peu utile. Si je le suis. La prochaine fois que tu as besoin de taper du poing sur le vieux divan, passe-moi un coup de fil.

– Je le ferai. Merci encore. »

Puis la porte d'entrée se referma. L'un et l'autre s'étaient éloignés d'environ cinq mètres dans des directions opposées, lorsqu'ils s'arrêtèrent. Jack stoppa dans le couloir pour pivoter légèrement sur lui-même avec un petit mouvement de côté, comme aurait pu le faire un demi d'ouverture sur le terrain. Il péta, pas très bruyamment, et murmura pour lui-même : « Autant en emporte le vent. »

Dehors, Graham s'arrêta, renifla une odeur de troène poussiéreux et de poubelle débordante, avant de se décider. Si, au lieu d'aller chez son boucher, il faisait ses courses au supermarché, il pourrait filer voir le *Bon temps*, avant de rentrer chez lui, et surprendre, une fois de plus, Ann en flagrant délit d'adultère.

4. Sansepolcro, Poggibonsi

Et puis ça commença à s'aggraver.

Un soir, à la fin du mois de mars, ils étaient assis côte à côte sur le banc de la table de cuisine, penchés sur une carte d'Italie, pour parler de leurs vacances. Graham avait un bras passé négligemment autour des épaules d'Ann. C'était un bras d'époux solide, réconfortant, parodiant, sans outrance, le membre pressant de joueur de rugby de Jack. La simple vue de cette carte provoquait chez Graham des images suaves. Il savait que les vacances peuvent transformer de vieux plaisirs familiers en quelque chose qui ressemble à l'odeur du linge propre. Vallombrosa, Camoldoli, Monteverchi, Sansepolcro, Poggibonsi, lisait-il pour lui-même. Il entendait déjà le cri des cigales au crépuscule, tandis qu'un verre de chianti dans la main gauche il laissait sa main droite remonter à l'intérieur des jambes nues d'Ann... Bucine, Montepulciano. Ici, il était réveillé par les lourds battements d'aile d'un faisan se posant devant la fenêtre de leur chambre à coucher, pour se gorger, en toute impunité, des fruits éclatés d'un figuier... Puis ses yeux aperçurent l'obstacle.

« Arezzo.

– Oui, c'est joli là-bas. Je n'y suis pas allée depuis des années.

– Non. Oui, je veux dire, je sais. Arezzo. » Les imaginations paresseuses de Graham venaient de prendre fin brutalement.

« Tu n'as jamais été là-bas, n'est-ce pas, mon chéri ? lui demanda Ann.

– Sais pas. Incapable de m'en souvenir. Pas d'importance. » Il fixa de nouveau la carte, mais une larme apparut au coin de son œil gauche et l'empêcha de la voir clairement. « Non, je me souvenais simplement qu'un jour tu m'as dit que tu étais allée à Arezzo avec Benny.

– Vraiment ? Ah, oui. Fichtre. J'ai l'impression que ça fait des siècles. A vrai dire, ça fait des siècles. Dix ans au moins. Probablement dans les années 60. Tu te rends compte : dans les années 60. » Elle eut un petit frisson de plaisir à l'idée qu'elle faisait des choses intéressantes, des choses d'adulte depuis tant de temps. Depuis au moins quinze ans. Pourtant elle n'avait que trente-cinq ans. Elle était maintenant plus mûre, plus heureuse et néanmoins suffisamment jeune pour ne pas mépriser le plaisir. Elle se serra tout contre Graham sur le banc.

« Tu es allée à Arezzo avec Benny, répéta-t-il.

– Oui. Écoute, je ne peux me souvenir de rien de cet endroit. Est-ce là où il y a cette grande place en forme de cuvette ? Ou est-ce à Sienne ?

– C'est à Sienne.

– Alors Arezzo... Ce doit être l'endroit où... » Elle fronça les sourcils autant pour stigmatiser sa mauvaise mémoire que pour se concentrer afin de la retrouver. « Je me souviens simplement d'être allée au cinéma à Arezzo.

– Tu es allée effectivement au cinéma à Arezzo », dit

Graham, lentement, avec la voix de quelqu'un qui aide un enfant. « Tu as vu une comédie sentimentale stupide sur une putain qui essaie de salir le prêtre du village et, en sortant, tu t'es assise pour prendre un strega frappé dans le seul café encore ouvert et, tandis que tu buvais, tu t'es demandé comment tu pourrais jamais revivre dans un climat aussi humide et froid que l'Angleterre, puis tu es rentrée à ton hôtel et tu... as baisé avec Benny comme si tu n'avais jamais connu un plus grand plaisir et tu t'es complètement donnée à lui, ne laissant absolument rien d'intact, pas même la plus petite parcelle de ton cœur, pour le jour où tu me rencontrerais. »

Cette tirade fut prononcée d'une voix triste, brisée, en des termes bien trop précis pour être complaisants. Que cherchait-il donc ? Y avait-il là une sorte de plaisanterie ? Comme Ann levait la tête pour comprendre, il poursuivit :

« J'ai fabriqué la dernière partie, bien sûr.

— Bien sûr. Je ne t'ai jamais dit quelque chose comme ça, n'est-ce pas ?

— Non, tu m'as raconté jusqu'au café et j'ai imaginé la suite. Quelque chose dans ton expression m'a révélé le reste.

— Bon, je ne sais pas si c'est vrai. Je ne me souviens pas. Et de toute façon, Graham, j'avais vingt ans, vingt et un, pour être précise. Je n'avais jamais été en Italie avant, je n'avais jamais été en vacances avec quelqu'un d'aussi gentil avec moi que Benny.

— Ou quelqu'un qui avait tellement d'argent ?

— Ou quelqu'un qui avait tellement d'argent. Y a-t-il quelque chose de mal à ça ?

— Non. Je ne peux me l'expliquer. Je ne peux certaine-ment pas le justifier. Je suis content que tu sois allée en Italie. Je suis content que tu n'y sois pas allée seule, ç'aurait pu être dangereux. Je suis content que tu y sois allée avec quelqu'un qui était gentil avec toi. Je suis content – je suppose que je dois l'être – que tu aies couché avec lui, là-bas. Je sais cela, mot pour mot, je sais ce qui est logique. Et je suis content de tout. Mais, ça me donne également envie de pleurer. »

Ann lui dit gentiment :

« Je ne te connaissais pas alors. » Elle l'embrassa sur la tempe et lui caressa le côté de la tête, comme si elle voulait calmer le brusque tumulte qui s'était levé en lui. « Et si je t'avais connu, c'est avec toi que j'aurais voulu aller là-bas. Mais je ne te connaissais pas. Donc, c'était impossible. C'est aussi simple que ça.

– Oui. » C'était effectivement très simple. Il regarda la carte, en suivant l'itinéraire qu'Ann, il le savait, avait emprunté avec Benny une décennie avant que lui ne la rencontre. Le long de la côte vers le sud, en passant par Gênes et Pise, puis Florence, Rimini, Urbino, Pérouse, Arezzo, Sienne, retour à Pise et remontée vers la côte. Benny lui avait simplement enlevé une grande tranche d'Italie. Il pouvait tout aussi bien prendre une paire de ciseaux et couper la carte de Pise à Rimini, suivre une ligne parallèle, en passant par Assise, puis coller le bas de l'Italie à ce qui restait maintenant du haut. Elle ressemblait ainsi bien plus à un bottillon. La sorte avec des petits boutons sur le côté, comme en portent les putains chic. Du moins, c'est ce qu'il imaginait.

Ils pouvaient sans doute encore aller à Ravenne, mais il haïssait les mosaïques. Il haïssait réellement les mosaïques. Et Benny ne lui avait laissé que les mosaïques. Merci beaucoup Benny.

« Nous pouvons aller à Bologne, dit-il finalement.

– Mais tu as déjà été à Bologne.

– En effet.

– Et tu y es allé avec Barbara.

– Effectivement.

– Tu as certainement couché avec Barbara à Bologne.

– Bien sûr.

– Bon. Bologne me convient. Est-ce une jolie ville ?

– J'ai oublié. »

Graham fixa de nouveau la carte. Ann lui caressa le côté de la tête, essayant de ne pas se sentir coupable. Car ce serait stupide de commencer à avoir des remords. Après quelques minutes de réflexion, Graham dit doucement :

« Ann...

– Oui ?

– Quand tu es allée en Italie...

– Oui ?

– Avec Benny...

– Oui ?

– Y avait-il... Y avait-il... J'étais simplement en train de me demander...

– Il vaut mieux parler que se taire.

– Y avait-il... Eh bien, y avait-il... Je ne pense pas que tu puisses t'en souvenir... » Il la regardait d'un air sinistre, implorant, chargé d'espoir. Elle mourait d'envie de pouvoir lui donner la réponse qu'il attendait. « ... Mais est-il possible que partout où tu sois allée tu puisses te souvenir – tu puisses te souvenir avec certitude...

– Oui, chéri ?

– ... que tu avais tes règles ? »

Ils se mirent à rire doucement tous les deux. Ils s'embrassèrent assez maladroitement, comme si ni l'un ni l'autre ne s'étaient attendus à s'embrasser à ce moment-là. Ensuite, Ann replia la carte d'un air décidé.

Mais le lendemain quand Graham rentra à la maison,

quelques heures avant Ann, il se retrouva tournant autour
de la bibliothèque de sa femme. Il s'agenouilla devant le
troisième rayonnage, à partir d'en bas et regarda les livres
de voyages. Deux guides sur Londres, un sur les Pennines
– cela ne signifiait pas grand-chose – un guide pour
étudiants sur San Francisco, le James Morris sur Venise et
ensuite les Companion Guides sur Florence (naturellement), le sud de la France, l'Allemagne, l'Espagne, Los
Angeles, l'Inde. Il ne savait pas qu'Ann avait été en Inde.
Avec qui avait-elle été en Inde, se demanda-t-il, sans
vraiment de curiosité ni de jalousie sans doute parce qu'il
avait peu d'envie d'aller là-bas lui-même.

Il tira une poignée de plans coincés au bout de l'étagère.
Il était difficile de dire tout de suite de quelles villes il
s'agissait parce que Ann ne s'était pas donné la peine de
les remettre dans leurs plis – comme il l'aurait fait lui-
même – afin que la page de titre soit à l'extérieur. Il se
demandait si ce manque de soin était commun à la
plupart des femmes. Il n'en serait pas surpris si c'était le
cas. Les femmes après tout avaient généralement des
notions géographiques et spatiales très incertaines. Elles
perdaient assez naturellement, au sens propre du terme, le
nord. Certaines avaient même des problèmes pour distin-
guer leur droite de leur gauche (comme Alison, sa première petite amie, qui, lorsqu'on lui demandait quelle
direction il fallait prendre en voiture, levait un de ses
poings et le regardait – comme s'il portait une étiquette
sur laquelle aurait été écrit droite ou gauche. Elle com-
muniquait ensuite au conducteur l'information que sa
main lui avait fournie). N'était-ce que du conditionne-
ment, se demandait-il, ou quelque chose dans la structure
même du cerveau ?

Les femmes, apparemment, n'acquéraient que difficilement avec leur intellect la configuration spatiale des villes. Graham avait vu un jour une illustration du corps humain dans lequel la taille de chaque partie était représentée selon la plus ou moins forte sensibilité de sa surface. L'homunculus qui en résultait montrait une énorme tête avec des lèvres d'Africain, des mains ressemblant à des gants de boxe et un mince petit corps au milieu de tout ça, proche d'un cornichon. Il aurait dû se souvenir de la taille du sexe, mais en était incapable. Le plan personnel d'Ann de la ville de Londres, pensait-il, devait être pareillement distordu et déséquilibré : au sud, un Clapham surgonflé conduisait grâce à une suite de larges artères à Soho, Bloomsbury, Islington et Hampstead. Les environs de Knightsbridge avaient l'apparence d'une grosse bulle. Il y en avait une autre à la hauteur de Kew. Et tout cela devait être réuni par un tas de minuscules surfaces embrouillées, avec des noms en petits caractères : Hornsey, au-dessus d'Ealing et au sud de Stepney, l'Isle of Dogs, ancrée près de Chiswick Eyot.

C'était peut-être pourquoi les femmes – Graham, partant d'Ann, passait maintenant en douceur à une généralisation – ne remettaient jamais les plans dans leurs plis d'origine. Pour elles, l'image d'ensemble de la ville était sans importance, si bien qu'il n'y avait pas « un bon ordre » sur lequel s'appuyer. Tous les plans d'Ann avaient été rangés, comme si on les avait fourrés là, au moment où l'on était encore pratiquement en train de s'en servir. Cette caractéristique leur donnait évidemment un aspect plus personnel, et aussi, Graham le comprit très vite, plus menaçant pour lui. Un plan une fois correctement replié perdait la marque de son utilisateur, il pouvait être prêté ou donné, sans révéler aucun sentiment d'attachement. En revanche, regarder les plans d'Ann avec leurs faux plis, c'était comme voir le cadran d'une horloge arrêtée à une heure précise et significative ou, pire encore, comprit-il, comme lire son journal intime. Certains plans (Paris, Salzbourg, Madrid) portaient des inscriptions au stylobille : croix, cercles, numéros. Apparaissaient alors les aspects particuliers d'une vie qui n'était pas encore liée à la sienne. Il refourra les plans à leur place.

Plus tard dans la soirée il demanda, sur un ton neutre, insignifiant, autant qu'il lui parut possible :

« Jamais eu envie d'aller en Inde ?

– Oh, voudrais-tu par hasard aller là-bas, vraiment ? » Ann semblait assez surprise.

« Non, pas vraiment. Je me demandais simplement si ce pays t'avait jamais intéressée.

– J'ai pensé y aller une fois et j'ai lu un tas de choses là-dessus, mais ça m'a paru assez déprimant, aussi j'ai cessé d'avoir envie d'y aller. »

Graham hocha la tête. Ann le regarda l'air perplexe, mais il ne répondit pas à sa muette interrogation. Elle décida alors de ne pas formuler sa question.

Par la suite, il cessa de se faire du souci à propos de l'Inde. Il s'en faisait déjà suffisamment avec l'Italie, Los Angeles, le sud de la France, l'Espagne, l'Allemagne. Mais il n'avait en tout cas aucune raison de se tracasser à propos de l'Inde. Il n'y avait pas un seul Indien aux Indes, se disait-il, qui ait jamais vu Ann marchant côte à côte avec quelqu'un d'autre que lui. C'était un fait indubitable, inaltérable. Cela ne comprenait pas, bien entendu, les Indiens vivant en Angleterre, en Italie, à Los Angeles, dans le sud de la France, en Espagne ou en Allemagne, qui pouvaient, les uns et les autres, avoir vu Ann bras dessus bras dessous avec Benny, Chris, Lyman, Phil ou qui que ce soit d'autre. Mais ces Indiens étaient totalement disproportionnés par rapport à la masse des Indiens habitant l'Inde. Et, parmi ceux-là, aucun d'entre eux (sauf peut-être lors de vacances, voyez-vous il faut penser à tout) n'avait jamais eu l'occasion ni la possibilité de voir sa femme.

L'Inde était sûre. L'Amérique du Sud était sûre. Le Japon et la Chine étaient sûrs. L'Afrique était sûre. L'Europe continentale et l'Amérique du Nord n'étaient pas sûres. Si, à l'heure du journal télévisé, il y avait des informations sur l'Europe ou les États-Unis, Graham, parfois, prenait conscience que son attention se relâchait. Lorsqu'il lisait le journal du matin, il passait souvent rapidement sur les régions contaminées du monde, mais, dans la mesure où il continuait à consacrer exactement le même temps à sa lecture qu'auparavant, il s'aperçut bientôt que peu à peu il connaissait bien plus de choses sur l'Inde et l'Afrique qu'il n'avait jamais eu besoin ou en vérité envie d'en savoir. Sans aucune curiosité particulière, il arriva à acquérir une familiarité exceptionnelle avec la politique indienne. Il savait également un tas de choses sur le Japon. Dans la salle des professeurs de son département, il se tourna un jour vers Bailey, un gérontologue à l'air minable, qui s'était aventuré là par erreur, et lui dit :

« Avez-vous vu que l'aéroport de Narita a perdu seize millions de livres au cours des quatre premiers mois qui ont suivi sa mise en service ? » A quoi Bailey avait répondu, avec intérêt :

« Souffrez-vous déjà d'andropause ? »

Durant les après-midi où il était seul à la maison, Graham se surprenait de plus en plus souvent à chercher des preuves. Parfois, il ne savait plus très bien ce en quoi consistait une preuve. Et même au cours de ses sondages, il se demandait s'il ne se réjouissait pas secrètement à l'idée de trouver cette preuve qu'il se persuadait de craindre et de haïr. L'effet de ses recherches dirigées fut de redéfinir précisément sa connaissance de presque toutes les possessions d'Ann. Il les voyait maintenant dans une lumière différente et beaucoup plus trouble.

C'est ainsi qu'il ouvrit la boîte en noyer dans laquelle sa femme gardait ses pièces de monnaie étrangères. La boîte était divisée en douze compartiments carrés et chaque compartiment était doublé de velours pourpre. Graham fixa son regard sur les pièces abandonnées là. Les lires signifiaient Benny, ou cet autre type, ou encore – bon, il lui fallait l'admettre – lui-même et leurs cinq jours passés à Venise après leur mariage. Les pièces de cinq cents et de vingt-cinq cents ainsi que l'unique dollar en argent signifiaient Lyman. Les francs désignaient Phil ou ce petit saligaud à la jeep – Jed ou je ne sais plus quoi. Les marks renvoyaient à, et puis merde. Et ce truc, se dit Graham, en s'emparant d'une grande pièce d'argent, qu'est-ce que c'est que ça ? Il lut autour du bord : R. IMP. HU. BO. REG. M. THERESIA. D.G. Puis de l'autre côté : ARCHID. AUSTR. DUX BURG. CO. TY. 1780.X. Il sourit. Une couronne de l'époque de Marie-Thérèse. Celle-là, au moins, ne cachait absolument rien.

Il joua à ce même petit jeu avec le panier en osier rempli de pochettes d'allumettes, appartenant à Ann. Elle ne fumait pas, mais collectionnait les pochettes d'allumettes des restaurants, des hôtels, des clubs, partout où on les offrait aux clients. Il rencontra, cependant, une difficulté. En fouillant ces reliques de coktails un peu débraillés, de dîners bien arrosés, de douzaines et de douzaines de réceptions où lui n'était pas apparu, Graham dut découvrir si oui ou non Ann s'était effectivement rendue dans cet endroit dont il passait maintenant la publicité au crible. Les amis de sa femme connaissaient sa collection et cherchaient pour elle des pochettes particulièrement rares, ou effroyablement criardes, afin qu'elle puisse en enrichir son panier. Graham avait même encouragé ces gens à le faire. Aussi, comment pouvait-il trouver des points de repère ? Ça n'avait aucun sens d'être jaloux, à moins de l'être pour quelque chose. Du moins, c'est ce qu'il semblait à Graham.

Agacé par cette incertitude, il se dirigea vers les étagères d'Ann et commença à examiner les livres qu'elle n'avait probablement pas achetés elle-même. Il en avait déjà d'ailleurs identifié plusieurs comme étant des cadeaux des anciens amants de sa femme. C'est ceux-là qu'il sortit, presque pourrait-on dire pour l'amour du passé. Il lut leurs dédicaces : « A ma... », « Avec amour de », « Avec beaucoup d'amour de », « Amour et bisous de », « XXX de ». Quelle bande de minables se dit Graham. Ils auraient pu tout aussi bien coller des étiquettes imprimées, si c'est tout ce qu'ils avaient à dire. Puis il sortit un exemplaire de *Gormenghast* appartenant à Ann. « A mon petit écureuil qui se souvient toujours à temps où se cachent les noisettes. » Foutu Jed – oui, il s'appelait Jed, comme la signature gribouillée d'un orang-outan bien élevé le confirmait. C'était le petit salaud à la jeep. Bon, oui, on s'y attendait. Il fallait qu'il lui donne *Gormenghast*. Au moins le signet indiquait qu'elle n'était pas allée au-delà de la page 30. Dans les normes aussi. *Gormenghast*, répéta-t-il pour lui-même d'un air méprisant. Et Jed. Que lui avait dit déjà Ann sur ce type ? « Une petite aventure thérapeutique. » Thérapeutique ? Bon, il pensait qu'il pouvait comprendre. Brève aussi. Il en était content et pas uniquement pour la raison la plus évidente. Il n'avait aucune envie que la maison soit encombrée des œuvres complètes de Tolkien ou de Richard Adams.

Graham inventa alors un jeu pour lui-même, une autre sorte de réussite. Il devait découvrir, dans la bibliothèque d'Ann, les livres qu'elle n'avait pas achetés elle-même. S'il ne parvenait pas à trouver un de ces livres après quatre tentatives, il perdait la partie. S'il en sortait un au quatrième coup, il pouvait continuer à jouer. S'il en sortait un après seulement deux tentatives, il avait en réserve deux essais et ses chances s'élevaient à six dans la prochaine manche.

En trichant légèrement, il parvint à continuer la partie pendant environ vingt minutes, mais, à ce moment-là, le plaisir du jeu parvenait de moins en moins à dissiper la mélancolie de la victoire. Assis par terre, pour examiner la pile de livres qui représentait ses victoires, il sentait monter en lui une tristesse accablante. Au sommet de la pile se trouvait un exemplaire de la *Fin d'une liaison* de Graham Greene. « Ne m'en veux pas, s'il te plaît. Tout a été merveilleux. Le moment venu, tu t'en rendras compte toi aussi. Ç'a été presque trop beau. M. » Ah, Michael. Exactement la sorte de trucs machos qu'il devait mettre. Ç'a été presque trop beau. Ce qu'il voulait dire, en réalité, c'était : « Pourquoi ne t'es-tu pas conduite plus mal afin que je puisse te quitter sans remords ? » Michael, le beau sportif, du moins c'est ce que disait Ann – avait une manière accrocheuse de hocher la tête et de plisser les yeux timidement, en vous regardant. C'était ainsi qu'Ann l'avait décrit. Graham, lorsqu'il pensait à lui, l'appelait : la bite au tic.

Tout cela le rendait triste. Ça le rendait aussi agressif, d'une manière imprécise et ça le faisait s'apitoyer sur lui-même. Mais essentiellement tout cela le rendait profondément triste. Peut-être était-ce le moment d'essayer une des solutions proposées par Jack ? Non pas qu'il soit allé voir Jack pour que celui-ci lui trouve des solutions. En tout cas c'était une chose qu'on pouvait tenter sans danger. Bon, il pensait que c'était sans danger. Et Ann ne serait pas là avant au moins heure et demie. Graham se dirigea vers son bureau avec un net sentiment d'autodérision. En dehors du reste, c'était ridicule que son bureau fût le seul endroit sûr où il puisse cacher quelque chose. Il tira un tiroir de son classeur, le tiroir portant la mention 1915-19. Toutes les chemises cartonnées présentaient leurs côtés ouverts, toutes à l'exception d'une seule. C'est celle-là que Graham sortit et retourna avant d'en extraire un sac en papier rose, à rayures. Où devait-il aller ? Pas au rez-de-chaussée, au cas où Ann reviendrait à l'improviste. Pas dans la chambre à coucher, ça ressemblerait à un adultère. Rester ici ? Mais où ? Pas à son bureau, en tout cas. Ça rendrait la chose impossible. Il se décida, à contrecœur, pour la salle de bains.

Graham ne s'était pas masturbé depuis qu'il avait dix-huit ans, depuis la veille du jour où il avait demandé, dans la matinée, à Alison, qui allait devenir sa première petite amie, de sortir avec lui. La décision qu'il avait prise alors avait augmenté sa confiance pour oser présenter sa requête à la jeune fille, si bien qu'ensuite, dans une sorte de pieuse gratitude, il avait renoncé définitivement à cette pratique. D'ailleurs, à l'époque, il en tirait toujours un sentiment de culpabilité. Dans sa famille, il s'était toujours masturbé dans les W.-C., soit avant ou après ses selles, de sorte que si on l'interrogeait pour savoir ce qu'il avait fait, il n'était pas obligé de mentir. Ce stratagème réduisait un peu son sentiment de culpabilité, mais, malgré tout, celui-ci restait présent dans l'ombre.

Il ne s'était pas non plus masturbé, se rendait-il compte, depuis l'époque où les gens n'employaient, pour désigner cette activité, que le mot « onanisme », ce mot froid, sentant le livre de médecine et la Bible. Il y avait, bien sûr d'autres mots en circulation, mais on pensait toujours à ça sous le nom d'onanisme. Onanisme, fornication, défécation, des mots graves, venus de son enfance, représentant des activités sur lesquelles il était préférable de réfléchir avant de s'y adonner. De nos jours, on ne parlait plus que de se branler, de baiser et de chier, et personne n'y regardait à deux fois avant de passer à l'acte. Bon, il s'aventurait lui-même à dire chier de temps en temps, en privé. Jack, bien entendu, parlait de branlette sans la moindre retenue et de baisouille aussi. Graham hésitait encore un peu à employer ces mots. « La branlette », après tout, était un mot si dépourvu de culpabilité, si tranquille, si plein de charme domestique, qu'il amenait facilement l'idée de violon d'Ingres.

Graham ne s'était pas masturbé depuis vingt-deux ans. Branlé. Il y avait plusieurs appartements, plusieurs maisons où il ne l'avait jamais fait. Il s'assit sur le siège des toilettes et regarda autour de lui. Puis il se leva et tira à lui le panier à linge au couvercle de liège. Les pieds laissèrent sur la moquette quatre petites dépressions aux quatre angles d'un rectangle de poussière. Graham s'assit de nouveau sur le siège des toilettes, approcha encore le panier à linge et mit son sac en papier dessus. Puis il baissa son pantalon et son slip sur ses chevilles.

Ce n'était pas une position très confortable. Il se leva, rabattit le couvercle des toilettes et posa une serviette dessus. Et il se rassit. Il respira profondément, chercha dans son sac en papier et en sortit les deux magazines qu'il avait achetés en rentrant chez lui à un marchand de journaux indien, après une séance de cinéma dans un quartier excentrique.

Il avait essayé de paraître étonné, quand il les avait achetés, comme s'ils étaient réellement pour quelqu'un d'autre. Au fond, pensait-il, il n'avait réussi qu'à paraître hypocrite.

L'un des magazines était *Penthouse*, qu'il connaissait, l'autre *Rapier*, qu'il ne connaissait pas. Il les posa côte à côte, sur le panier à linge, et lut la liste des articles sur les couvertures. Il s'interrogeait à propos du titre *Rapier*. Rapière ? Rapt ? Était-ce pour suggérer un monde de sexualité flibustière, dont Errol Flynn serait le roi ? de viols en costume d'époque ?

Les deux filles, sur les couvertures, n'exposant chacune, à cause de quelque réglementation concernant ces publications, qu'un seul téton, frappèrent Graham par leur étonnante beauté. De telles filles avaient-elles vraiment besoin de se mettre nues ? Ou existait-il une relation entre une extrême beauté et l'envie de se mettre nue ? Plus probablement il s'agissait de la relation qui s'établit entre le fait d'être extrêmement belle et de se voir offrir de substantielles sommes d'argent pour enlever ses vêtements. C'était certainement là la réponse juste.

Il prit une profonde inspiration, baissa les yeux vers ce qu'il appelait jusqu'ici son pénis, mais dont le mot lui apparaissait maintenant incertain, le prit dans sa main droite et tourna la page de couverture de *Rapier* avec sa main gauche. Il y avait ici une table des matières plus détaillée, illustrée par une photographie d'un ravin profond et rose, bordé d'une forêt tropicale. D'après ce que l'on pouvait voir la pluie venait aussi de tomber. Graham était fasciné et en même temps légèrement apeuré. Ensuite vinrent quelques pages de lettres de lecteurs, illustrées également de vues topographiques et plongeantes, puis huit pages de photos d'une autre fille fort belle en vérité. Sur la première page de cette série, la fille était assise dans un fauteuil d'osier, n'ayant sur elle qu'une petite culotte ; ensuite, elle apparaissait nue jouant avec un de ses tétons ; ensuite avec son... machin un peu plus bas, et enfin, à la huitième page, elle semblait vouloir retourner complètement sa... comme s'il s'agissait de la poche d'un pantalon. Arrivé à cette dernière page, tandis que le cerveau de Graham restait, si l'on peut dire bouche bée, sa semence (c'était ainsi qu'il la qualifiait naguère, mais ne savait plus très bien comment l'appeler maintenant) jaillit brusquement de la façon la plus inattendue. Elle retomba sur la manche gauche de son pull-over, sur le panier à linge et sur la jolie contorsionniste.

Pris de panique, comme s'il n'avait au mieux que deux secondes pour le faire, Graham s'empara de quelques feuilles de papier de toilette et commença à éponger sa manche, le magazine, ce qu'il appelait encore, faute de mieux, son pénis et le panier à linge sale. A sa consternation, il s'aperçut que le sommet en liège du panier portait maintenant plusieurs marques humides, assez gluantes. Il jeta les feuilles de papier mouillé dans la cuvette, et s'interrogea sur ce qu'il devait faire. Clairement, les taches ne ressemblaient pas à de simples marques d'eau. Que pouvait-il dire qu'il avait renversé ? De l'after-shave ? Du shampooing ? Il pensa faire couler quelques gouttes de shampooing sur le panier à linge, de sorte que, quand Ann l'interrogerait (comme quand son père l'interrogeait), il pourrait au moins ne pas lui mentir. Mais qu'allait-il se passer si le shampooing faisait une marque différente ? Alors, il lui faudrait dire qu'il avait renversé un peu de shampooing et aussi un peu d'after-shave. Cela n'apparaissait pas très plausible. Ensuite, il se rendit compte qu'il était resté à peine cinq minutes dans la salle de bains. Ann ne rentrerait pas avant des siècles. Il pouvait rester assis et voir ce qui allait se passer avec la tache. Cela n'avait pas été une particulièrement bonne... branlette, comme il pensait qu'il ferait mieux d'appeler ça maintenant. C'était trop bref, trop soudain, et trop inquiétant à la fin pour qu'on puisse en jouir consciemment. Pourtant, il avait été plus que surpris par ces magazines. Il se pencha en arrière, contre la chasse d'eau et ouvrit *Penthouse*. Il lut la table des matières et ouvrit le journal à l'article sur les boissons. Assez bien fait, même si le ton en était désinvolte. Puis il lut l'article sur les voitures, un autre sur la mode et une nouvelle de science-fiction, dans laquelle on se demandait ce qu'il adviendrait aux hommes quand on parviendrait à construire des robots qui seraient de bien meilleurs amants que leurs rivaux de chair et d'os, tout en étant également capables de féconder les femmes. Ensuite, il lut le courrier des lecteurs : les réponses de la rédaction le frappèrent par leur bon sens.

A ce moment-là, il remarqua deux choses : sa bite, comme il sentait qu'il allait l'appeler maintenant, durcissait de nouveau, tandis qu'il lisait la lettre d'une ménagère du Surrey, ravie du nombre d'objets usuels en forme de godemichés, capables de satisfaire toute personne passionnée de plaisirs solitaires, et sa semence (il n'était pas encore prêt à utiliser le mot foutre) semblait avoir séché complètement. Au point où j'en suis... se dit-il avec enjouement, avant de recommencer à se branler avec soin, trouvant cette fois plus d'intérêt et de plaisir, au début, au milieu et à la fin.

5. Demeurés et Lunetteux

« Eh bien, eh bien, mon petit pigeon. C'est ce que le poète appelle les surprises de l'amour.

– Jack, es-tu occupé ? Je ne resterai pas longtemps.

– Ah, ce n'est pas la chose la plus agréable que j'aie jamais entendue, mais on s'en contentera. »

Jack s'écrasa, sans trop d'enthousiasme, contre le mur, de sorte qu'Ann, en passant, soit obligée de le frôler légèrement. Elle traversa rapidement son long capharnaüm, et s'assit sans faire montre de la moindre hésitation. Jack referma soigneusement la porte d'entrée et la suivit, un vague sourire aux lèvres.

« Un peu de café ? » Ann fit non de la tête. Elle était aussi belle, en ce moment, que dans le souvenir de Jack : jolie avec sérieux et élégance, deux qualités qu'elle trouvait le moyen d'accorder parfaitement.

« Jack, je suis venue donner un coup de pouce à l'histoire.

– Ah, ah ? Je pensais que ça allait être une autre séance de conseils matrimoniaux. Inutile de te dire lequel des conjoints je préfère étendre sur mon divan.

– Tu as été très gentil avec Graham.

– Pas fait grand-chose. J'ai juste avancé quelques trucs, autant que je puisse me souvenir, genre achète-toi un chapeau neuf quand tu te sens cafardeux. Failli lui dire que tous les hommes avaient, en fait, leurs règles, mais je ne pense pas qu'il aurait avalé ça.

– De toute façon, il était plus calme lorsqu'il est rentré à la maison. Il semblait avoir profité de sa visite.

– A sa disposition.»

Jack, planté devant elle, masse brune et trapue, se balançait sur ses talons. Il avait toujours un air vaguement gallois, pensait-elle, alors qu'il ne l'était pas. Il portait un complet de tweed brun, un gilet en cuir et une chemise d'ouvrier. Le bouton doré cousu sur le col n'était là que pour le décor. Ann s'était souvent posé des questions sur l'apparence que Jack voulait présenter au monde. S'habillait-il à la poursuite nostalgique de la simplicité imaginaire du propriétaire terrien, ou, au contraire, à la recherche d'un négligé artistique ? Les questions sérieuses qu'elle avait posées à Jack sur son passé avaient toujours été détournées, mais elle n'y attachait pas d'importance. Cette fois, cependant, elle était venue pour parler de son passé à elle.

«Jack, dit-elle lentement, j'ai décidé que nous n'avons jamais eu de liaison.»

Il allait se mettre à rire lorsqu'il se rendit compte à quel point elle avait l'air sérieux. Aussi préféra-t-il sortir les mains de ses poches, raidir les bras le long de son corps, claquer des talons et dire sèchement :

«Bien, chef!

– J'ai décidé ça hier au soir. Nous étions... bon, Graham me débitait la liste de quelques-uns de mes anciens petits amis. Il était un peu ivre. Nous étions tous les deux un peu ivres. Nous sommes maintenant de plus en plus souvent ivres. Puis il a commencé à pleurer, à boire et à pleurer. Je lui ai demandé ce qui n'allait pas et il m'a dit le nom d'un de mes anciens amants. Il a simplement dit : "Benny." Puis, il a pris une autre gorgée de vin et a dit : "Benny et Jed." Puis, il a bu de nouveau une gorgée de vin et a dit : "Benny et Jed et Michael." C'était terrible.

– Effectivement, ça ne me paraît pas très gai.

– Chaque fois qu'il prenait une gorgée il disait les noms et chaque fois qu'il disait les noms, il en ajoutait un. Et puis, il s'est mis à pleurer un peu plus fort et a pris une autre gorgée. » Ann, à cette pensée, sortit un kleenex. « Et puis, après avoir continué ainsi pendant un certain temps, il a ajouté brusquement ton nom.

– Et ça t'a surprise ?

– Totalement. D'abord j'ai pensé que tu lui en avais parlé quand il était venu te voir, puis je me suis dit que si ç'avait été le cas, il n'aurait pas eu l'air aussi joyeux en rentrant à la maison. Donc, j'ai simplement dit : "Non Graham", très fermement.

– Rudement bien fait.

– Je ne me sentais pas à l'aise, parce que je ne pense pas que je lui ai jamais menti auparavant. Je veux dire en dehors des trucs comme le métro avait du retard, je ne sais pas. En tout cas jamais rien... de cet ordre.

– Eh bien, tu connais ma règle à propos des histoires d'amour : un maximum de débrouillardises, un minimum de mensonges, un maximum de gentillesse. Je ne vois pas pourquoi ça ne s'appliquerait pas également aux aventures passées.

– Eh bien, voilà, j'ai dit : Non. J'étais sûre que tu comprendrais.

– Mais oui. » En fait, Jack était légèrement blessé. Il
éprouvait la même sensation que lorsqu'une femme le
repoussait. Ce qui était stupide, bien sûr, mais, d'une
certaine manière, assez juste. « Aucun problème. Dom-
mage évidemment pour ce chapitre de ma foutue autobio-
graphie. Aurais pu exiger une avance plus substantielle.

– Navrée de récrire ton passé à ta place.

– Ne t'en fais pas, je m'applique moi-même à le faire.
Chaque fois que je raconte quelque chose, c'est différent.
Peux même pas me souvenir comment la plupart de ces
histoires se sont mises à exister. Ne sais pas ce qui est vrai.
Ne sais pas d'où ça vient. » Il prit un air sinistre, comme
si quelqu'un lui avait volé son enfance. « Ah bien sûr, ça
fait partie des plaisirs et des souffrances de la vie d'artiste. » Il commençait à utiliser les procédés de la fiction
même en parlant de ses propres fictions. Ann sourit.
« Mais as-tu pensé aux amis ? dit-il.

– Écoute, ça n'a jamais fait tellement de bruit, et un tas
de ces amis font définitivement partie du passé.

– Hum. Cela peut sembler fort peu galant, mais
peux-tu me rappeler quand nous n'avons pas eu cette
liaison ? En 74 ? En 73 ?

– De l'automne 72 à l'été 73. Et... une fois ou deux par
la suite.

– Ah oui. Je me souviens de la fois ou deux. » Il sourit.
Ann lui rendit son sourire, mais avec moins d'assurance.

« Je pourrais le dire à Graham un jour, quand il...
aura... surmonté ça. Je veux dire si ça sert à quelque chose,
bien sûr, ou s'il me le demande.

– Et alors mon passé me sera rendu. Oh démons et
merveilles. Et quels sont les actuels pronostics ? Comment
va notre petit Othello ? »

Ann était choquée par le ton désinvolte de Jack.

« Pas très fort. Ça peut te paraître ridicule, et parfois je le pense aussi. Mais il ne va pas bien du tout. Je m'inquiète par moments parce qu'il me semble ne songer à rien d'autre. Heureusement, il a son travail.
– Oui, c'est une bonne chose.
– Sauf que les vacances approchent.
– Écoute, il faut que tu l'occupes. Emmène-le quelque part.
– On est en train de chercher un pays où je n'ai jamais baisé avec quiconque », dit Ann avec une soudaine amertume.
Jack garda pour lui ses pensées. Il avait toujours aimé beaucoup Ann, même quand – c'est-à-dire ce qu'il savait être maintenant l'été de 1973 – ils s'étaient séparés à cause d'une petite aventure qu'il s'était permise. Un stationnement en double file si l'on veut. Il pensait toujours qu'Ann était une chic fille, peut-être pas tout à fait assez tapageuse à son goût, mais une chic fille en tout cas. Tandis qu'il la reconduisait à la porte, il approcha son visage pour quémander un baiser. Elle tendit le cou en hésitant, et frotta sa joue contre un côté de sa barbe. Comme elle se dégageait, elle sentit les lèvres légèrement humides de Jack glisser contre son oreille.

Barbara, en peignoir, assise sur le sofa, buvait une tasse de thé en ruminant à propos de Graham. Elle pensait à lui plus souvent qu'il ne le méritait, croyait-elle. Le mépris initial était maintenant passé, et même le ressentiment, une émotion pourtant sur laquelle on peut compter, ne la dominait plus comme au cours des deux premières années. Cela ne signifiait nullement qu'elle avait, de quelque manière, pardonné à Graham, ou qu'elle l'aimait bien, ou même pouvait « voir son point de vue » – cette chose que

ses amies les plus faibles ou les moins loyales, à l'occasion,
lui demandaient de considérer. Ces mêmes amies lui
suggéraient aussi, lorsqu'elles s'en sentaient le courage,
que, probablement, elle n'avait pas eu de chance, qu'un
certain pourcentage de mariages se brisent forcément, que
ce n'est la faute de personne, que c'est ainsi que va le
monde. Elle leur répliquait alors : « Je suis encore ici.
Alice est toujours là. La maison n'a pas bougé. Et même
la voiture attend dans le garage. Tout ce qui est arrivé,
c'est que Graham a décampé. » Cette liste de faits incolo-
res précipitait généralement ses amies dans la mauvaise
direction :

« Ainsi donc, tu... tu pourrais... le... reprendre... si... si...

– Bien sûr que non. Il n'en est pas question. » Et
Barbara pensait ce qu'elle disait.

Quand elle évoquait Graham aujourd'hui, elle avait en
tête deux images. La première le représentait agenouillé
au-dessus d'elle, tandis qu'ils faisaient l'amour, la nuit de
leur huitième anniversaire de mariage. Pour ces nuits
particulières, elle lui permettait toujours de laisser la
lumière allumée. Ramassé sur elle, il poussait en avant
d'une manière assez molle qui paraissait néanmoins le
satisfaire lorsqu'elle le surprit en train de regarder ses
seins. C'était quelque chose de tout à fait normal en soi,
bien sûr. C'était même – en partie – pour ça qu'elle lui
permettait de laisser la lumière allumée en premier lieu.
Mais ce qui n'était pas normal, c'était la façon dont il les
regardait. Il ne s'agissait pas exactement de dégoût ni non
plus d'un manque d'intérêt. C'était plus insultant que ça.
L'infinie parcelle d'intérêt que montrait son visage était
particulièrement humiliante. Barbara avait déjà vu ce
regard auparavant. C'était celui que les clients d'un

supermarché jettent sur les produits surgelés dont ils n'ont pas vraiment besoin, vagues regards de l'habitude.

Après cet incident, le jour anniversaire de leur mariage, Barbara décréta qu'ils auraient la lumière allumée pour lire un peu, ou qu'ils éteindraient pour faire l'amour. C'était d'ailleurs, laissait-elle entendre, parfaitement équivalent pour elle. Plus fréquemment, ces dernières années, ils avaient laissé la lumière allumée.

L'autre image de Graham le montrait également agenouillé, mais cette fois légèrement de biais, dans l'escalier. Il y avait combien d'années de cela ? Elle ne pouvait s'en souvenir. Son genou gauche était une marche plus haut que son genou droit et ses fesses en pleine lumière. Il était à peu près au tiers des marches, une balayette en plastique jaune dans la main droite, et le ramasse-poussière assorti dans la gauche. Il finit une marche et gagna celle située au-dessus. Il aidait sa femme, parce qu'il était en vacances et qu'elle se sentait fatiguée. Barbara regarda ce bout de derrière agressif, la balayette jaune qui dépoussiérait méticuleusement le tapis, puis gagna la salle de séjour. Quelques minutes plus tard, elle revint dans le couloir. Graham n'avait plus qu'une marche à faire. Quand il se trouva en haut, il se retourna comme un écolier qui s'attend à recevoir un bon point pour les devoirs qu'il a faits à la maison.

« Si tu avais commencé en haut, dit-elle simplement, et balayé en descendant, toute la poussière serait maintenant en bas. » Au nom du ciel, c'était un professeur, un universitaire, je veux dire qu'on aurait pu s'attendre à ce qu'il soit intelligent, non ?

Toujours de biais, il jeta un coup d'œil au-dessus de son épaule et lui lança de nouveau un regard d'écolier : ce n'est pas ma faute si j'ai fait dans ma culotte, ce n'est pas ma faute. Ne me gronde pas. Il ressemblait (elle avait cherché le mot de cour de récréation qui convenait) à une vraie mauviette. Cette espèce de mauviette qu'on trouve dans je ne sais plus quelle pièce pour marionnettes. « Salut, Mauviettttttte », ses amies aimaient s'interpeller ainsi les unes les autres à l'école. Elle avait failli le crier à ce moment-là.

Pendant ce temps, chez lui, Graham sortait un poulet du réfrigérateur. Il tira la bête de son sac en polyéthylène et la déposa sur la planche à découper. Puis il l'attrapa par les ailes et la secoua vigoureusement. Le petit sac d'abats s'échappa du trou situé entre les pattes du poulet et Graham marmonna :

« Un garçon. »

Il mit le sac de côté et commença à casser les articulations du poulet, avec plus de force que de dextérité. Il arracha les ailes en tirant dessus, puis fit tourner les pattes comme des hélices jusqu'à ce qu'à la fin elles cèdent avec un brusque craquement. Il regarda brièvement la peau d'une des pattes. Irrégulière et grumeleuse, comme la peau de son scrotum.

Graham prit un hachoir au râtelier aimanté, placé au-dessus de sa tête, et l'abattit d'un coup sec sur le bréchet de la bête. Il frappa à deux ou trois reprises jusqu'à ce que la carcasse se sépare. Il continua à taper ici et là, de sorte que quelques os éclatèrent. Il essaya alors, sans grand enthousiasme, d'ôter les esquilles.

Il jeta les morceaux de viande découpés dans une poêle pour les faire revenir. Il reprit le hachoir et plaça le sac de plastique avec les abats au centre de la planche. Il le regarda durant une minute, puis se mit à le taillader avec force, à plusieurs reprises, en rapides successions, comme s'il devait donner les coups avant que les abats ne soient pris de panique et déguerpissent. Le sac se fendit et du sang éclaboussa son poignet, la planche et le tablier en plastique à rayures bleues qu'il portait. Il rassembla les entrailles avec le côté non coupant du hachoir, puis leur redonna plusieurs coups rapides. Il prenait plaisir à cela, de la manière la plus simple. Il sourit. Il se dit que le travail était un bon dérivatif à la tristesse, mais que ce qu'il était en train de faire en était également un.

Il sourit de nouveau. Il venait de se demander si l'on faisait des pochettes de papier kraft rembourrées, doublées de plastique.

Naturellement, Ann n'avait pas parlé à Graham de sa visite à Repton Gardens. Lorsque le lendemain après-midi Jack ouvrit sa porte pour trouver Graham marmonnant l'air farouche : « Je ne suis pas réellement ici, tu ne diras rien à Ann, n'est-ce pas ? » il ne put retenir un petit sourire. Tout d'abord, on commence à récrire le passé, et maintenant on récrit aussi le présent. Si seulement ces deux-là arrivaient à contrôler le futur, ils pourraient le tailler à leurs mesures l'un et l'autre.

« Bien sûr que non, vieux frère.

– Tu travailles ?

– Non. Juste en train de peaufiner un article. Allons, entre. »

Ils allèrent dans la salle de séjour au beau désordre chaotique. Graham s'assit dans le même fauteuil que la dernière fois et Jack lui fit un café dans la même tasse. Puis il attendit. Graham semblait avoir envie de reproduire également le même silence. Jack fut moins patient cette fois.

« As-tu avalé mes petites pilules ?

– D'une certaine manière. Je veux dire que tu m'as dit trois choses et que j'en ai fait environ les deux tiers. Je ne suis pas allé m'acheter des vêtements neufs. Je ne pense pas que ç'aurait marché. » (Seigneur, se dit Jack, il m'a pris au sérieux. Ce cher Graham n'est pas vraiment le roi de la métaphore.) « Et de toute façon, je buvais déjà un peu, donc je n'ai fait que continuer, ce qui représente, n'est-ce pas, cinquante pour cent. »

Jack ne pouvait se rappeler ce qu'il avait suggéré d'autre ; tout ce dont il se souvenait était plutôt d'avoir parlé trop abondamment de son premier mariage.

« Et je me suis mas... mas... branlé. » Graham avait un air épouvantablement universitaire en lâchant ces mots.

« Tu as fait une petite branlette de masse ? Bravo. Qui étaient les heureux élus ? »

Graham sourit faiblement. Jack s'étonnait du sérieux avec lequel les gens regardent le sexe, à quel point celui-ci – à quel point insensé – celui-ci les tient par les couilles.

« Ce n'est pas la fin du monde, grand connard. Je veux dire que je ne me suis pas aperçu que tout le bataclan a bougé sur son axe au moment, quel qu'il soit, où tu as opéré.

– Je ne l'avais pas fait depuis vingt ans.

– Saperlipopette. Vraiment ? Et c'était comment ? Allez, raconte. Raconte-moi tout. Pour ma part, je ne m'en souviens toujours que trop bien.

– C'était... » Graham s'arrêta. Jack commença à esquisser une grimace d'anticipation. « ... agréable. » Jack fit vibrer ses lèvres de soulagement.

« Absolument juste. Alors pourquoi cette mine de constipé ?

– Eh bien, pour deux choses au moins. Tu vois j'ai acheté un magazine pour m'aider à le faire.

– Et alors ? La plupart d'entre nous ont une bibliothèque sous leur lit. Tu veux m'emprunter quelques numéros ?

– Euh, non merci.

– A ton aise.

– Et tu vois, j'y ai pris plaisir, je me suis servi d'un magazine et pourtant je ne me sens pas coupable vis-à-vis d'Ann.

– Et tu as recommencé ? » Jack se sentait dans l'humeur d'un prêtre zélé, essayant de faire admettre à Graham que dans son cas cet acte n'avait rien d'un péché.

« Oh oui, plusieurs fois.

– Donc, tu as retrouvé le tour de main, non ? Pas de jaillissement anticipé sur la double page de pub pour Nikon ? »

Graham sourit bizarrement, en se souvenant d'une de ses premières difficultés.

« Mais crois-tu que je devrais me sentir coupable vis-à-vis d'Ann ?

– Mais non, voyons.

– Penses-tu que je devrais le lui dire ?

– Tu ne l'as pas fait ?

– Non.

– Eh bien, j'attendrais qu'elle te le demande. Tu vois, on fait tous ça. Relis ton Kinsey. Quatre-vingt-dix-huit pour cent le font à un certain moment et quatre-vingt-seize pour cent le font continuellement, enfin quelque chose comme ça, tu sais que les chiffres ne sont pas mon fort. Bon. Mais seulement deux pour cent s'arrêtent après leur mariage. C'est un fait, Graham. »

Jack n'était pas absolument sûr que ce soit un fait, mais c'était bien suffisant en ce qui concernait Graham.

« Penses-tu, je veux dire, penses-tu que ça peut interfé-
rer avec... avec le reste ?

Parfois les questions de Graham n'étaient pas énoncées
aussi clairement qu'elles auraient pu l'être. Jack espérait
que son ami ne composait pas ses sujets d'examens avec
autant d'imprécision.

« Non, absolument pas. Ça n'a absolument rien à voir
avec le reste. Tout baigne dans l'huile, mon vieux.

– Est-ce que... » Graham s'arrêta de nouveau. « Est-ce
que... elles... » (Graham n'aimait pas se servir du pronom
collectif qu'affectionnait Jack, mais il ne pouvait désigner
nominalement Ann) « ... s'en rendent compte ? Je veux
dire si on le fait ou pas ?

– Mais non. Mais non. A moins qu'elles ne se soient
fourrées un verre gradué là-dedans ou quelque chose
comme ça, tu vois une chatte millimétrée. De toute façon
je ne pense pas que ça puisse enregistrer les volumes avec
une telle précision.

– Ah, fit Graham en reposant sa tasse de café. L'autre
truc – il jeta un coup d'œil accusateur à Jack – c'est que
ça ne marche pas.

– Hein ? Tu viens de dire le contraire. Alors ?

– Non. Ça marche, oui, ça marche bien » (il supposait
que le « ça » suffisait) « mais le faire... n'a aucun effet sur
le truc. J'ai vu Le G..., un de ses films, trois fois cette
semaine. J'en ai vu encore un autre. J'achète tous ces
journaux du week-end qui donnent les programmes.

– Écoute, je ne t'ai pas dit que la branlette t'empêcherait d'aller au cinéma, n'est-ce pas ?

– Je le croyais.

– Non, tout ce que j'ai dit, c'était qu'au mieux, cela
pouvait être une consolation si tu te sentais déprimé par...
ce truc. Je ne vois rien à te dire qui puisse t'empêcher

d'avoir envie d'aller reluquer ses films, je veux dire, c'est
dans ta tête, non ?

– Ne peux-tu rien faire pour ma tête ? » Cette requête
était presque pathétique.

« Les têtes, lança Jack sur un ton définitif, ce sont des
caboches. » Il s'agita dans son fauteuil et alluma une
cigarette. « Étais en train de lire ce truc de Koestler.
Enfin, je l'ai commencé de toute façon. » (Jack était
capable de parler avec énormément d'autorité sur des
livres auxquels il avait juste jeté un coup d'œil au-dessus
de l'épaule d'un inconnu, dans un métro bondé.) « Il dit,
ou en tout cas il dit que les chercheurs disent, que la vieille
boîte à cervelle n'est pas exactement ce qu'on imagine. On
croit que c'est le gros truc, notre cerveau. On pense tous
que c'est la crème de notre individu – bon, le siège de la
raison, n'est-ce pas, c'est pourquoi nous ne sommes pas des
singes ou des étrangers. On croit que là-haut ça ressemble
aux ordinateurs, aux derniers machins I.B.M. n'est-ce
pas ? »

Graham acquiesça. C'était ce qu'il avait toujours cru,
s'il y avait jamais réfléchi.

« Eh bien, non. Pas de cette manière. Nos braves petits
cons de chercheurs, apparemment, quelques-uns d'entre
eux en tout cas, disent qu'en effet des parties du ciboulot
sont comme ça. L'ennui, c'est qu'il y a plusieurs autres
couches, deux autres couches de différentes couleurs, tu
vois, non ? Surtout, ne va pas me citer. Un tas de ces
petites foutues cellules se sont développées en diable toutes
ces dernières années, travaillant sur les moteurs à injec-
tion, les fermetures Éclair et les contrats d'édition, des
trucs comme ça. Rien à dire. Elles sont socialement
acceptables. Mais les autres, même si elles se sont donné
un mal fou, pendant des millénaires, pour essayer de

s'améliorer – tu sais bien sûr comment, en baisant à la manière des cellules, en faisant des pompes chaque matin, en s'entraînant sur la Plage du Muscle – elles ont découvert qu'il n'y avait rien à faire pour elles. Strictement rien à faire. Elles n'ont pas les bons gènes ou quoi que ce soit qu'ont les cellules. Elles ont atteint leur sommet et se voient obligées d'admettre le fait qu'elles sont réellement assez bouchées. Bon, ça va pour elles – je veux dire, elles n'ont pas besoin d'arriver quelque part, n'est-ce pas ? Elles n'ont pas besoin d'aller danser le samedi soir, d'accord ? Elles sont simplement là pour nous baiser ou ne pas nous baiser, c'est selon. »

Jack s'arrêta. Il aimait les petits silences comme celui-ci dans ses histoires. Ça lui faisait sentir qu'il n'était pas seulement un romancier, mais – une expression qu'il lisait assez souvent bien que trop rarement encore dans les articles sur lui – un conteur-né. Un critique avait écrit un jour de lui : « Avec Lupton, on peut faire confiance au conteur et à l'histoire. » Il lui avait envoyé une caisse de champagne.

« Et, selon le cas, elles nous foutent dedans, parce que celles-là, les demi-portions, ce sont elles qui contrôlent nos émotions, nous font tuer les gens, baiser la femme des autres, voter conservateur, envoyer des coups de pied au chien. »

Graham le regardait avec une attention intense.

« Donc, ce n'est pas notre faute ?

– Ah, je n'ai pas dit ça, vieux. Ne veux pas endosser ça. Je peux t'écrire un livre sur le sujet, mais si tu as envie que je t'en parle, eh bien, tu ne serais même pas capable, pour commencer, de payer le prix : c'est conférences pour écoles suisses et devises fortes.

– Alors ?

– Alors ?

– Alors penses-tu qu'il y ait quelque chose de vrai là-dedans ?

– Ah ! Eh bien, je ne sais pas. Ne le pense pas vraiment. Je veux dire, j'ai simplement senti que c'était une théorie intéressante. Quoiqu'elle puisse te faire du bien. Te fait penser à ton crâne de manière différente, une couche de Lunetteux, deux couches de Demeurés. Mais, diras-tu, pourquoi ils n'essaient pas de s'entendre, pourquoi ne s'assoient-ils pas à une table de conférence avec quelque U Thant de la cervelle, pour tenter d'aplanir leurs difficultés ? Pourquoi les Demeurés continuent-ils à foutre en l'air les réalisations des Lunetteux ? Hein ? On pourrait penser que les Demeurés verraient que leur intérêt est de marcher à l'ombre et de ne pas scier la branche...

– Mais qu'en penses-tu ? demanda Graham qui voulait réellement savoir.

– Ah.» Jack, pendant qu'il développait sa comparaison avec les Nations Unies, avait gardé une partie de son cerveau concentrée sur ce point précis. Quelle serait la meilleure réponse ? Que voulait réellement entendre Graham ? « Eh bien, j'arrive à une conclusion négative, probablement négative. »

Il se leva, marcha de long en large, fit semblant de chercher une cigarette, revint à son point de départ, leva la jambe en pivotant, péta et murmura, au moment où il « retrouvait » ses cigarettes sur le bras de son fauteuil :

« Là où souffle l'esprit. »

Il grimaça un sourire. Il avait tiré ce comportement d'une autre case, encore plus petite de son cerveau, probablement une de celles occupées par les Demeurés. Mais, bien évidemment, il n'est pas nécessaire de faire intervenir les Lunetteux en masse pour s'adonner aux calembours. « J'arrive à la conclusion que ça peut être vrai pour quelques-uns – je veux dire, n'affirme-t-on pas que les criminels ont un gène défectueux ? Un petit quelque chose éclate dans leur cerveau, et brusquement ils sont de nouveau sous l'escalier, en train de sortir leur maillot rayé et leur ballot avec écrit dessus BUTIN. Peut-être pour les criminels. Mais pour la plupart des gens ? La plupart des gens ne tuent pas leurs congénères. La plupart des gens ont leurs Demeurés bien en main, à mon avis. La plupart des gens contrôlent leurs émotions, n'est-ce pas ? Ce n'est peut-être pas facile, mais ils y parviennent. Je veux dire ils les contrôlent suffisamment, tu ne trouves pas, et c'est exactement de cela qu'il s'agit, de cela que nous parlons. Et sans nous embarrasser avec la neurologie, je dirai que la partie Demeurée sait de quelle côté de sa tartine se trouve le beurre. Ou alors les Lunetteux savent réellement comment les manipuler.

– Mais tu baises comme tu l'as dit les femmes de tes voisins.

– Qu'est-ce que cela a à voir ?

– Eh bien, tu viens de déclarer que c'est une des choses que fait la partie la moins évoluée du cerveau. Donc, les Demeurés doivent dominer chez toi.

– Et j'espère que ça continuera ainsi sur ce point précis. Pure métaphore, mon pote.

– Comment le fait de baiser la femme de quelqu'un d'autre peut être une pure métaphore ?

– Tu veux dire qu'il serait préférable de parler ici de métalangue ? Je suis bien d'accord avec toi. »

Ce vendredi-là, lorsqu'il regagna sa maison du Hampshire, Jack était réellement content de revoir la campagne et sa femme. Comme il engageait sa voiture dans l'allée, les poules naines s'éparpillèrent dans une panique colorée. L'odeur des pieds de tabac dans l'air alangui du soir le ravissait. La porte d'entrée qui, durant tout l'hiver, laissait passer les courants d'air, lui plaisait aujourd'hui, à cause, précisément, de sa pittoresque inefficacité. Jack ne se leurrait pas sur les plaisirs de la campagne, il s'abusait quant aux plaisirs de la campagne durant un week-end.

« Voici ma Bluette », dit-il alors que Sue arrivait de la cuisine, pour l'accueillir. Après une séparation de cinq jours, Jack aimait flatter la vitalité de sa femme, son dynamisme, son côté irlandais. Il se félicitait d'avoir eu le cran d'épouser une femme de caractère. Il posa des yeux tranquillement possessifs sur sa mince silhouette, sur ses traits aigus, sur sa peau mate et fut heureux de son examen. Une partie de sa satisfaction provenait du fait qu'il n'avait rien de particulier à se reprocher et une autre du fait qu'on était vendredi. Il aimait davantage sa femme le vendredi.

Sue, pour sa part, semblait ravie du début du week-end. Comme ils s'installaient devant un steak grillé, à la grande table de réfectoire, et que la fumée d'un feu de bois arrivait d'une pièce voisine, elle lui raconta les derniers commérages du village, tandis qu'il l'informait des plus récentes nouvelles de Londres.

« Tiens et un truc encore. Tu te souviens que je t'ai dit que Graham était venu me voir il y a quelques semaines ?

– Oui.

– Eh bien, il est revenu. En fait, les Hendrick sont venus me voir l'un et l'autre séparément. Graham et Ann. » Jack avait promis de ne pas parler de leurs visites, mais il n'hésita pas une seconde. Après tout, il était, de notoriété publique, si peu fiable, que personne, sain d'esprit, pouvait s'attendre à ce qu'il tienne sa promesse. Qui aurait pensé, n'est-ce pas, lui accorder du crédit pour sa discrétion ? De toute façon, les épouses ne comptent pas, c'est la loi, n'est-il pas vrai ?

Sue lui avait jeté un coup d'œil aigu par-dessus la table lorsqu'il avait mentionné le nom d'Ann. Aussi, s'empressa-t-il de lui donner des explications.

« Apparemment, Graham n'arrive toujours pas à digérer le passé de sa petite épouse et le vieux Jack s'est transformé en confesseur.

– Tu dois y trouver ton plaisir.

– Dans une certaine mesure. Bien que je n'envie pas ces prêtres qui le font à longueur de temps.

– Écoute, ils ont ce bouquin avec toutes les réponses, non ? Si tu jettes un coup d'œil dans ce gros machin relié en noir, tu découvres vite que quoi que tu fasses, il faut y renoncer tout de suite. »

Jack se mit à glousser, se pencha au-dessus de la table et donna un baiser humide sur la tempe de sa femme. Il la trouvait intelligente. Elle le trouvait sentimental.

« Quel conseil leur as-tu donné ?

– Eh bien, je crois avoir suggéré à Ann d'emmener son mari en vacances et j'ai dit à Graham quelque chose de similaire, mais la seule chose qu'il semble avoir décidé de faire, après m'avoir vu, c'est de se remettre à se branler. »

Sue éclata de rire. Elle n'avait jamais beaucoup apprécié Ann. Elle l'avait toujours trouvée un peu crâneuse, un peu trop réservée. C'était une femme qui ne commettait pas suffisamment de fautes pour être réellement humaine. Crâneuse et raseuse, la barbe quoi, avait-elle dit un jour en parlant d'elle à Jack. C'était à l'époque où il y avait des circonstances atténuantes. Quant à Graham, il était assez gentil, mais un peu... poule mouillée, franchement. Curieux d'être bouleversé par le passé. Il y a suffisamment de choses dans le présent de la plupart des gens capables de vous donner des nuits blanches, si c'est réellement ce qu'on a envie d'avoir.

« Je ne pense pas que tu sois digne encore du badge de Salomon. »

Jack se mit à rire et essuya un peu de sauce dans sa barbe.

« Et le plus drôle, c'est que j'ai eu d'abord en consultation quelqu'un qui insistait pour que je n'en parle surtout pas à son conjoint. Et le lendemain, l'autre est venue, brandissant exactement la même condition.

– Un vrai vaudeville. Arrête, de toute façon, de me brandir à ton tour cette clause.

– Je me souviens d'avoir pensé, tandis que je refermais la porte sur Graham pour la seconde fois » (ce qui allait suivre était un mensonge, mais Jack était en train de faire mousser les sentiments du vendredi soir) « Je me souviens d'avoir pensé : Eh bien, Sue et moi avons nos petites disputes et nous pouvons avoir de mauvaises passes, mais nous ne ferions jamais quelque chose comme ça. » Il se pencha de nouveau pour embrasser la frontière séparant les cheveux de la tempe. Sue se raidit immédiatement et commença à ranger la vaisselle.

« Non, je ne pense pas qu'on le ferait. On trouverait certainement une manière plus simple de nous tromper l'un l'autre, tu ne crois pas ? »

C'est bien à ça que je reconnais ma Bluette, pensa Jack, comme il souriait en regardant son dos s'éloigner. Il la suivit dans la cuisine et insista pour faire la vaisselle, rien que pour changer. Ils allèrent se coucher tôt, et Jack, rien que pour changer, se peigna la barbe dans la salle de bains, avant de se mettre au lit.

Après qu'ils eurent fait l'amour, il resta couché sur le

dos, bien éveillé, tandis que Sue se blottissait, tout endormie, contre son épaule. Il se surprit à penser à Graham, à la manière dont il l'avait, par une remarque anodine, presque une plaisanterie, poussé à se remettre à se branler après vingt ans. Vingt ans ! Jack l'enviait rien que pour ça. Enfin, l'enviait de savoir exactement ce qu'on pouvait ressentir après avoir mis fin à un tel jeûne.

La semaine suivante, un après-midi, alors qu'Ann était à son travail, Graham s'assit à son bureau, afin de mettre des adresses sur des pochettes matelassées. La doublure en plastique bruissait, tandis qu'il collait les étiquettes qu'il avait tapées sur une des machines à écrire de l'université. Il vérifia de nouveau l'adresse des acteurs dans un numéro de *Spotlight* (la plupart d'entre eux n'étaient atteignables qu'en passant par leurs agents, mais Graham pensait qu'ils recevraient leur paquet), prit son agrafeuse et se dirigea vers la cuisine.

Le boucher avait été surpris de sa commande. Ou bien M. Hendrick était dans une mauvaise passe, ou bien il avait acheté un chien de luxe. Le boucher n'avait pas posé de question. Ça le rendait malade de voir qu'il vendait souvent les mêmes morceaux à des retraités grincheux qu'à de riches propriétaires de chiens.

Graham sortit la plus grande des planches à découper en sa possession. Tout d'abord il creva la peau du boudin noir, puis le pressa. Ensuite, il posa dessus les cervelles molles et humides et commença à les pétrir avec le boudin. Tandis que la matière d'un rose crémeux s'écrasait entre ses doigts, il se souvint de ce que lui avait dit Jack. Mais est-ce que cela s'appliquait également aux animaux ? Est-ce que des parties de ce truc étaient réellement préhistoriques et d'autres nettement plus développées ? Il fixa longuement les abats, mais cette matière cervicale avait apparemment partout la même consistance et la même structure. Peut-être que les parties les plus claires étaient les Lunetteux et, les plus sombres les Demeurés. Peu importe de toute façon. Puis il hacha une langue de bœuf boursouflée, granuleuse, avant de la mêler au tout. Le résultat avait quelque chose de dégoûtant, comme du vomi de dieu. Ça ne sentait pas bon non plus. Graham se lava les mains, puis sourit franchement, alors qu'il enfonçait un quart de sa préparation dans chacune des pochettes rembourrées. Il se lava de nouveau les mains puis ferma les enveloppes avec des agrafes. Il jeta ensuite un coup d'œil à sa montre et s'aperçut qu'il avait tout le temps d'aller à la poste.

6. Monsieur Lave-Voiture

Et c'est alors que commencèrent les rêves démoniaques. Des rêves si présents, si mordants, qu'ils franchissaient allégrement les frontières de la conscience.

Le premier survint au cours de la nuit qui avait suivi la projection au N.F.T. d'un film dans lequel sa femme se livrait à l'adultère avec Buck Skelton. Cette vedette américaine replète, à chapeau de cow-boy, avait été envoyée à Londres, par le caprice du producteur de service, pour jouer le rôle d'un policier très spécial. Arraché à son Arizona natal, ce flic avait été de la façon la plus inattendue détaché à Scotland Yard. *Le Crotale et les Rubis*, une comédie policière, repassait, grâce à un festival intitulé « Le choc des genres ». Dans une courte scène de ce film Ann jouait la fille du vestiaire d'un club de jeu élégant, qui badinait sans façon avec Buck. L'acteur américain paraissait se mouvoir au milieu de ce monde décadent et sophistiqué avec un merveilleux naturel empreint de dignité.

« Simple, je suis là pour mettre les choses au clair, commença Buck sur un ton confidentiel. Toujours cru pour ces trucs au rapport d'homme à homme. » Il était allongé sur un transat, au bord de sa piscine. Graham, la peau ridiculement blanche, était tassé près de lui, sur une sorte de tabouret de cireur, particulièrement inconfortable. Une pina colada moussait près du coude de Buck. Au-delà de l'acteur apparut à la surface de l'eau le derrière nu d'une fille. Les fesses s'agitèrent un instant, luisantes comme le ventre d'un dauphin, avant de disparaître tout aussitôt. Les reflets du soleil sur l'eau éblouissaient Graham. Buck portait des lunettes de soleil qui s'adaptaient à la lumière ambiante : Graham pouvait à peine voir ses yeux.

« Pourquoi vous ai dit de venir, lança le cow-boy, juste pour vous fourrer dans le champ, comme le producteur dit en s'accrochant aux lolos des nanas, ha ha. Voulais simplement vous tenir au courant de ce qui s'est passé entre votre petite madame et le ici présent Buck.

« Bon. *Crotale*, c'était vraiment merdique, dit-il en aspirant trois centimètres de pina colada, grâce à une paille muticolore ovale. Réellement merdique. Un connard de metteur en scène, deux pédés pour scénaristes et une bagarre par jour avec votre saleté de syndicat d'acteurs. Ça ne m'émouvait pas, naturellement. Je suis un pro. C'est pourquoi je travaille. C'est pourquoi je travaillerai toujours. Les règles sont faciles, Gram-me. Un, toujours accepter ce que propose l'agent. Deux, ne jamais cracher sur le scénario, suffit de dire les répliques le mieux qu'on peut, même si elles ont été écrites par deux foutus reluqueurs de trous du cul. Trois, ne jamais être bourré sur le plateau. Et quatre, ne pas s'envoyer la grande vedette avant de savoir quand se termineront les prises de vues. » Il releva ses lunettes pour regarder Graham quelques secondes, puis les remit en place.

« Bon. C'est la règle numéro quatre qui m'a conduit à votre petite madame. Il y avait toutes ces bagarres syndicales. Et, pour dire la vérité, je n'appréciais guère le sac de patates qu'on m'avait collé comme partenaire. Voyez-vous on ne savait jamais combien de temps on allait rester sur nos fesses, à attendre que Sa Majesté veuille bien paraître, rien d'irrespectueux pour votre reine. Quand les choses marchent bien, je suis un type assez viril, et quand elles ne marchent pas, eh bien, je crois que ça augmente encore mon potentiel. Incapable d'attendre. Mettre le petit serpent dans le rubis de quelqu'une m'est apparu comme une vraiment bonne idée. »

Graham regarda Buck d'un air morose, posant ses yeux sur le nez à l'arête légèrement proéminente, le visage tanné comme du cuir et la touffe de poils sortant de l'ouverture de la chemise. Un poil ou deux paraissaient être gris, ce qui rendait le personnage encore plus menaçant pour Graham. Cela ajoutait, de façon éclatante, maturité et sagesse à cette évidente et colossale virilité.

« Bon. La première fois que j'ai reluqué votre petite amie, j'ai compris qu'elle devait être un fameux pétard. "Annette, je lui ai dit, donne-moi ton pétard et je te refile mon flingue." Ha ha. Faut toujours une petite plaisanterie comme ça, au début, un truc qui les oblige à penser à ce qui peut couper leur route. Ensuite on les laisse retourner ça pendant deux ou trois jours, et alors elles vous tombent dans la paume de la main, comme des pêches mûres. De toute façon, c'est la bonne vieille philosophie de Buck.

« Donc, étranger – l'acteur était brusquement devenu plus distant, plus homme d'affaires – je lui accordais mes deux ou trois jours de routine, attendant, si l'on peut dire, que la liqueur mûrisse dans le fût, quand votre femme s'est dirigée droit sur moi et m'a dit : "Que dirais-tu d'un holster pour ton flingue, cow-boy ?'' Bon, c'est comme ça que sont les souris par ici, Buck. C'est ça que je me suis dit.

« Bon. J'ai connu dans ma vie quelques belles salopes, étranger, mais votre petite Annette... Dès notre arrivée à l'hôtel, elle s'est précipitée pour me la sortir dans l'ascenseur. Ensuite, elle a réellement décollé. Une lutte à coups de dents, à coups de griffes. J'ai même dû la calmer un peu. On ne sait jamais, les mecs du studio pouvaient avoir envie d'une scène de salle de bains ou quelque chose comme ça. Aussi j'ai dû lui enlever les ongles de mon dos. Je les ai enlevés et je l'ai aplatie. Ça n'a fait que la rendre plus sauvage, ce que, bien entendu, j'aurais dû prévoir, j'imagine. Donc, je me suis penché pour attraper mon pantalon et j'ai tiré sur ma ceinture en peau de lézard. Puis je lui ai attaché les poignets pour la mettre hors d'état de nuire.

« Après ça, chaque fois qu'on baisait, elle voulait que je lui attache les poignets. Ça semblait vraiment l'exciter davantage. Non qu'il y ait eu beaucoup de place pour davantage. Elle était hors norme, étranger. Un ouragan de force neuf n'est qu'une petite brise à côté d'elle.

« Mais ce qu'elle aimait réellement que je lui fasse – après que je l'ai attachée, bien sûr – c'était de lui brouter le cul. Est-ce que vous lui faites ça, étranger ? Est-ce qu'elle vous laisse faire ça, étranger ? Descendre là, en bas, et commencer à la bouffer, tout un comptoir rempli d'amuse-gueule. Puis je dirai que je me suis enfoncé plus bas et je l'ai senti se tortiller. Alors il y a eu, vlan, ce grand frisson à travers son corps. Je l'ai bouffée encore un peu. Ensuite je suis retourné à sa chatte. Je l'ai bouffée aussi en suçant tout autour et puis, quand elle a été remontée à fond, j'ai enfoncé d'un coup ma langue dedans, et alors elle a explosé. Ça ne manque jamais. Pan, comme un ressort à boudin. Ensuite, elle aimait dire qu'un coup de langue, ça vaut un coup de flingue.

« Elle ne vous a jamais laissé faire ça ? dit-il d'un ton terriblement sarcastique cette fois. Veux dire que vous devez lécher, n'est-ce pas, un tas de culs d'une manière ou d'une autre, mais que vous ne l'avez jamais fait au sens propre, étranger. Ou alors, est-ce que la petite madame ne permet qu'aux autres types de le lui faire ? Vous ne savez pas, n'est-ce pas ? C'est ça l'ennui avec les minets de votre espèce. Vous en faites des tonnes pour comprendre les sauterelles. Jamais vu une sauterelle qui ait envie d'être comprise, du moins si l'autre possibilité est de se faire baiser sec. Donc, continuez à comprendre les sauterelles, étranger, et moi je continuerai à les baiser. »

Dans la piscine, derrière Buck, un autre derrière luisant effleura la surface. Cette fois, il resta en arrêt quelques secondes et tandis que Graham restait bouche bée, les fesses mouillées s'éloignèrent. Graham, de son tabouret de cireur, jeta un coup d'œil à Buck qui sortit le bout de sa langue pour le passer autour de ses lèvres. Graham se jeta brusquement sur lui, mais le cow-boy, en pivotant légèrement à la hauteur des hanches, parvint à l'éviter. Graham emporté par son élan passa à côté de lui et sentit une botte lui frapper la cuisse pour le faire basculer dans la piscine. Alors que normalement il était un fort bon nageur, il ne parvenait, cette fois, qu'à avancer très lentement, à cause de la viscosité de l'eau. Finalement, après une lutte de plusieurs minutes, il réussit à agripper le rebord de la piscine avec les mains. Comme il se préparait à se hisser hors de l'eau, une ombre tomba sur son visage et une botte appuya fermement sur le bout des doigts de sa main droite.

« Holà, étranger, lui cracha à la figure Buck, tu continues à traîner dans ma propriété ? Alors que je t'ai mis dehors il y a déjà plusieurs jours. Quand je dis mets les bouts, je veux vraiment dire casse-toi. » A peine eut-il fini sa phrase qu'il s'empara de son verre de pina colada pour jeter la crème mousseuse au visage de son rival.

Graham s'éveilla dans le noir. Le bout des doigts de sa main droite était coincé entre le matelas et le bois du lit. Il avait trempé son oreiller et son visage était couvert de sa propre salive. Son pyjama était entortillé étroitement autour de ses jambes. Curieusement, Graham découvrit qu'il bandait.

Il ne pensait pas qu'elle ait réellement pu... Sûrement pas un cow-boy rondouillard et bidon comme celui-là. Mais comment savoir le genre de type dont votre femme peut avoir eu envie avant d'avoir envie de vous ? Pour commencer les femmes succombent pour des raisons si bizarres, par exemple la pitié, la politesse, la solitude, le dépit, et puis, merde, par pur plaisir sexuel. Graham, parfois, souhaitait d'avoir eu la chance de succomber pour ces différentes raisons.

Le lendemain, tandis que son cerveau, officiellement, s'occupait de Bonar Law, de Carson et des Volontaires de l'Ulster, il ruminait à propos de Buck. Les rêves ne peuvent être vrais, n'est-ce pas, c'est la caractéristique même des rêves. On dit qu'il y a des rêves prémonitoires – le sage rêve d'inondations et entraîne sa tribu vers les hauteurs. Et dans notre propre civilisation, n'a-t-on pas des rêves avant des rendez-vous avec nos futurs employeurs, nous avertissant d'éviter certaines erreurs ? Aussi, pourquoi ne pourrait-on pas avoir des rêves post-monitoires ? C'était, en tout cas, un concept bien plus plausible. Il pouvait facilement avoir saisi quelque chose chez Ann, à un niveau subliminal. Son cerveau était ensuite capable de l'informer avec tact, au cours de son sommeil. Pourquoi pas ?

Naturellement, le Buck de son rêve était très différent du Buck du *Crotale et les rubis*. Dans le rêve, c'était un type vulgaire et menaçant. Dans le film, un gentleman de la prairie, fou de nature. Aucune de ces images, supposait Graham avec espoir, n'aurait particulièrement plu à Ann, mais, bien entendu, l'une et l'autre étaient fausses – l'une à l'écran, l'autre dans sa tête. Comment était le véritable Buck Skelton ? Et quel était d'ailleurs son véritable nom ? Peut-être que ce Buck-là était effectivement celui qui avait su gagner les faveurs d'Ann.

Coincé, le cerveau de Graham se tourna, sans avoir besoin de beaucoup d'encouragements, vers des rêves de vengeance. Tout d'abord Graham noya le cow-boy dans une piscine pleine de pina colada : les derniers gargouillis des poumons engorgés de Buck ne se remarquèrent pas à cause de toute cette mousse à la surface de l'eau. Puis il acheta quelqu'un pour mettre un crotale dans le sentier emprunté par le cow-boy, au moment où le cheval passait devant un cactus géant. L'étalon se cabra, Buck fut désarçonné, et comme il s'accrochait automatiquement au cactus, deux gigantesques épines, aussi résistantes que l'acier, percèrent sa culotte de peau et lui transpercèrent les couilles comme s'il s'agissait de saucisses pour cocktail.

La dernière vengeance était la plus raffinée cependant. S'il y avait une chose que Graham détestait, c'était la manière dont Buck s'était servi de ses lunettes de soleil. Il haïssait les gens qui en portaient pour affirmer leur personnalité. Mais, en fait, il se sentait agressif et sans tendresse pour les verres en tant que tel. Il n'aimait pas penser que des objets inanimés prennent, de leur propre chef, la qualité de la vie elle-même, qu'ils essaient de mettre en place une quatrième catégorie dans le monde, après les hommes, les animaux et les plantes. Cette idée le bouleversait, car il se sentait menacé.

Il avait lu un jour dans un article d'une revue automobile des mises en garde concernant les dangers pour les conducteurs de porter de telles lunettes si leur itinéraire passait par des tunnels. Le changement de lumière était alors trop brutal pour les verres qui mettaient plusieurs secondes avant de s'accommoder correctement. Graham était presque sûr que Buck n'était pas un lecteur acharné de revues automobiles et ne serait pas préparé à ce danger tandis qu'il longeait la côte au nord de Los Angeles. San Francisco by night avait-il promis à la petite pute vautrée sur les coussins avant de son coupé. La radio était réglée sur « Blue Grass », la station favorite de Buck ; sur le siège arrière reposait un carton de bières.

Juste au nord de Big Sur, la voiture arriva dans un tunnel en plein rocher. Pendant deux ou trois secondes, Buck ralentit, puis ses verres accommodèrent suffisamment et il reprit de la vitesse. Il sortit du tunnel, en plein soleil, à cent kilomètres à l'heure. Graham espérait que Buck aurait le temps de jeter son très personnel : « Mais bordel, que se passe-t-il ici ? » Mais ça n'avait pas réellement d'importance. Dix mètres après la sortie du tunnel, l'avant du coupé s'écrasait sur la butée d'un bulldozer de trente-deux tonnes. Graham en personne, assis aux commandes, portait une combinaison et un casque d'un jaune étincelant. Une grande flamme jaillit au-dessus de la butée, suivie immédiatement par le corps de Buck. L'acteur passa nettement au-dessus de la cabine de l'engin. Graham se retourna, mit sa machine en marche arrière et passa lentement sur le corps sans vie, écrasant les os et transformant les chairs en quelque chose d'aussi mince que de la pâte à tarte. Il remit la marche avant, poussa l'épave du coupé au-delà du bas-côté de la route. Il l'entendit rebondir sur les rochers qui descendaient vers le Pacifique. Puis, jetant un dernier coup d'œil au-dessus de son épaule, en direction de l'homme crêpe écarlate, aplati sur la route, il se mit à rouler en cliquetant, en direction du tunnel.

« Puis-je te demander quelque chose à propos de quelqu'un d'autre ? dit Graham alors qu'il était allongé dans son lit, près de sa femme, le lendemain soir.

– Bien sûr », répondit Ann en se raidissant. Elle espérait que ce serait moins terrible que la dernière fois et que l'avant-dernière fois.

« Buck Skelton.

– Buck Skelton ? Seigneur, mais qu'as-tu vu ? Je ne me souviens pas d'avoir tourné avec lui.

– *Le Crotale et les Rubis*. Sacrément terrible aussi. Tu jouais la fille du vestiaire qui prend le stetson du héros et dit : "Mince, on n'a que rarement des trucs aussi gros."

– J'ai dit ça ? » Ann était intéressée, autant que soulagée. Elle sentait aussi monter en elle une pointe d'indignation devant cette accusation si mal fondée. S'il pense que je peux avoir baisé avec Skelton, que ne peut-il pas supposer ? Pour une fois Ann décida de faire attendre Graham avant de le rassurer.

« Je le crains, répliqua-t-il. Et tu donnais à chaque mot son véritable poids.

– Et que me répondait-il ?

– M'en souviens pas. Quelques conneries faisant allusion au bifteck saignant qu'ils mangent en Arizona et qui leur donne forcément de plus gros attributs. Quelque chose d'aussi subtil que ça.

– Et qu'est-ce que je répondais ?

– Tu ne répondais pas. C'était ta seule réplique. **Tu prenais simplement un air rêveur.**

– Ah oui. Je me souviens d'avoir fait ça bien souvent. Mon air de petite oie chaude. » Elle sentit que Graham se contractait en entendant sa phrase.

« Voilà comme je m'y prenais. Je me concentrais de mon mieux sur le dernier repas réellement bon que j'avais avalé. Ça me faisait venir au bord des yeux des larmes de volupté.

– Alors ? »

Le corps allongé à côté d'elle se contracta de nouveau.

« Alors ? fit-elle à son tour.

– Alors, tu as couché avec lui ?

– Si j'ai baisé avec Buck Skelton ? Graham, Jack l'Éventreur aurait eu plus de succès. »

Graham se tourna vers elle et appuya son visage contre l'avant-bras de sa femme. Il tendit la main et la posa sur son ventre.

« Quoique je l'aie laissé m'embrasser une fois. »

Ses soupçons avaient été si ridicules qu'elle pensait qu'il méritait une honnêteté absolue en retour. Elle sentit la main de Graham se raidir sur son ventre. Elle se rendait compte qu'il attendait encore quelque chose.

« Sur la joue, dit-elle. Il a embrassé tout le monde pour nous dire au revoir – toutes les filles bien sûr. Celles qui le voulaient sur les lèvres, les autres sur la joue. »

Graham grogna dans le noir, puis émit un petit gloussement satisfait et victorieux. Environ trois minutes plus tard, ils commençaient à faire l'amour. Bien que Graham fût délicat et affectueux, Ann ne pouvait s'empêcher d'avoir l'esprit ailleurs. Elle se disait que si elle avait baisé avec Skelton, Graham ne serait pas en train de lui faire l'amour maintenant. Comme c'est curieux à quel point le passé rattrape et secoue le présent. Qu'aurait-elle pensé, toutes ces années plus tôt, alors qu'elle tournait *Le Crotale et les Rubis*, si quelqu'un lui avait dit : « Laisse donc ce cow-boy prendre quelques prérogatives avec toi, et tu donneras, dans quelques années, à coup sûr, à un homme que tu ne connais même pas encore, une ou deux nuits d'effroyables agitations. » Comment aurait-elle réagi si quelqu'un lui avait dit ça ? A coup sûr, elle aurait répondu : « Merde pour le futur. Merde alors pour le futur. Qu'il me foute la paix. Il nous cause assez d'ennuis quand il arrive sans qu'il vienne m'emmerder d'avance. » Et ensuite pour faire coller ses propos à la réalité, elle aurait peut-être été de l'avant, adressant un sourire au cow-boy si grassouillet et vaniteux fût-il.

Graham était de plus en plus excité. Il ouvrit les jambes d'Ann et glissa sa main derrière son dos. Pourtant il s'était contracté lorsqu'elle avait fait allusion au baiser d'adieu sur la joue. Si Skelton l'avait embrassée sur la bouche, il y avait tant d'années, est-ce que cela aurait été suffisant pour empêcher Graham de lui faire l'amour ce soir ? Cela semblait une drôle d'équation à résoudre. Pourquoi y avait-il tellement de relations inimaginables comme celle-ci ? Et qu'en serait-il si l'on était capable de les deviner à l'avance ? Est-ce que cela empêcherait la vie de se montrer méchante envers nous ? Ou trouverait-elle de toute façon d'autres moyens ?

Graham se retint d'éjaculer un instant pour offrir tacitement à sa partenaire la possibilité de jouir si elle en avait envie. Elle ne le désirait pas vraiment, de sorte qu'elle répondit en appuyant rythmiquement sur ses fesses. Tandis qu'il jouissait, elle éprouva, comme toujours, une sorte de compassion et d'excitation réverbérée, mais cette fois d'une manière plus distante.

Cette même nuit, Graham rêva pour la première fois de lave-voiture.

Le rêve avec lave-voiture était animé par Larry Pitter, avec qui Ann se livrait à l'adultère dans *Un sacré boucan*, un film policier de série B, que Graham s'était arrangé pour voir deux fois, au cours de ces derniers mois, une fois à l'ABC Turnpike Lane et une fois en banlieue, à Romford. Ann jouait « la troisième fille du gang » et apparaissait dans plusieurs scènes d'atmosphère parfaitement ineptes, où les membres de la bande se pavanaient, paradaient devant leur minable harem. Larry Pitter jouait l'inspecteur de police qui, n'ayant pas réussi à obtenir la vérité en passant à tabac les suspects, se résout à bousculer sur un lit la troisième fille du gang pour l'aider à balancer ses copains.

Pitter était assis derrière son bureau, une cigarette au coin des lèvres. Il portait de nouveau son imperméable Burberry, de couleur crème sale, qu'il avait dans le film.

« Eh bien, eh bien, commença-t-il avec un ricanement de curiosité, regardez avec quoi est revenue la minette. Hé ! les gars ! cria-t-il au-dessus de la tête de Graham qui était assis dans la chaise des suspects : Hé les gars, venez voir. »

La porte s'ouvrit et trois hommes entrèrent. Chacun à sa manière frappa Graham par son air sale et rusé. Il y avait le petit jeune aux cheveux gras et en désordre, au visage couvert d'acné, le gros à l'air bourru, dans une salopette tachée et le maigre, au visage sans expression, qui s'était laissé pousser une barbe de deux jours, afin de ressembler à un portrait-robot. Ils auraient dû être dans leur cellule, mais Pitter les accueillit chaleureusement.

« Regardez, les gars, regardez qui s'est pointé : Monsieur Lave-Voiture lui-même. »

Les mecs ricanèrent un peu et s'agglutinèrent autour de Pitter, de l'autre côté du bureau.

« Il me semble que j'ai quelques explications à donner, dit l'inspecteur. Pas la peine d'y aller par quatre chemins, hein, patron ? » Graham, quant à lui, les aurait bien laissés en chemin. « Voyez-vous, Graham – ça ne vous ennuie pas que je vous appelle Graham ? – voyez-vous, il est possible que vous ayez entendu un petit quelque chose à mon sujet, par la voix de madame votre épouse. Arrêtez-moi si je me trompe. »

Graham ne répondit pas.

« Vous a parlé sans doute de notre petite folie. De notre petite excentricité. C'est très bien, vraiment très bien qu'existe une certaine honnêteté entre mari et femme, c'est ce que je dis toujours. Je suis sûr que votre mariage fait l'envie de la plupart de vos amis, Graham. »

Pitter grimaça un sourire faux qui lui découvrit les dents. Graham s'abstint de répondre.

« Naturellement, il y a aussi le cas où trop d'honnêteté nuit, n'est-ce pas ? Je veux dire, qu'est-ce qui est le plus important, Graham, pour une femme, la bonne opinion que vous avez d'elle ou son désir honnête de tout dire, absolument tout, juste comme ça s'est passé ? Foutu dilemme, n'est-ce pas ?

« De toute façon, je suis sûr qu'Ann a bien fait au moment où elle l'a fait. Vous a parlé de moi, mais ne vous a pas dit pourquoi nous l'avons appelée madame Lave-Voiture. » Les trois voyous derrière lui se mirent à glousser. « Maintenant, arrêtez-moi si je vous ennuie, Graham, mais voyez-vous, ce qu'elle aimait réellement, ce n'était pas simplement moi. C'était nous tous. Nous tous en même temps. Lui faisant un millier de trucs. Un tas de trucs différents. Je ne serai pas trop précis parce que je sais que

ce genre de chose peut faire mal. Vous laisserai le soin
d'imaginer. Mais la première fois qu'elle s'est arrangée
pour qu'on lui fasse des choses en même temps, on était
tous là à fourmiller sur elle, en train de la lécher, etc. et
c'est alors qu'elle s'est écriée que c'était tout à fait comme
d'être dans un lave-voiture. C'est pour ça qu'on l'a
appelée madame Lave-Voiture. Et, bien entendu, on
rigolait doucement en pensant à ce qui arriverait lorsqu'elle rencontrerait l'homme de sa vie. D'ailleurs, on
l'appelait lui, monsieur Lave-Voiture. Je veux dire qu'elle
ne cachait pas que plus il y avait de monde, mieux c'était
pour elle. Alors, quelle sorte d'époux pouvait venir à bout
d'un truc comme ça, nous nous demandions, nous. A
moins, évidemment, que vous soyez plus nombreux qu'il
ne semble à première vue. » Pitter grimaça de nouveau un
sourire.

« Mais, de toute façon, poursuivit-il, prenant un ton
avunculaire, souvent femme varie. D'accord, non ? Peut-
être qu'elle reviendra à aimer un seul type à la fois. Alors
vous n'aurez pas besoin de vous sentir tellement insuffi-
sant, hein ? Plus besoin de croire qu'aussi bon que vous
soyez, elle sera toujours en train de rêver de ce petit extra.
Sait-on jamais, ça peut finir comme ça. Aussi, ce que je dis
au fond, monsieur Lave-Voiture, c'est que les gars et moi
vous souhaitons très bonne chance. Vraiment très bonne
chance. On pense que vous avez tiré une sacrément courte
paille et on espère que vous saurez jouer votre carte
comme il faut. »
Puis les quatre hommes tendirent le bras au-dessus du
bureau pour lui serrer la main. Il n'avait aucune envie
d'accepter ces paumes ouvertes, qui avaient un jour
caressé le corps écartelé de sa femme. Il se sentit néanmoins incapable de se dérober. Les hommes paraissaient

remplis de sympathie pour lui. L'un d'eux lui fit même un clin d'œil.

Et si c'était vrai ? Graham s'était réveillé pris d'une panique muette qui lui contractait les muscles. Et si c'était vrai ? Ce ne pouvait être vrai. Il connaissait trop bien Ann. Ils avaient même – avec hésitation – parlé entre eux de leurs fantasmes sexuels et elle n'avait jamais mentionné ça. Mais, naturellement, si elle l'avait déjà pratiqué, ce ne serait plus un fantasme, n'est-ce pas ? Non, ce ne pouvait être vrai. Et pourtant, si ça renvoyait malgré tout à une sorte de vérité ? Se sentait-il absolument sûr de la satisfaire ? Non. Si. Non. Si. Comment savoir ? Par exemple, que s'était-il exactement passé ce soir, n'était-ce pas tout pour toi ? Effectivement, mais aucune loi n'exigeait qu'on jouisse tous les deux chaque fois. Non ? C'est évident. Pourtant elle ne semblait pas particulièrement mise dans tous ses états par mes caresses, n'est-ce pas ? Non, mais ça aussi, c'est normal.

C'est peut-être normal. On peut, bien sûr, en avoir parlé et s'être mis d'accord pour penser que c'est normal, mais ce n'est pas comme ça que les choses se passent avec le sexe, n'est-il pas vrai ? C'est ici que l'indicible est roi, c'est ici que les folies et l'inattendu règnent, c'est ici que les chèques qu'on signe en vue de l'extase sont tirés sur la banque du désespoir. Graham se demandait réellement si c'était raisonnable de se rendormir.

Mais Larry Pitter, comme il aurait pu s'en douter, ne disparaissait pas parce que sa victime était maintenant réveillée. Il déambulait dans quelques recoins du cerveau de Graham ; silhouette entrevue, appuyée à un réverbère, passant le temps une cigarette au bec, en attendant de reprendre sa route et de faire un croche-pied à Graham le moment venu.

Ce matin-là, Graham décida de se rendre à l'université en voiture. Il n'avait que deux heures de cours et pourrait laisser son auto dans un parcmètre. Au moment où il démarrait, la pluie commença à piqueter le pare-brise. Il mit en marche ses essuie-glaces, puis son lave-glace, et enfin sa radio. Quelque chose de vif et de léger se fit entendre, peut-être une sonate pour cordes de Rossini. Graham se sentit secoué par un frisson de gratitude, le frisson d'un historien publié en livres de poche qui prend conscience de ce temps particulier dans lequel il vit. Voyage facile, à l'abri du mauvais temps et un simple bouton à enfoncer pour être abreuvé de culture. Graham éprouva brusquement la sensation que tous ces bénéfices de la civilisation venaient seulement de lui être accessibles à l'instant, comme si, hier encore, il avait été astreint à la cueillette des baies dans Box Hill et obligé de courir comme un forcené pour trouver un refuge au moindre bêlement d'une chèvre.

Il passa devant un garage situé de l'autre côté de la rue :

SUPER
ORDINAIRE
GAS-OIL
DEUX TEMPS
CARTES DE CRÉDIT
TOILETTES
LAVE-VOITURE

et sa journée était foutue, démolie. Larry Pitter était sorti de sa ruelle pour, sournoisement, enlever le couvercle d'un trou d'égout. Graham, tête haute, sifflotant, heureux du soleil sur son visage, était tombé dans le piège.

La musique de Rossini continuait à se faire entendre,

mais Graham ne pensait qu'à Ann, couchée sur le dos, encourageant de la voix les quatre hommes. Ils étaient côte à côte, à angle droit de son corps, chacun en léchant une partie, comme quatre balais mécaniques se déplaçant sur elle. Graham secoua la tête pour chasser l'image et se concentra sur son volant, mais celle-ci, quoique moins présente et moins nette, demeurait là tel un rictus au bord de son champ de vision délimité par le rétroviseur.

Il se surprit à chercher les garages des deux côtés de la chaussée. Et chaque fois, automatiquement, il jetait un coup d'œil à la rangée de panneaux, pour trouver celui sur lequel serait écrit lave-voiture. La plupart du temps, cette inscription n'était pas portée et Graham se sentait alors rempli d'allégresse, comme si tous ses soupçons concernant les infidélités de sa femme s'étaient révélés faux. Puis il passa devant le huitième ou le neuvième garage, et cette fois le panneau abhorré était là. L'image dans le rétroviseur reprit de la netteté. Maintenant, il voyait sa femme pressant les quatre hommes de faire tout ce qu'ils voudraient de son corps. Trois s'occupèrent des ouvertures les plus évidentes, mais le quatrième, accroupi dans un coin du miroir, comme un satyre dans une fresque, sortit sa queue. Graham s'obligea à regarder la route. La pluie tombait moins dru maintenant et, à chaque passage, les essuie-glaces déposaient un peu de leur propre saleté sur le pare-brise. Automatiquement, Graham tendit la main et appuya sur le bouton du lave-glace. Un jet de liquide mousseux et blanchâtre frappa la vitre sous son nez. Il aurait dû s'en douter. Là-haut, dans le rétroviseur, le satyre était en train de jouir.

Graham passa les vingt premières minutes de son cours à regarder ses étudiants en se demandant lequel de ces garçons avaient envie de tourner des films pour se livrer à l'adultère avec sa femme. Puis cette pensée lui parut comique et il se reprit à expliquer ses vues vaguement révisionnistes sur Balfour. Au bout de deux heures, il quitta l'université, se dirigea vers sa voiture et regarda les têtes de lave-glaces sur le capot, comme s'il s'agissait d'accessoires ayant servi à l'adultère. Une tristesse débilitante commença à l'envahir. Il acheta la première édition de l'*Evening Standard* et parcourut la liste des films. Peut-être pourrait-il voir, ne serait-ce que pour changer un peu, quelque chose dans laquelle sa femme n'apparaîtrait pas. Pourquoi pas le nouveau Jancso où, de toute évidence, sa femme ne faisait pas partie de la distribution, ou le nouveau science-fiction kinopanoramique pour lequel le metteur en scène n'avait pas pensé à sa femme, ou encore le dernier film picaresque britannique sur la manière de faire de l'auto-stop pour se rendre à Wrexham, dans lequel il était certes impossible de voir sa femme ?

On ne passait en ce moment aucun des films dans lesquels Ann avait tourné. Pas un seul. Graham eut brusquement l'impression qu'un des services sociaux essentiels, qui le touchait de près, avait été soudainement démantelé. Les autorités se rendaient-elles compte des effets de leur décision ? Graham ne pouvait aujourd'hui aller au cinéma à Londres ou dans sa banlieue proche pour voir un film dans lequel sa femme le trompait ni non plus un film où sa femme, chaste à l'écran, se soit livrée en coulisse à l'adultère avec un des acteurs. Les deux catégories, d'ailleurs, remarqua-t-il, commençaient à se brouiller dans sa tête.

Cela laissait encore deux autres genres de films à sa disposition : ceux dans lesquels jouaient des acteurs qui s'étaient livrés à l'adultère avec sa femme à l'écran (mais pas dans la vie réelle) et ceux dans lesquels jouaient des acteurs avec qui sa femme l'avait trompé dans la vie réelle (mais pas à l'écran). Il regarda de nouveau les programmes de l'*Evening Standard*. Cette fois, son choix se limitait à deux possibilités : Rick Fateman dans *Sadismo* au Muswell Hill (à l'écran, mais pas dans la vie réelle) ou Larry Pitter dans un remake du *Tigre qui dort*... Graham se rendit compte alors qu'il était incapable de se souvenir si Ann ou non l'avait réellement trompé avec Pitter. A l'écran, oui, bien sûr. C'était ce qui l'avait amené, bouillonnant de jalousie, au cinéma de Turnpike Lane et de Romford ces derniers jours. Mais à la ville ? Il savait qu'il le lui avait demandé quelques mois auparavant et pourtant, il lui était maintenant impossible de se rappeler sa réponse. Ce doute lui parut extrêmement étrange.

Peut-être *Le tigre qui dort* l'aiderait-il à rafraîchir sa mémoire. Il roula jusqu'à Swiss Cottage dans un état de curiosité intense. Dans le remake, Pitter jouait un psychiatre qui prend chez lui, comme fille au pair, une punk aux cheveux verts. La fille séduit sa femme, essaie de violer son fils âgé de dix ans, coupe le cou de ses chats avec un rasoir, puis, de la façon la plus inattendue, retourne chez sa mère. L'épouse fait une dépression nerveuse et le mari découvre qu'il est homosexuel. Une certaine vérité se fait jour à travers l'expérience d'une profonde douleur. Le jeune metteur en scène anglais rend hommage aux premiers Losey, tournés sous un pseudonyme, grâce à de longs travellings sur des rampes et des escaliers. Pitter, à un moment donné, essaie de séduire l'objet de sa recherche et reçoit, à la grande joie de Graham, un bon coup de pied dans les couilles.

Graham sortit du cinéma aussi excité qu'il y était entré. Découvrant que le fait de ne pas savoir si Ann l'avait ou non trompé avec Pitter le faisait se sentir curieusement vivant. Tandis qu'il rentrait chez lui, il imagina une ou deux façons de tuer Pitter, puis il les rejeta, les jugeant par trop fantaisistes. Ce qu'il projetait maintenant était bien plus important, bien plus réel.

Chez lui, il larda soigneusement les steaks de gousses d'ail. Il mit la table, puis disposa au dernier moment des bougeoirs. Il sortit le seau à glace, rarement utilisé, et y cassa un peu de glace, en vue de la préparation du gin-tonic d'Ann. Il sifflait au moment où celle-ci ouvrit la porte d'entrée. Lorsqu'elle pénétra dans la salle à manger, il l'embrassa sans ambiguïté sur les lèvres et lui tendit un verre, puis il lui présenta un bol plein de pistaches. Il n'avait pas été ainsi depuis des semaines.

« Que s'est-il passé ?

– Rien de spécial. » Pourtant, il avait un petit air sournois en prononçant ces mots. Quelque chose était peut-être arrivé à l'université. Peut-être Alice avait-elle réussi un examen. Peut-être se sentait-il tout simplement et inexplicablement beaucoup mieux. Tout le long du dîner, il resta d'excellente humeur. Puis, au moment du café, il dit finalement :

« Ce qui est arrivé aujourd'hui ne m'était jamais arrivé auparavant. » On avait l'impression qu'il était en train de déballer lentement un cadeau qu'il voulait offrir à Ann. « Jamais auparavant. C'était vraiment instructif. » Il lui sourit avec une curieuse gentillesse. « J'ai oublié, vois-tu, si tu as couché ou pas avec Larry Pitter. » Il lui jeta un coup d'œil de l'autre côté de la table, s'attendant à recevoir son approbation.

« Et alors ? » fit Ann qui sentit son ventre se contracter sous l'effet de l'appréhension.

« Alors ? Alors ce n'est jamais arrivé auparavant. Chacun des... des autres, je m'en souviens toujours. Tous ceux que tu... que tu t'es envoyés. » Il lâcha ce mot après un instant de réflexion. « Que tu l'aies fait à l'écran ou à la ville. Même lorsque tu ne l'as fait d'aucune façon, comme par exemple avec Buck Skelton. A chaque seconde de la journée, si quelqu'un m'arrêtait et me disait : "Donnez-moi la liste de tous les hommes que votre femme s'est envoyés", je pourrais le faire immédiatement. Réellement. Et puis, j'ajouterais : "Et il y a encore les autres, les autres catégories." Je peux me souvenir de celles-là tout aussi bien. Absolument. J'ai un jour, automatiquement, monté la note d'un étudiant simplement parce qu'il s'appelait Kerrigan et que Jim Kerrigan ne t'a pas baisée dans *Un petit coin minable en ville.* »

Ann s'efforça de sourire et attendit.

« Donc, ce que cela signifie, c'est que je commence à oublier.

– Oui, j'imagine que ça peut être ça. » Mais Graham paraissait bien plus excité que soulagé, se dit-elle.

« Alors, vas-y.

– Que veux-tu dire ?

– Mets-moi à l'épreuve.

– Te mettre à l'épreuve ?

– Oui. Voyons un peu à quel point je m'en souviens. "Est-ce que je me suis envoyé Machin-Truc ?" cette sorte de chose. "Qui jouait le second rôle dans ce film dans lequel je m'envoyais le type à l'écran, mais pas à la ville ?" Allez, on va foutrement s'amuser.

– Es-tu ivre ? » Peut-être avait-il pris quelques verres avant de revenir à la maison.

« Pas du tout. Pas le moins du monde. » Effectivement, il n'avait pas l'air d'avoir bu, il paraissait rayonnant, joyeux, heureux.

« Alors, laisse-moi te dire que c'est l'idée la plus tordue que j'aie jamais entendue de ma vie.

– Oh, écoute, sois sympa. *Homo ludens*, et *cetera*.

– Tu es sérieux, n'est-ce pas ?

– Je suis toujours sérieux lorsqu'il s'agit de jouer, oui. »

Ann dit doucement : « Je crois que tu es fou. »

Graham ne parut pas découragé pour autant.

« Non, je ne suis pas fou. Simplement, je trouve ça vraiment intéressant. Je veux dire que j'étais si surpris aujourd'hui de n'avoir pu me souvenir, que je suis allé voir *Le tigre qui dort*.

– Qu'est-ce que c'est que ça ?

– Que veux-tu dire ? C'est l'avant-dernier film de Larry Pitter.

– Pourquoi devrais-je m'intéresser aux films de Larry Pitter ?

– Parce qu'il ne t'a pas, ou selon le cas, parce qu'il t'a baisée de toute évidence à l'écran dans *Un sacré boucan*, quant à la ville, eh bien, c'est précisément là toute la question.

– Tu es allé voir un film avec Pitter comme vedette ? » Ann était ahurie, terrifiée. « Pourquoi ?

– *Le tigre qui dort*. Pour voir si ça me rafraîchirait la mémoire.

– Ah. Dans le quartier, alors ?

– Swiss Cottage.

– Mais, Graham, c'est au diable. Tout ça pour un film idiot dans lequel joue Pitter. Tu es vraiment cinglé. »

Graham n'était nullement sur le point de renoncer. Il regarda sa femme de l'autre côté de la table, avec une tendresse sans équivoque.

« Attends, attends. Toute la question est là, je te dis. Je suis resté assis pour voir en entier *Le tigre qui dort* et à la fin j'étais tout aussi incapable de me souvenir de quoi que ce soit. J'ai regardé le visage de Larry Pitter chaque fois qu'il apparaissait sur l'écran, et je ne pouvais tout simplement pas me souvenir, si j'avais eu envie ou non de le tuer. C'était très étrange.

– Eh bien, évidemment, si cela te soulage de quelque manière, alors c'est un début. »

Graham garda le silence un instant, puis dit lentement : « Je ne sais pas si ça m'a soulagé. » Ann était de plus en plus désemparée. « Non, je ne dirais pas soulagé. Je dirais que c'est différent. Tu vois, c'est comme un nouveau chapitre. Je me demande pourquoi, dans la mesure où mon esprit décide d'oublier l'un d'entre eux, pourquoi il a choisi Larry Pitter. Qu'est-ce que Pitter a, ou n'a pas, de différent des autres ?

– Graham, je te trouve fatigant. J'ai toujours, jusqu'ici, réussi à te comprendre. Maintenant, je ne peux plus. Avant, ça te bouleversait quand nous parlions de mes anciens petits amis. Et ça me bouleversait toujours, moi aussi. Maintenant, on dirait... on dirait que ça t'excite d'une certaine manière.

– Non. Seulement ce truc avec Pitter. C'est comme si je ne l'avais jamais su de ma vie. C'est réellement comme si j'étais sur le point de découvrir pour la première fois si oui ou non tu t'es envoyé Larry Pitter.

– Et tu es sérieux. Tu es sacrément sérieux, n'est-ce pas ? »

Graham se pencha sur la table et s'empara gentiment du poignet d'Ann.

« Tu l'as fait ? » dit-il à voix basse, comme si une interrogation trop nette risquait d'embrouiller la réponse. « L'as-tu fait ? »

Ann retira son bras. Elle n'avait jamais imaginé que

Graham pourrait un jour provoquer chez elle ce dégoût chargé de pitié qu'elle éprouvait en ce moment.

« Tu ne penses tout de même pas que je vais te le dire maintenant ? répondit-elle sur le même ton.

– Pourquoi pas ? J'ai besoin de le savoir. Il faut que je le sache. » Ses yeux avaient un éclat fiévreux.

« Non, Graham.

– Allons, ma belle. Tu me l'as dit avant. Il suffit de me le redire.

– Non.

– Mais tu me l'as déjà dit. » C'était toujours cette même voix basse, ce regard fiévreux. La main était revenue se poser sur son poignet, avec plus de fermeté cette fois.

« Graham je te l'ai déjà dit et tu l'as oublié. Donc, ça ne peut pas te préoccuper tellement que je l'ai fait ou non.

– J'ai besoin de le savoir.

– Non.

– Il faut que je le sache. »

Ann tenta une dernière fois de faire appel à la raison, de maîtriser sa propre colère.

« Écoute, soit je l'ai fait ou je ne l'ai pas fait. Si je ne l'ai pas fait, tout cela n'a aucune importance. Si je l'ai fait et que tu l'as oublié, alors c'est exactement comme si je ne l'avais pas fait, comprends-tu ? Si tu ne t'en souviens pas, c'est sans intérêt. Donc, disons que je ne l'ai pas fait. »

Graham répéta simplement, mais avec plus d'insistance :

« Il faut que je sache. »

Ann essaya de retirer son poignet, sans succès, puis elle respira profondément.

« Bien sûr que je l'ai fait. Et j'ai aimé ça. C'était un sacré baiseur. Je lui ai même demandé de m'enculer. »

La main de Graham se détendit immédiatement. Ses yeux perdirent leur éclat. Il baissa la tête et regarda fixement devant lui.

Ils ne se parlèrent pas de toute la soirée. Ils restèrent assis, chacun dans une pièce, puis allèrent se coucher, sans se consulter. Alors qu'Ann sortait de la salle de bains – elle avait pour une fois fermé la porte à clef – Graham, sur le seuil, attendait d'y entrer. Il se recula sur le côté, bien plus qu'il n'était nécessaire, pour la laisser passer.

Dans le lit, ils se tournèrent le dos, laissant un grand vide entre eux. Dans le noir, Graham se mit à pleurer doucement. Après quelques minutes, Ann l'imita. Finalement elle dit :

« Je t'ai menti. »

Graham s'arrêta de pleurer durant un instant et Ann répéta alors :

« Je t'ai menti. »

Puis ils se remirent tous les deux à pleurer, réfugiés chacun à un bord du lit, en se tournant le dos.

7. Sur un tas de fumier

Pour commencer, l'Italie était hors de question. Elle portait partout la trace de pas des anciens amants d'Ann, comme celle des chameaux dans un désert où le vent ne soufflerait jamais. L'Allemagne et l'Espagne n'étaient qu'à demi hors de question. Il y avait quelques autres pays – le Portugal, la Belgique, les pays scandinaves – qui eux étaient tout à fait sûrs. Malheureusement, une des raisons de cette situation était bien entendu qu'Ann n'avait jamais eu envie d'aller là-bas. Aussi, cette « sécurité » était à son tour dangereuse. Aussi lâche que Graham fût porté à être, l'idée de se voir contraint à passer une quinzaine de jours à Helsinki avec la présence obsédante de tous ces absents, Benny, Chris, Lyman et autres, ne l'enthousiasmait pas vraiment. Il s'imaginait dans un de ces pays en marge, vêtu d'un anorak pour couper le vent et buvant à petites gorgées un verre d'eau-de-vie de sabot de chèvre. Tout ce qu'il pourrait faire là-bas serait de ruminer d'un air morne sur les merdeux bronzés et décontractés, qui l'avaient envoyé ici et qui, même en ce moment, descendaient la via Veneto en rigolant sur son compte.

La France n'était qu'à demi dangereuse. Paris était hors de question ; la Loire était hors de question ; le Midi aussi. Bon, pas tout le Midi, seulement ces endroits à la mode où des falaises courbes ont fait place à des immeubles d'appartements, courbes eux aussi. Ces quartiers de Nice et de Cannes où Ann, s'imaginait-il, s'était conduite comme... comme n'importe quelle autre fille l'aurait fait. Mais, naturellement, il y avait le Sud « authentique » où aucun d'eux n'avait mis les pieds, pas plus d'ailleurs que ces mecs « chicos » qui n'arrêtent pas de téléphoner à Londres, pour savoir où en est leur portefeuille d'actions. Le Sud « authentique » était sûr.

Ils volèrent donc jusqu'à Toulouse, louèrent une voiture, et sans raison particulière, en dehors du panneau qui leur indiquait, à la sortie de la ville, la direction du canal du Midi, ils se dirigèrent vers Carcassonne. Ils avaient escaladé la moitié des remparts, lorsqu'une remarque d'Ann poussa Graham à lui révéler que cet ensemble était en réalité l'œuvre de Viollet-le-Duc. Ce renseignement ne diminua en rien le plaisir de sa compagne. Ann était déterminée, dans la mesure où il y avait chez elle quelque détermination, à profiter de leurs vacances. Graham détestait Carcassonne de tout son cœur, sans aucun doute à cause de ses scrupules d'historien, expliqua-t-il à sa femme en ne plaisantant qu'à demi – mais ce n'était guère important. Au cours de leur première journée de route il s'était montré nerveux, affreusement désireux d'échapper à l'emprise de cet intérêt vaguement paternel, que lui témoignaient, croyait-il, Benny, Chris, Lyman et les autres. Pour le moment, néanmoins, il semblait les avoir laissés derrière lui.

A Narbonne, ils se retrouvèrent devant une intersection en T : ils s'engagèrent en direction du nord, traversèrent

Béziers et filèrent vers l'Hérault. Au cours de la quatrième matinée, Graham conduisait tranquillement, en longeant deux rangées de platanes, badigeonnés de blanc lorsqu'il dut ralentir pour doubler une charrette de foin débordant de toutes parts. Comme le paysan, apparemment endormi, tournait légèrement la tête de côté dans leur direction, en tirant d'un air las sur ses rênes, Graham sentit que, tout au fond de lui, il était presque aussi bien qu'il l'avait été au début. Ce soir-là, il s'allongea sous un seul drap, sur le lit de l'hôtel, et regarda les écailles blanches du plafond. Il se souvint alors des bandes craquelées matérialisant les platanes. Cette pensée le fit sourire. Ses ennemis ne pouvaient le coincer ici, aucun d'entre eux n'était jamais venu dans cette région, de sorte qu'ils ne sauraient où le chercher. Et même s'ils le découvraient ce soir, Graham se sentait suffisamment fort pour les repousser.

« Pourquoi souris-tu ? »

Ann, toute nue, une petite culotte mouillée à la main, se penchait à la fenêtre, se demandant si elle pouvait l'accrocher sur la rambarde extérieure, en fer forgé. Finalement, elle y renonça. Demain c'était dimanche, et on ne sait jamais ce que les gens considèrent comme blasphématoire.

« Je souriais, tout simplement. » Il enleva ses lunettes et les posa sur la table de nuit.

Ann accrocha sa culotte à la petite protubérance dépassant du radiateur et se dirigea vers le lit. Graham paraissait toujours bien plus vulnérable sans ses lunettes. Elle regarda les marques qu'elles avaient laissées sur son nez, puis ses quelques mèches de cheveux gris, et enfin, sa peau blanche. Une des premières choses qu'il lui avait dite, et qui l'avait fait rire, était : « Je crains d'avoir un corps d'enseignant. » Elle se souvint de cette phrase, au moment où elle se glissait sous le drap.

« Tu souriais tout simplement ? »

Graham avait décidé que pour les prochains jours, quel qu'en soit le nombre, il éviterait toute référence à ce qui les avait amenés en vacances ici, et qu'il souhaitait oublier. Aussi préféra-t-il lui dire quelque chose qui l'avait fait sourire la veille au soir.

« Je pensais à quelque chose de caractéristique.

– Oui, oui ? » dit-elle en se serrant contre lui et en posant sa main sur sa poitrine d'enseignant.

« Vers la fin de ma vie avec Barbara, sais-tu ce qu'elle avait trouvé à me faire ? Non, non, ça ne peut pas te fâcher. Elle s'arrangeait pour fourrer toutes les couvertu-res sur moi, toutes. Tandis que je dormais, elle enlevait drap et couverture de son côté du lit et les entassait sur moi. Elle terminait en poussant également l'édredon. Ensuite, elle faisait semblant de se réveiller et rouspétait parce que j'avais tiré à moi toute la couverture.

– Mais c'est fou. Pourquoi faisait-elle ça ?

– Afin que je me sente coupable, je suppose. Ça marchait d'ailleurs à fond. Tu vois, elle s'arrangeait pour me faire penser que même lorsque j'étais endormi, mon inconscient s'activait pour ne lui laisser qu'un truc pourri. Elle a fait ça une fois par mois durant un an.

– Et pourquoi a-t-elle arrêté ?

– Oh, parce que je l'ai prise sur le fait. Une nuit, parfaitement réveillé, je restais là allongé, en essayant de ne pas troubler son sommeil. Après une heure environ, elle s'est éveillée. Mais je n'avais pas envie de lui dire quoi que ce fût, aussi je demeurai immobile et silencieux. C'est alors que j'ai compris ce qu'elle était en train de fabriquer. Aussi, j'ai attendu qu'elle entasse toute la literie sur moi, qu'elle fasse semblant d'être endormie, de se réveiller, d'avoir froid, de me secouer et de m'engueuler. Alors j'ai simplement dit : "Ça fait plus d'une heure que je suis réveillé." Elle s'est arrêtée net au milieu d'une phrase, a repris les couvertures qu'elle m'avait données et s'est retournée. Je pense que c'était la première fois, si je me souviens bien, qu'elle n'était pas capable de trouver ses mots. »

Ann appuya sa main un peu plus fort sur la poitrine de Graham. Elle aimait la manière dont il parlait de son passé. Il ne s'en prenait jamais violemment à Barbara pour faire en sorte qu'elle, Ann, se sente bien. Ce qu'il racontait contenait toujours un soupçon d'incrédulité, devant la manière dont il s'était conduit, ou dont il avait permis à Barbara de se conduire envers lui. Ça semblait impliquer que de tels stratagèmes, que de telles tromperies ne pourraient jamais prendre place dans leur couple.

« Veux-tu un peu plus de couverture ? » lui demanda-t-elle en se glissant sur lui. A la manière dont il lui sourit à ce moment-là, elle devina qu'il n'y aurait aucune réticence, aucune mésentente entre eux cette fois-ci. Elle ne se trompait pas.

Ils trouvèrent un petit hôtel près de Clermont-l'Hérault et y restèrent une semaine. Au dîner, il y avait un litre au goulot étroit de vin rouge du pays en plein milieu de la table. Les frites avaient une couleur dorée et un moelleux qu'ils trouvaient typiquement français. Peut-être cette couleur ne provenait-elle que d'une huile un peu fatiguée, mais peu importe.

Le matin, ils traversaient en voiture les vignes rabou-gries des villages voisins, avant de visiter des églises qu'ils avaient d'ailleurs tendance à trouver plus intéressantes qu'elles ne l'étaient réellement. Puis ils passaient un bon moment à flâner, à faire les courses pour le pique-nique et à acheter *Le Midi libre*. Ensuite ils roulaient de nouveau un peu, sans but précis, s'arrêtant de temps à autre pour qu'Ann puisse cueillir quelques fleurs et quelques herbes dont elle ne connaissait pas le nom et qui, pour la plupart, se faneraient et se dessécheraient sur la plage arrière. Finalement ils trouvaient un café, prenaient l'apéritif, puis cherchaient une pente abritée ou une clairière où s'installer.

Durant le déjeuner, Graham voulait qu'Ann lui lise la deuxième page du *Midi libre*. La rubrique s'appelait « faits divers » et racontait les histoires violentes de la vie quotidienne. Les crimes les plus bizarres trouvaient droit de cité ici, à côté des histoires de gens ordinaires qui avaient simplement « craqué ». *Distraction : une mère tombe avec sa voiture dans le canal*, traduisait Ann, *cinq morts*. Un autre jour, on parlait d'une famille de paysans qui attachait la grand-mère octogénaire à son lit *par crainte qu'elle puisse errer sur la grand-route et provoquer un accident*. La grand-route se trouvait à huit kilomètres. Le lendemain, il s'agissait de deux automobilistes qui s'étaient disputés à propos d'un emplacement de parking. Celui qui n'avait pu se garer avait tiré dans la poitrine de son *ennemi de cinq minutes* à trois reprises. La victime s'était écroulée par terre, et l'assaillant, pour faire bonne mesure, avait crevé deux des pneus de la voiture de sa victime à coups de revolver avant de s'enfuir. *La police poursuit ses recherches*, traduisait Ann. *La victime, sérieusement blessée, a été transportée à l'hôpital*. Une histoire sérieuse, effectivement, s'était dit Graham. Rien d'un transport au septième ciel.

« C'est à cause de leur tempérament latin, dit-il.

– Ça s'est passé à Lille.

– Ah. »

Après le déjeuner, ils retournaient à leur hôtel, prenaient un café au bar, puis allaient se mettre au lit. A cinq heures, ils redescendaient, s'installaient sur des chaises longues faites de boudins de plastique jusqu'à ce qu'il soit l'heure du premier verre de la soirée. Ann relisait *Rebecca*. Graham, quant à lui, avait entrepris plusieurs livres en même temps. Parfois, il en lisait un passage à sa femme :

Lorsque Pierre Clergue voulait me connaître charnellement, il portait une herbe enveloppée dans un morceau de toile, d'environ une once de côté, ou de la taille, disons, de la première phalange de mon petit doigt. Il avait un long cordon qu'il passait alors autour de mon cou quand nous faisions l'amour, et cette chose, cette herbe, au bout de la corde, me pendait entre les seins, avant de descendre jusqu'à mon nombril. Quand le prêtre voulait se lever et quitter le lit, j'enlevais la chose de mon cou pour la lui rendre. Il arrivait qu'il veuille me connaître charnellement deux fois ou plus, au cours d'une seule nuit, et, dans ce cas, le prêtre me demandait, avant d'unir son corps au mien : « Où est l'herbe ? »

« Ça se passait quand ?

– Autour de 1300. Juste un petit peu plus bas, en suivant la route, je veux dire à une centaine de kilomètres.

– Un vieux dégoûtant, ce prêtre.

– Les prêtres semblent avoir été les plus excités. Je suppose qu'ils pouvaient vous donner l'absolution après coup et vous éviter ainsi d'aller jusqu'au confessionnal.

– Un vrai dégoûtant, ce prêtre. » Ann était choquée à la pensée de relations sexuelles avec un ecclésiastique. Cette répulsion intriguait Graham. Normalement, c'était lui qui était choqué quand sa femme, de la manière la plus désinvolte, lui parlait des mœurs du temps. Aussi, éprouva-t-il une sorte de sentiment de propriétaire malicieux lorsqu'il poursuivit :

« Ils ne s'y prenaient pas tous de cette manière. Certains préféraient les garçons. Non pas qu'ils fussent pédés ou quoi que ce soit, bon je suppose qu'ils l'étaient quand même un peu. Il y a un tas de passages où les hommes avouent des choses comme celles-là :

A la quatrième ou cinquième nuit que nous passions ensemble... pa pa pa... il a commencé à m'embrasser, à se mettre entre mes cuisses... et à s'y mouvoir comme si j'étais une femme... pa pa pa... je n'étais encore qu'un enfant.

– Ça me semble sacrément pédérastique, non ?

– Non. La principale raison pour laquelle ils le faisaient avec des garçons c'était parce qu'ils ne voulaient pas prendre le risque d'attraper quelque maladie avec des prostituées.

– Les ordures. Les foutues ordures. Et je suppose qu'ils se donnaient, bien entendu, l'absolution par-dessus le marché ?

– Mais oui. Ils se donnaient l'absolution pour tout, vraiment tout. La règle avec les prostituées est vraiment fort intéressante. Je vais te la lire. » Il feuilleta quelques pages. « *Vidal est persuadé* – ce n'était pas un prêtre, c'était un muletier, mais c'est la conclusion à laquelle il arrive après avoir demandé aux prêtres de l'éclairer sur les péchés commis en compagnie de prostituées – *Vidal est persuadé de l'innocence d'un acte sexuel commis avec une prostituée... pa pa pa... à deux conditions : Premièrement, il faut que cet acte soit accompli à titre onéreux (l'homme payant, la femme acceptant la monnaie bien entendu). Deuxièmement, l'acte en question doit "plaire" aux deux partenaires.*

– Que signifie "plaire" ici ? Faut-il que la prostituée jouisse ou quelque chose comme ça ?

– Ce n'est pas dit. J'ignorais qu'elles savaient à l'époque qu'on pouvait jouir. »

Ann tendit la jambe hors de son lit de plage pour donner un petit coup d'orteil sur le mollet de Graham. « On a toujours su qu'on pouvait jouir.

– Je croyais qu'elles ne l'avaient appris qu'au début du siècle. Je pensais que c'étaient Virginia Wolf et ses amies du groupe de Bloomsbury qui avaient découvert l'orgasme. » Il ne plaisantait pas totalement.

« Je pense qu'on l'a toujours su.

– De toute façon, je ne crois pas que "plaire" signifie nécessairement "jouir". Ça signifie simplement que le client n'avait pas le droit de frapper la prostituée, de la tabasser ni de filer sans la payer.

– Affreux.

– Naturellement », Graham continuait, prenant de plus en plus de plaisir au fur et à mesure qu'il sentait croître le dégoût d'Ann. « Ce n'était pas exactement comme aujourd'hui, je veux dire qu'on ne le faisait pas tout le temps au lit.

– Nous non plus », répliqua Ann automatiquement. Puis elle se souvint, avec inquiétude, qu'avec Graham, elle le faisait toujours au lit. C'était avec, eh bien, quelques autres, que les lieux avaient pu varier. Graham, heureusement, n'était pas d'humeur à le remarquer.

« Où on le faisait extrêmement souvent », dit-il, lâchant enfin le détail croustillant qu'il gardait en réserve, « c'était sur les tas de fumier.

– Sur les tas de fumier ? Beeeurk.

– Oui, les tas de fumier. Eh bien, j'imagine qu'on peut voir tout de suite les avantages – Graham prit son ton le plus doctoral – c'était chaud, confortable, et ça ne puait

probablement pas plus que les deux corps qui s'agitaient
dessus...

– Arrête, arrête. Ça suffit, l'interrompit Ann avec
fermeté. Ça suffit. »

Graham émit un petit rire et retourna à son livre. Ann
fit de même, bien que son esprit restât fixé sur la conversation qui venait d'avoir lieu. Elle était surprise de se sentir
choquée à ce point. Non pas à cause d'une seule chose –
les prêtres pédés, l'absolution accordée cyniquement, les
M.S.T., les fumiers – mais à cause de leur accumulation.
Quand elle avait dit que les femmes avaient toujours
connu l'orgasme, elle ignorait sur quelle autorité s'appuyer. Ça lui semblait simplement devoir être ainsi. Elles
devaient l'avoir connu, non ? C'était la seule certitude de
son argumentation, se rendait-elle compte maintenant. Et
de la même manière, elle avait toujours supposé, sur des
preuves guère plus fortes, que les relations sexuelles
avaient toujours été comme elles étaient maintenant.
Évidemment, certaines choses avaient changé – on avait
inventé la pilule et le stérilet, Dieu merci – mais elle avait
imaginé que les relations sexuelles étaient une constante
humaine, quelque chose qui avait toujours été agréable et
réparateur. Elle les associait, dans son esprit, à des draps
propres et à des fleurs près du lit. Alors qu'il n'y a pas
tellement longtemps, juste un peu plus loin d'ici, on
trouvait des tas de fumier, de vieux prêtres dégoûtants, et
au lieu de fleurs près du lit, des herbes qu'on vous fourrait
contre le corps. Pourquoi, se demandait-elle, accepte-t-on
de le faire dans de telles circonstances ? Pourquoi les
femmes s'ennuyaient-elles avec ça ? Ann, quant à elle, ne
s'y serait pas laissé prendre. Brusquement, elle pensa à de
la pâte dentifrice.

Pendant ce temps, Graham continuait de lire. C'était

étrange qu'il ait maintenant exactement la même réaction vis-à-vis de chaque livre d'histoire, quelle qu'en fût sa longueur, ses qualités, son utilité ou son prix. Il les trouvait à la fois, et presque à l'intérieur de la même phrase, extrêmement intéressants et profondément ennuyeux.

Il ne leur restait plus que quatre jours de vacances lorsqu'un matin Ann sentit que la peau de ses seins commençait à se tendre, qu'au creux de ses reins apparaissait une petite douleur lointaine. Alors qu'ils pique-niquaient près d'un grand ruisseau calme, dont la profondeur ne dépassait pas quelques dizaines de centimètres, et où l'eau coulait paresseusement sur des cailloux plats, Ann glissa dans le creux de l'oreille de Graham, en se servant de la phrase argotique française qu'elle lui avait apprise :

« Je crois que les Anglais vont débarquer. »

Graham tenait une grande tranche de pâté en croûte bien compact dans sa main droite et, dans la gauche, une tomate dans laquelle il venait de mordre. Il se rendait compte que le jus hésitait pour tomber sur son pantalon, ou pour se mettre à dégouliner le long de son avant-bras. Les deux possibilités pouvaient d'ailleurs s'additionner. Donc, ce fut avec l'esprit légèrement ailleurs qu'il demanda :

« Viennent-ils d'être repérés à l'instant ?

— Oui.

— Ils sont donc encore au large ?

— Oui.

— Quoique évidemment ils puissent avoir un fort vent arrière ?

— C'est toujours possible. »

Il hocha la tête comme s'il faisait un calcul mental tel un marchand dans une vente à Drouot, qui décide à l'avance jusqu'où monteront ses enchères. Ann était toujours amusée par les réponses de Graham à l'annonce de l'arrivée de ses règles.

Parfois, il y avait un interrogatoire long et compliqué pour savoir précisément où les Anglais avaient été repérés, quelle était leur force apparente, et pendant combien de temps leur corps expéditionnaire pensait-il occuper la place. A d'autres moments, par exemple comme aujourd'hui, Graham semblait prendre la nouvelle très sérieusement, comme si Ann lui avait annoncé qu'elle devait se rendre à l'hôpital. Et quelquefois, les règles le rendaient d'une sexualité légèrement polissonne. Et, s'il ne la traînait pas réellement vers le lit – ce n'était pas son genre –, il répondait plus volontiers que d'habitude aux avances de sa femme.

Pour Graham, ce sujet était du plus vif intérêt, parce que, pour lui, le problème des règles n'existait que depuis quatre ans, étant donné qu'il n'avait jamais, auparavant, eu droit à avoir un quelconque renseignement sur les questions sexuelles féminines. Il restait encore résolument réticent à l'idée de rapports sexuels au milieu des règles. Il avait même avoué, l'air vaguement penaud, que cette perspective l'amenait à penser qu'il devrait porter des snow-boots. Mais il était toujours parfaitement d'accord lorsque Ann lui suggérait que l'arrivée imminente de ses règles leur faisait, eh bien, presque un devoir de gagner rapidement le septième ciel, avant la fermeture des portes du paradis. Ann avait même un jour été plus loin en laissant entendre que s'il n'aimait pas l'idée de porter des snow-boots, il pouvait néanmoins essayer quelque chose de légèrement différent. Mais Graham n'était pas non plus réellement favorable à quelque chose d'un peu différent.

Ce truc l'aurait rendu maladroit, parce qu'à la fois il le trouvait trop bestial et trop cérébral.

Au cours de son premier mariage, les choses n'avaient jamais été ainsi. Barbara considérait la venue de ses règles comme le moment où la souffrance des femmes devait être exaltée. Il fallait alors lui accorder une marge d'irrationalité plus élevée encore dans la prise des décisions. C'était aussi le moment idéal pour faire en sorte que Graham se sente aussi coupable que possible. Parfois, il se surprenait à penser vaguement que c'était lui effectivement qui provoquait les règles de sa femme, que c'était son pénis qui la coupait et la faisait saigner. De toute façon, c'étaient des jours d'humeur incertaine chargés d'étranges accusations. La charité suggérait que la différence flagrante existant entre l'attitude de Barbara et celle d'Ann pouvait être attribuée à l'écart des générations, ou au seuil de douleur de chacune. Malheureusement, Graham était de moins en moins tenté aujourd'hui par la charité.

Quand ils retournèrent à leur hôtel après le déjeuner, Graham semblait préoccupé. Tandis qu'ils buvaient à petites gorgées leur café dans des tasses épaisses, aux anses carrées, il ne parla qu'à peine. Ann ne lui demanda pas à quoi il pensait mais lui offrit une alternative :

« Aimerais-tu faire une promenade cet après-midi ?

– Oh, sûrement pas.

– Veux-tu que j'aille chercher nos livres ?

– Oh, non. »

Il se pencha au-dessus de la table et jeta un coup d'œil dans la tasse d'Ann, pour vérifier qu'elle était vide. Ensuite il se leva. Pour Graham, c'était clair et net, presque arrogant. Ils montèrent côte à côte l'escalier, en direction de leur chambre à coucher. Les draps avaient été tendus et lissés de telle façon qu'on avait l'impression

qu'ils venaient d'être changés. La pièce était plongée dans
une pénombre agréable, parce que les fenêtres et les volets
étaient fermés. Graham ouvrit les fenêtres, faisant entrer
ainsi un faible bourdonnement d'insectes, les cliquetis
lointains de la cuisine et les rumeurs, en arrière-plan, d'un
chaud après-midi. Il laissa les volets fermés. Peut-être
était-il resté plus longtemps à la fenêtre qu'il ne l'avait
pensé, car lorsqu'il se retourna, Ann était déjà au lit, un
bras posé sur l'oreiller, à côté de sa tête, tandis que l'autre
tirait le drap, afin de dissimuler en partie sa poitrine.
Graham contourna le lit pour gagner sa place et s'assit.
Ensuite, il se déshabilla tranquillement. Pour finir, il
enleva ses lunettes et les plaça sur la table de nuit, à côté
d'un verre dans lequel se fanaient les fleurs, dont la
plupart, pour eux en tout cas, n'avaient pas de nom et
qu'Ann avait ramassées lors de leurs promenades mati-
nales.

La jeune femme n'était certes pas préparée à ce qui
allait suivre. Tout d'abord, Graham s'enfonça dans le lit
la tête en avant, et lui écarta les jambes pratiquement à
coups de tête. Puis, il se mit à l'embrasser avec une
tendresse évidente, mais en montrant une grande ignorance concernant une précise localisation. Ce qui n'avait
rien de surprenant, étant donné que ce n'était que la
deuxième fois qu'il se livrait à cette pratique. Ann s'était
dit que là, en bas, elle n'avait pas un goût particulièrement agréable, tout au moins de l'avis de son mari.

Ensuite, Graham se redressa, se contorsionna et offrit
d'une manière assez agressive son corps à Ann, s'attendant
à ce qu'on lui rende la pareille. Ann accepta, un peu
surprise toutefois, étant donné qu'elle pensait qu'il n'aimait pas beaucoup ça. Après une minute environ, il
s'étendit sur le lit, pour la pénétrer, tenant sa bite à la

main, ce qu'il ne faisait guère, préférant en général que ce soit elle qui s'en occupe pour lui. Et même alors, il continua à la tourner et à la retourner – sur le côté, sur le ventre, et finalement, au soulagement de la jeune femme, sur le dos – d'une manière apparemment programmée, qui faisait penser à un motif plus profond et plus complexe que le simple plaisir. On avait l'impression qu'il ne s'agissait pas directement d'un acte sexuel, mais d'une sorte de récapitulation concernant le sexe. Faisons tout, faisons-le maintenant, faisons tout maintenant, on ne sait jamais si on pourra encore faire tout ça. Même un simple petit baiser, à l'avenir, ne peut être garanti. C'était ce qu'il semblait vouloir dire, en agissant ainsi.

Et il jouit d'une manière différente aussi. Alors qu'habituellement il enfonçait sa tête dans l'oreiller, alors qu'il s'agitait en respirant bruyamment avant l'orgasme, cette fois il appuya sur ses mains pour s'écarter du lit, regarda le visage d'Ann avec un sérieux frôlant la souffrance. Son expression était à la fois scrutatrice et anonyme – il aurait pu être un douanier à qui elle venait à l'instant de tendre son passeport.

« Désolé », dit-il, tandis qu'il laissait sa tête retomber sur l'oreiller à côté d'elle. C'était le premier mot qu'il prononçait depuis qu'ils avaient quitté le bar. Ça voulait dire : Désolé que ça n'ait pas marché. Désolé pour moi. Désolé d'avoir tant essayé pour obtenir si peu. Désolé pour moi.

« Pourquoi donc, petit sot ? dit-elle en posant une main sur son dos pour lui caresser l'épaule.

– Tout pour moi, et pas grand-chose pour toi. » Mais surtout pas assez pour moi.

« Gros bêta. C'était aussi bien pour moi que si j'avais joui. »

Bon, c'était assez souvent vrai pour qu'il ne s'agisse pas d'un mensonge trop flagrant à cette occasion. Graham grogna comme s'il était heureux. Ann bougea légèrement pour recaler ses hanches et ils restèrent allongés dans la position du missionnaire jusqu'à ce que la pression sur la vessie d'Ann ne devienne trop forte.

Le lendemain les Anglais avaient débarqué et le temps semblait vouloir virer au gris. Ils se mirent en route pour retourner vers Toulouse, cette fois en suivant une ligne courbe qui remontait vers le nord. Ils roulèrent sous des voûtes de platanes, plantés de manière si rapprochés qu'ils entendaient choua choua choua, sans interruption. Les écorces peintes donnaient maintenant un air avachi à ces pauvres vieux arbres.

Alors qu'ils atteignaient la limite sud des Causses, ils virent un panneau indiquant Roquefort-sur-Soulzon. Ni l'un ni l'autre n'avaient jamais été très intéressés par les fromages, mais cette direction semblait aussi bonne qu'une autre. Ils visitèrent donc une fabrique creusée dans le rocher. Là, une petite femme, genre toréador, qui portait trois pull-overs et une grande pèlerine en laine, leur expliqua comment la lézarde verticale qu'ils voyaient là dans le rocher permettait à la fabrique d'avoir une température constante et fraîche. Le courant d'air et l'humidité qui en résultaient fournissaient les conditions parfaites et uniques pour la fabrication du roquefort. Cette anfractuosité provoquait aussi chez leur guide un bon rhume et un nez coulant.

Il n'y avait pas grand-chose d'autre, semblait-il, à voir, parce que la fabrication du fromage est saisonnière et qu'ils étaient venus un peu trop tard. Il n'y avait même pas un fromage à leur montrer, mais, en compensation, leur guide prit un grand morceau de bois coupé aux dimensions exactes d'un roquefort entier et leur expliqua comment on l'enveloppait dans du papier d'étain. Le manque de quoi que ce soit à voir mit Graham dans un état de bonne humeur inaltérable, encore augmentée par la traduction simultanée qu'Ann donnait des explications du guide.

« L'histoire raconte qu'il y avait une fois un berger avec ses moutons, qui se préparait à déjeuner. A peine était-il assis dans une grotte avec un peu de pain et de fromage, qu'une bergère, naturellement fort belle, vint à passer. Le jeune berger oublia son déjeuner pour aller faire la cour à la jeune fille. Ce n'est que quelques semaines plus tard, lorsqu'il revint dans la grotte, qu'il découvrit que son fromage ainsi que son pain étaient piquetés de vert. Mais, heureusement pour nous, il goûta le fromage et en fut enchanté. Ensuite, les bergers gardèrent le secret de la grotte pendant de nombreux siècles. On ne sait pas si ce récit est vrai, mais c'est en tout cas celui que les Roquefortais aiment à se raconter. »

Ils passèrent à travers plusieurs fissures humides, couvertes de mousse luisante, d'un vert éclatant et peu naturel. On leur montra aussi, à travers une vitre, une chaîne d'emballage composée d'ouvriers à l'air morne. Puis leur guide leur déclara que la visite était terminée et montra du doigt, d'un air décidé, une pancarte qui interdisait les pourboires. Devant le comptoir réservé à la vente, ils dédaignèrent les fromages et renoncèrent aussi à acheter un étui de douze diapositives en couleurs en expliquant la fabrication depuis l'ensemencement des moisissures jusqu'à l'emballage. En revanche, Graham acheta un couteau à roquefort avec une lame large et courbe au bout. Le manche était étonnamment mince, mais paraissait solide. Ça pourra toujours servir, se dit-il.

Ils roulèrent pendant une demi-journée, vers l'ouest, et atteignirent Albi. Ils découvrirent ici la cathédrale la plus étrange qu'ils aient jamais vue. Elle se dressait en briques d'un brun orangé, trapue mais dominatrice, église mais aussi forteresse, belle bien qu'elle fût, en grande partie, assez laide, ou réellement bizarre. Église militante et également église sur pied de guerre, église symbolique, construite comme une mise en garde maçonnée contre les restes et les vestiges du catharisme et, en conséquence, contre toute tentative d'hérésie. Comme ils regardaient les tours noires, sortes de bulbes, de la façade ouest, ainsi que les ouvertures en forme de flèches, et certaines gargouilles prêtes à bondir, Graham se dit que, dans un sens, c'était ici une réponse indirecte à ces hérétiques de Montaillou, amateurs de galipettes. Cette église disait aux fornicateurs sur tas de fumier que là où se trouvait la force résidait aussi la vérité.

Était-ce à cause de ses règles ou parce que Graham avait été un peu nerveux au cours de ces deux derniers jours ? En tout cas la gaieté de son mari apparaissait maintenant à Ann légèrement fausse. Elle ne voyait pas pourquoi. Peut-être n'était-ce pas important, peut-être était-ce simplement la fin des vacances. A Albi, ils achetèrent de l'armagnac et des bocaux de légumes. Graham trouva des espadrilles et un chapeau de paille qu'il avait essayé de dénicher depuis le début de leur voyage. Il leur fallait utiliser l'argent qu'il leur restait, pensait-il, autrement la boîte en noyer d'Ann allait déborder.

Alors qu'ils roulaient dans la banlieue de Toulouse, en direction de l'aéroport, ils passèrent devant un cinéma et Ann éclata de rire.

« Qu'y a-t-il ? demanda-t-il.

– On joue *Fermeture annuelle*, répondit-elle. C'est partout comme ça. Gros succès. » C'était comme si, dans un train en Italie, on découvrait que toutes les villes qu'on traverse s'appellent Uscita. « Est-ce de Godard ou de Truffaut ? »

Graham sourit et fit un petit bruit de gorge d'approbation, mais ne surprit-elle pas, juste à la limite de sa vision, un tressaillement irrépressible ?

A Gatwick, ils trouvèrent un taxi sans difficulté. Il pleuvait. Ça semble être toujours ainsi lorsqu'on rentre en Angleterre. Graham regardait à travers la vitre où s'accrochaient des gouttes de pluie. Pourquoi tout ce qui est vert semble ici contenir tant de brun ? Et comment est-il possible que les choses puissent être à la fois humides et poussiéreuses ? Après un kilomètre environ, ils passèrent devant un garage. Super, ordinaire... lave-voiture. Graham savait qu'il était de retour. La fermeture annuelle du petit cinéma qu'il avait dans la tête avait pris fin.

8. Le grès féminian

Graham avait mauvaise conscience, bien sûr, de ne jamais emmener Alice au zoo, mais c'était comme ça. Non pas qu'il haïssait les animaux, tout au contraire. Il prenait plaisir à leur invraisemblance, à cette manière étrange, proche de la science-fiction, dont ils avaient évolué. Qui vous a joué ce tour, avait-il toujours envie de leur demander. Qui donc a pu penser que c'était une bonne idée de te faire ressembler à ça, murmurait-il à la girafe. Bon, je sais qu'il fallait un long cou pour atteindre les feuilles élevées, mais n'aurait-il pas été plus sage de créer des arbres plus petits ? Ou, pendant qu'on y était, de vous faire avaler des choses au ras du sol, des scarabées, des scorpions, ou je ne sais quoi d'autre ? Pourquoi a-t-il semblé aux girafes une tellement bonne idée de continuer à être des girafes ?

Pourtant, d'une certaine manière il aurait aimé emmener Alice au zoo car c'est un endroit où même les parents les plus maladroits ne peuvent échouer. Aussi affligeant, pauvre ou méprisable que vous soyez aux yeux d'un enfant, aussi mal adapté soient vos vêtements lors de la

distribution des prix à son école, vous parviendrez toujours à vous rattraper au zoo. Les animaux sont si
généreux qu'ils vous inondent des reflets de leur gloire,
comme s'ils n'étaient rien d'autre que le produit passager
de votre imagination de parents. Regarde, mon père a
inventé tout ça, oui, et aussi le crocodile et l'émeu, et le
zèbre. Le seul point délicat concerne le sexe : cette érection
du rhinocéros, avec un membre qui pend comme le poing
écorché d'un gorille, ça ressemble à un morceau de
boucherie qu'on n'aurait pas l'idée de demander à son
fournisseur. Mais même ces difficultés peuvent être apla-
nies à l'aide des aberrations de l'évolution.

Non, la seule raison pour laquelle Graham craignait
d'aller au zoo c'était qu'il savait que cette promenade le
rendrait triste. Peu de temps après son divorce, il avait
parlé du droit de visite avec Chilton, un collègue avec qui
il avalait de temps à autre une tasse de café, et dont le
mariage avait également pris fin.

« Où habite-t-elle, votre fille ? avait demandé Chilton.

— Eh bien, c'est difficile à dire, naguère on aurait parlé
de Saint Pancras, à l'époque de l'ancien découpage, mais
vous savez que maintenant la ligne Londres nord... »

Chilton ne le laissa pas finir, non par agacement, mais
simplement parce qu'il avait déjà l'information qu'il
attendait.

« Vous pourrez l'emmener au zoo, alors.

— Oh. A vrai dire, j'ai pensé – bon ce dimanche, bien
sûr – de l'emmener prendre le thé dans un des restauroutes
de la M1. Pensé que ça pouvait être pour elle quelque
chose de nouveau. »

Mais Chilton avait simplement souri en prenant un air
entendu. Quand, quelques semaines plus tard, Ann aussi
avait, par une remarque insignifiante, donné à croire

qu'elle s'attendait à ce qu'il emmène Alice au zoo ce dimanche, Graham avait poursuivi sa lecture sans répondre. Naturellement, il aurait dû immédiatement voir le rapport quand Chilton en avait parlé. Le dimanche après-midi était l'heure des visites dans les hôpitaux, dans les cimetières, dans les maisons de retraite, et aussi pour les familles désunies. On ne peut pas emmener l'enfant dans les lieux où l'on a refait sa vie, à cause des effets nocifs – imaginaires, ça va sans dire – que pourraient avoir la maîtresse ou la deuxième épouse. On ne peut pas non plus l'emmener très loin, étant donné le temps limité. Et il faut penser aussi aux problèmes du goûter et des toilettes, les deux principales obsessions d'un enfant au cours d'un après-midi. Le zoo était la réponse pour les habitants du nord de Londres : amusant, moralement inattaquable par l'ancien conjoint, et bourré de salons de thé et de toilettes.

Mais Graham ne voulait pas être mêlé à ça. Il imaginait le zoo le dimanche après-midi : quelques touristes, de vagues gardiens, perdus parmi la triste assemblée de parents désunis, d'âge moyen, faussement joyeux, s'accrochant désespérément et sans nécessité à des enfants de tailles diverses. Un voyageur de l'espace atterrissant brusquement là pourrait en conclure que la race humaine avait abandonné ses vieilles méthodes de reproduction et durant son vol avait réussi à mettre au point la parthénogénèse.

Aussi, Graham refusa de s'exposer à ce genre de tristesse et n'emmena jamais Alice au zoo. Une fois, peut-être poussée par Barbara, sa fille en avait mentionné l'existence, mais Graham avait pris une ligne morale des plus fermes, parlant de l'iniquité de mettre ainsi des animaux en captivité. Il mentionna à plusieurs reprises l'élevage intensif des poulets et alors que ses remarques auraient pu

apparaître pontifiantes à un adulte, elles semblèrent à
Alice pleines de bon sens. Comme la plupart des enfants
elle avait une attitude extrêmement idéaliste et sentimentale en face de la nature, la voyant comme quelque chose
de différent de l'homme. Graham, pour une fois, avait
marqué des points contre Barbara simplement en s'accrochant à de prétendus principes.

En revanche, il emmena Alice dans des salons de thé,
des musées et un jour, sans succès, dans un restauroute. Ce
jour-là, il avait mal évalué la délicatesse de sa fille, donc
sa répugnance à découvrir des nourritures pour n'importe
quel repas, alignées démocratiquement derrière le comptoir. La vue d'un steak et de boudin à quatre heures de
l'après-midi détruisait tout espoir de voir Alice déguster
son gâteau à la crème.

Quand il faisait beau, ils se promenaient dans les parcs
et regardaient les devantures de boutiques fermées.
Quand il pleuvait, ils restaient parfois simplement assis
dans la voiture, pour parler.

« Pourquoi as-tu quitté maman ? »

C'était la première fois qu'elle lui posait cette question
et Graham ne savait que dire. Aussi tourna-t-il la clef de
contact, afin de mettre en marche le système électrique,
appuya sur le bouton des essuie-glaces pour faire disparaître les gouttelettes de pluie. Le brouillard, devant eux, se
dissipa, et ils purent regarder dans un jardin public une
partie de foot improvisée. Après quelques secondes, la
pluie fragmenta la silhouette des joueurs pour en faire des
taches incertaines plus ou moins colorées. Brusquement
Graham se sentit perdu. Pourquoi n'y avait-il pas de
guides pour donner les bonnes réponses ? Pourquoi n'y
avait-il pas un numéro de la revue des consommateurs
consacré aux échecs matrimoniaux ?

« Parce que maman et moi n'étions pas heureux ensemble. Nous ne nous... entendions pas très bien.

– Tu me disais toujours que tu aimais maman.

– Oui, c'était vrai. Mais ça s'est arrêté.

– Mais tu ne m'as pas dit que ça s'était arrêté. Tu as continué à me dire que tu aimais maman toujours jusqu'au moment où tu es parti.

– Eh bien, je ne voulais pas te... bouleverser. Tu avais tes examens et des trucs comme ça. » Quels trucs ? Ses règles ?

« Je pensais que tu avais quitté maman pour... pour elle. » Le « elle » était neutre, nullement accentué. Graham savait que sa fille connaissait le nom d'Ann.

« Effectivement.

– Donc, tu n'as pas quitté maman parce que tu ne t'entendais pas très bien avec elle. Tu l'as quittée à cause d'elle. » Cette fois, ce n'était plus neutre, l'accent était mis sur le pronom.

« Oui. Non. Enfin, peut-être. Maman et moi ne nous entendions plus très bien depuis longtemps déjà au moment où je l'ai quittée.

– Karen dit que tu es parti parce que tu commençais à te sentir vieillir et que tu voulais mettre maman au rancart, l'échanger pour quelqu'un de plus jeune.

– Non, ce n'était pas du tout ça. » Qui donc était Karen ?

Il y eut un silence. Il espérait que la conversation était terminée. Il joua avec la clef de contact, sans la tourner.

« Papa était-ce... » Dans le coin de son œil il apercevait les sourcils froncés de sa fille. « Était-ce l'amour fou ? » Elle prononça le mot en hésitant, comme si c'était la première fois qu'elle utilisait cette expression étrange.

Il est impossible de répondre qu'on ne sait pas ce que ça

signifie. On ne peut pas dire : ce n'est pas la véritable question. Il n'y a que deux réponses possibles à cette demande et il est du plus grand intérêt de choisir la bonne rapidement.

« Oui, je crois qu'on peut dire ça. »

Après l'avoir dit – sans savoir ce que ça signifiait et à quel point sa réponse pouvait toucher Alice – il se sentit encore plus triste que s'il l'avait emmenée au zoo.

Un, se disait Graham, pourquoi la jalousie existe-t-elle, non pas seulement pour moi, mais pour un tas de gens ? Pourquoi faut-il qu'on commence à être jaloux ? C'est, d'une certaine manière, relié à l'amour, mais néanmoins, ce n'est ni quantifiable ni compréhensible. Pourquoi s'est-elle brusquement mise à hurler dans ma cervelle, comme l'altimètre de sécurité dans un avion : six secondes et demie maintenant pour agir et s'en sortir. C'était ce qu'il éprouvait parfois à l'intérieur de sa tête. Et pourquoi la jalousie s'était-elle jetée sur lui ? Y avait-il là une sorte de chimie capricieuse ? Est-ce que la jalousie était distribuée à la naissance ? Est-ce qu'elle nous est octroyée de la même manière qu'on nous attribue un gros derrière ou une mauvaise vue, deux inconvénients dont souffrait aussi Graham. Si c'est ainsi, peut-être a-t-elle tendance à disparaître après un certain temps, peut-être n'y a-t-il que ce qu'il faut de jalousie, dans cette caboche, là-haut, que pour un nombre défini d'années. Peut-être, mais Graham en doutait. En effet, il avait un gros derrière depuis des années et il n'y avait aucun signe précurseur de sa disparition.

Deux. Étant donné que pour une raison inconnue on devait être jaloux, pourquoi fallait-il que cette jalousie se fasse sentir rétrospectivement ? Pourquoi était-ce la seule grande émotion qui se fasse sentir ainsi ? Il n'en était pas de même pour les autres. Quand Graham regardait les photos d'Ann en petite fille ou en jeune femme, il éprouvait la nostalgie, assez naturelle, de ne pas avoir été là, et quand elle lui parlait de punitions imméritées, infligées durant son enfance, il sentait un sentiment de protection bouillonner à l'intérieur de lui, mais ces émotions étaient tenues à distance, perçues comme à travers une gaze. On pouvait facilement les faire évoluer et même les calmer – les calmer par la simple continuité du présent qui, bien entendu, n'est pas le passé. La jalousie, elle, arrivait par vagues soudaines, déferlant à l'intérieur de lui, lui laissant le souffle coupé. Son origine était dérisoire, son traitement inconnu. Pourquoi fallait-il que le passé vous rende fou émotionnellement ?

Graham ne parvenait à voir qu'un autre exemple similaire. Certains de ses étudiants – pas beaucoup, pas même quelques-uns, mais disons un par an – s'enflammaient avec le passé. Il en avait d'ailleurs un exemple cette année avec ce garçon aux cheveux roux, McQuelquechose (Seigneur, de nos jours, il faut toute une année pour apprendre leurs noms et puis vous ne les revoyez plus jamais, on pourrait tout aussi bien ne pas s'en soucier), qui était devenu complètement fou à l'idée de l'incapacité du bien (comme il le voyait) de triompher du mal dans l'Histoire. Pourquoi x n'avait-il pas été le plus fort ? Pourquoi z avait-il battu y ? Graham découvrait le visage furieux, abasourdi, de MacQuelquechose tourné vers lui en classe, le regardant avec intensité, afin qu'il lui dise que l'Histoire – ou en tout cas les historiens s'étaient trompés, que x avait en réalité rejoint la clandestinité pour réapparaître quelques années plus tard à w, etc. Normalement, Graham aurait attribué de telles réactions à – à quoi ? –

à un manque de maturité, ou plus précisément à quelques causes spécifiques comme une éducation intensément religieuse. Maintenant, il n'en était plus si sûr. La colère de MacQuelquechose vis-à-vis du passé mettait en jeu des émotions plus complexes, réunissant un mélange de personnages et d'événements. Peut-être souffrait-il d'un sens rétrospectif de l'injustice.

Trois. Et pourquoi cette jalousie rétrospective existe-t-elle maintenant, dans le dernier quart du XX^c siècle ? Graham n'était pas historien pour rien. Les angles s'estompent, l'hostilité entre les nations et les continents se calme, les civilisations deviennent plus policées. C'est une chose qu'on ne peut nier, c'était en tout cas l'avis de Graham. Il ne doutait pas que, peu à peu, le monde dans sa totalité se transformerait en État-Providence, et se consacrerait aux échanges sportifs, culturels et sexuels, avec pour monnaie internationale les pièces détachées des installations hifi. Il y aurait encore, de temps à autre, des tremblements de terre et des éruptions volcaniques, mais même les agressions vengeresses de la nature finiraient à un moment donné par être mises au pas.

Aussi, pourquoi cette jalousie, non désirée, devrait-elle subsister pour vous contrecarrer et vous foutre dedans ? Exactement comme cette oreille moyenne qui ne sert qu'à vous faire perdre l'équilibre, comme cet appendice qui s'enflamme insolemment et qu'il faut enlever. Comment pourrait-on supprimer la jalousie ?

Quatre. Pourquoi était-ce lui qui devait l'éprouver, lui parmi tant d'autres ? Il était, et il le savait, une personne réellement raisonnable. Barbara avait naturellement essayé de lui faire croire qu'il était un monstre d'égoïsme, un horrible débauché, un nabot incapable d'émotion. Bien entendu, on pouvait la comprendre. A vrai dire, le simple

fait qu'il puisse la comprendre lui prouvait suffisamment
à quel point il était raisonnable. Tout le monde l'avait
toujours trouvé raisonnable – sa mère pour l'encourager,
sa première femme en ricanant, ses collègues en le félici-
tant, et sa seconde épouse avec ce regard en coin, à la fois
gentil et moqueur. C'était ce qu'il était, et il aimait être
ainsi.

D'ailleurs ce n'était pas comme s'il avait été un des
grands amants de ce monde. Il y avait eu Barbara puis
Ann, et c'était plus ou moins tout. Ce qu'il avait éprouvé
pour Barbara s'était vu probablement exagéré par la
nouveauté excitante des premières émotions, tandis que ce
qu'il éprouvait pour Ann, avec une plénitude qu'il n'ignorait pas, s'était développé avec précaution. Et entre les
deux épisodes ? Eh bien, entre les deux épisodes, il y avait
eu quelques occasions où il avait essayé de se pousser pour
atteindre quelque chose qu'il aurait pu ressentir comme
de l'amour. Mais pour tout résultat il n'avait obtenu
qu'une sorte d'obsédante sentimentalité. Et puisqu'il
admettait tout cela sur son propre compte, il lui apparaissait particulièrement injuste que ce soit lui qui ait été puni.
D'autres mettaient la main dans le feu, mais c'était lui qui
était brûlé. Ou peut-être était-ce là la question. Peut-être
était-ce là où l'analyse du mariage selon Jack, la proie
crottée, pointait son nez. Et peut-être même que la théorie
de Jack, telle qu'il la développait, n'allait pas assez loin.
Si, en fin de compte, ce n'était pas dans la nature même
du mariage – pour Jack, bien sûr, on pouvait rejeter le
blâme sur la « société » et se livrer à toutes les sortes
d'infidélités, jusqu'à ce qu'on aille mieux – mais plutôt
quelque chose dans la nature de l'amour lui-même ?
C'était une pensée bien moins plaisante. Ainsi la chose que
tout le monde a toujours recherchée se révèle soudain

tordue et échoue, inévitable automatiquement et chimi-
quement. Graham n'aimait pas cette pensée.

« Tu peux baiser une de tes étudiantes.

-- Bien sûr que je ne pourrais pas.

– Bien sûr que si. Tout le monde le fait. C'est pour ça
qu'elles sont là. Je sais bien que tu n'es pas particulièrement beau, mais elles s'en fichent éperdument à cet âge.
C'est même probablement plus excitant pour elles si tu
n'as pas une belle gueule, si tu sens un peu fort, si t'es dans
la merde ou déprimé. J'appelle ça le sexe tiers-mondiste.
Il y en a autant qu'on veut, mais particulièrement quand
elles ont cet âge. »

Jack cherchait simplement à l'aider, Graham en était
pratiquement sûr.

« Bon, je pense, vois-tu, que ça ne va pas. Je veux dire
on est en principe *in loco parentis*, et ça me semblerait avoir
un certain rapport avec l'inceste.

– La famille dont les membres aiment jouer ensemble
demeure solide. »

En réalité, Jack n'essayait pas particulièrement de venir
en aide à son ami. Il en avait légèrement assez des
perpétuelles visites de Graham. Il avait proposé un tas de
traitements adéquats – que Graham devrait mentir, se
branler, prendre des vacances à l'étranger – et il lui
semblait maintenant que sa serviette en cuir de thérapeute
était plus ou moins vide. De toute façon, il ne s'était qu'à
demi tracassé pour Graham dès le départ. Maintenant, il
se sentait plus enclin à faire le pitre avec son ami qu'à le
plaindre.

« ... et d'ailleurs, poursuivit Graham, je ne veux pas.

– L'appétit vient en mangeant. » Jack souleva un
sourcil, mais Graham, imperturbable, considéra cette
remarque comme une platitude.

« La chose curieuse – je veux dire le truc qui m'a le plus surpris – c'est que c'est tellement visuel.

– ... ?

– Eh bien, j'ai toujours été quelqu'un fasciné par les mots, n'est-ce pas ? Ça a toujours été les mots qui m'ont le plus touché. Je n'aime pas beaucoup les images, je ne suis pas intéressé par les couleurs ni par les vêtements, je n'aime même pas les illustrations dans les livres et je déteste les films. Bon, je détestais les films. D'accord, je les déteste encore mais d'une autre manière, évidemment.

– Ouais. » Jack attendait que Graham se décide à en venir au fait. C'était pourquoi, d'ailleurs, il préférait les gens sains d'esprit aux autres, les cinglés prennent un temps fou avant d'arriver à l'essentiel. Ils pensent que vous voulez un billet pour la journée pour une visite de leur psyché avant qu'ils ne vous montrent Buckingham Palace. Ils croient que tout est intéressant, que tout est pertinent. Jack essayait de penser à une nouvelle plaisanterie. Peut-être pourrait-il faire quelque chose avec un Vent Tard ? Ou alors avec un Quintette à Vent ? Non, cela risquerait de fatiguer outre mesure ce vieux sphincter. Et malheureusement, il ne semble pas qu'il y ait de duo à vent.

« Mais ça m'a vraiment surpris que ce soit un truc visuel qui ait réellement déclenché tout ça... »

N'y aurait-il rien à faire avec un Ventrebleu ? Huuum. Il faudrait prendre pas mal de temps pour le préparer.

« ... Je veux dire, bien sûr que je savais, lorsque nous nous sommes mariés, Ann et moi, que ce n'était pas comme lorsque j'ai épousé Barbara. Naturellement, Ann a toujours été totalement franche avec moi, à propos des... mecs, à propos de sa vie... avant moi... »

Et si on le faisait en tombant, on pourrait avoir un Haut

de Hurlevent ; en longeant la côte, un Vent Debout, ou Vents et marées. Peut-être le réaliser au moment de la vaisselle ?

« ... donc je connais certains de leurs noms. Et j'ai probablement vu une photo ou deux, quoique, bien entendu, je ne m'y sois pas attardé. Et je sais aussi les boulots qu'ils faisaient, certains étaient plus jeunes que moi, bien sûr, certains étaient plus beaux, d'autres plus riches, et quelques-uns étaient probablement meilleurs au lit que je ne le suis, mais ça n'avait guère d'importance... C'était... »

Vent Tard, Vent Tôt. Vent d'Ange. Ou Vie d'Ange. Jack réprima un petit rire qu'il transforma poliment en grognement.

« ... c'était réellement comme ça. Et puis, je suis allé voir *Par-delà la lune* et tout a changé. Mon Dieu, pourquoi est-ce moi qui, durant toute ma vie, n'ai jamais été touché par les choses visuelles, qui devrais me voir plongé là-dedans. Écoute, n'y as-tu jamais pensé toi aussi. Ça doit avoir des répercussions pour ta profession, je veux dire si les gens voient plus de choses dans les films que dans les livres.

— Bon, je dis toujours qu'on peut emmener un livre n'importe où. Peux-tu regarder un film sur le trône, franchement ?

— Non, c'est vrai. Mais voir ma femme, là, juste là sur l'écran, c'était totalement différent. Je veux dire le visuel... le visuel est quand même bien plus puissant que l'écrit, non ?

— Il me semble que ton cas est un peu spécial.

— Peut-être c'est aussi parce qu'il y avait le public. A l'idée de tous ces gens en train de la reluquer... Une sorte de cocuage public.

– Elle ne jouait pas dans ces sortes de films, voyons. Et je ne pense pas que beaucoup de gens dans le public se donnent des coups de coude en disant : "Regarde, n'est-ce pas la petite madame de Graham ?" D'ailleurs, elle ne l'était pas à l'époque.

– Bien sûr, c'est vrai. » Peut-être que le public n'y était pour rien. Mais, en tout cas, la chose visuelle, elle, était importante. Il resta silencieux. Jack continuait tranquillement à feuilleter son dictionnaire intérieur. Après un instant Graham dit :

« A quoi penses-tu ? »

Ah, merde. Il travaillait pour l'instant sur Vent Coulis. Bon, improvisons.

« A pas grand-chose, franchement. Rien qui puisse t'aider. Je me demandais simplement ce que voulait dire "Féminian".

– ... ?

– Je me demande si c'est réellement un terme géologique ou si Kipling l'a inventé. Ça ressemble tellement à "féminin" que je suppose que ça doit exister, mais je ne l'ai jamais trouvé dans aucun dictionnaire, ou peut-être l'a-t-il inventé, mais sans avoir beaucoup réfléchi.

– ... ?

– *Sur le premier grès féminian, on nous a promis une vie plus pleine*

(Qui commença en aimant ses voisins et finit en aimant leurs femmes.) »

Si cela ne le fait pas partir, se dit Jack, rien n'y parviendra.

Mais, au lieu de partir, Graham répondit :

« Sais-tu quel nouveau mot français j'ai découvert ?

– ...

– As-tu déjà vu des couilles de taureau ?

– Mmm. » Ce qui signifiait ni oui ni non, mais continue donc.

« Énormes, crois-moi. Et toutes allongées, au point qu'on pourrait presque jouer au rugby avec, tu te rends compte ?

– ...

– On passait devant chez un boucher en France – à Castres – et on en a vu à l'étalage. Je veux dire, ce devaient être des trucs de taureau, car je n'imagine rien d'autre qui puisse avoir une telle taille, à moins que ce ne soient celles d'un cheval, mais, de toute façon, ce n'était pas une boucherie chevaline. Aussi, il me semble qu'il faut éliminer cette hypothèse...

– ...

– Et j'ai dit à Ann : "Entrons leur demander ce que c'est." Elle s'est mise à rigoler doucement et m'a dit : "Eh bien, ça me semble assez évident, tu ne crois pas ?" Et j'ai dit : "Oui, on sait ce que c'est, mais j'aimerais savoir comment ça s'appelle." Donc, on est entrés et on a trouvé un boucher français, extrêmement précis, extrêmement minutieux, qui donnait l'impression de pouvoir couper sa viande sans la faire saigner. Et Ann lui a dit : "Pouvez-vous nous dire ce que c'est que ça ?" en lui montrant le plateau. Et sais-tu ce qu'il a répondu ?

– ...

– Il a répondu : "Ce sont des frivolités, madame." Fameux, non ?

– Pas mauvais en effet.

– Puis, on l'a remercié et nous sommes sortis.

– ... » (Je ne pense pas que vous les ayez achetées pour en faire des sandwiches, grands dieux.)

« Des frivolités », répéta doucement Graham en hochant la tête, comme un vieillard brusquement ragaillardi

à l'évocation d'un pique-nique ayant pris place quarante ans plus tôt. Jack se secoua pour trouver le mot
de la fin.

« Sais-tu qu'il y a réellement en Amérique un type sans
passé.

– Nnn ?

– Réellement. J'ai lu ça quelque part. Dans une com-
pétition d'escrime l'épée de son adversaire est entrée dans
une narine, puis dans son cerveau. Ça a détruit sa
mémoire. Il est comme ça depuis vingt ans.

– Amnésique, dit Graham, irrité par le manque de
pertinence de cette remarque.

– Non, pas réellement. C'est beaucoup mieux que ça.
Ou pire, j'imagine – je veux dire l'article que j'ai lu ne
disait pas si le type était heureux ou non. En tout cas le
problème c'est qu'il ne peut garder quoi que ce soit en
mémoire. Il oublie absolument tout à l'instant même.
Pense à ça. Aucune archive dans la caboche. Peut-être
aimerais-tu être comme lui ?

– ...

– Non ? Pas de passé, rien que le présent ? Comme si
l'on regardait par la fenêtre d'un train à tout instant. Le
champ de blé, les poteaux télégraphiques, le linge qui
sèche, le tunnel : aucun rapport, aucune causalité, aucune
impression de répétition.

– ...

– On arriverait sans doute à le faire pour toi. Embro-
cher le tarin, et hop là. J'imagine que tu parviendrais à te
faire rembourser par la Sécurité sociale. »

Graham se demandait parfois si Jack le prenait au
sérieux.

Durant quelques semaines, après qu'ils furent rentrés en Angleterre, les choses continuèrent à suivre leur cours. Ann se surprit à considérer Graham d'une manière qu'elle reconnut à demi, sans jamais en avoir eu l'expérience auparavant. Elle le regardait comme on le fait pour un alcoolique ou une personne suicidaire, en leur donnant tacitement de bonnes notes, parce qu'ils réussissent à faire les actes les plus ordinaires, par exemple manger des céréales au petit déjeuner, changer de vitesse et ne pas passer à travers l'écran de télévision. Naturellement, elle était sûre qu'il n'était ni l'un ni l'autre – c'est-à-dire alcoolique ou suicidaire. C'était vrai qu'il buvait plus qu'il n'avait l'habitude de le faire et c'était également vrai que Jack, avec son tact coutumier, lui avait laissé entendre que Graham était complètement cinglé. Mais Ann ne se laissait pas impressionner. Premièrement, elle connaissait fort bien son mari et elle connaissait aussi Jack. Celui-ci préférait de beaucoup que la vie soit sombre, pleine de fous, parce que, ainsi, les choses sont plus intéressantes. D'une certaine manière, cette façon de voir semblait justifier son travail d'écrivain.

A la fin de ses règles, Ann attendit que Graham ait envie de faire l'amour avec elle, mais il ne semblait pas particulièrement y tenir. Elle était généralement la première à aller se coucher. Quant à lui il trouvait habituellement quelque excuse pour rester en bas. Après s'être couché, il l'embrassait sur le front et se mettait presque immédiatement en position de dormeur. Ann s'en préoccupait, sans s'en inquiéter vraiment. Elle préférait qu'il ne le fasse pas s'il n'en avait pas envie, le fait même qu'il n'essayât pas de la tromper sur ce point signifiait, supposait-elle, qu'il y avait encore entre eux une grande franchise.

Il dormait souvent mal, envoyant dans ses rêves des

coups de pied maladroits à un adversaire imaginaire, marmonnant, poussant de curieux glapissements, comme un rongeur pris de panique. Il se débattait avec les draps. Le matin, se levant avant lui, Ann découvrait que le côté de son mari, dans le lit, était entièrement débordé.

Un jour, elle fit le tour du lit et regarda Graham, tandis que, couché sur le dos, il reposait, endormi et découvert. Son visage était calme, mais ses deux mains étaient remontées près de sa tête, les paumes ouvertes, tournées vers le plafond. Ann posa ses yeux sur ce torse d'enseignant où poussaient çà et là quelques poils mousseux. Puis son regard descendit vers le bourrelet du ventre et les parties sexuelles. La bite paraissait plus petite et plus rose que d'habitude et s'appuyait à angle droit sur la cuisse gauche. Une des couilles était coincée hors de vue, l'autre, à la peau de poulet tendue, était glissée sous le sexe. Ann remarqua l'aspect vaguement lunaire de ces couilles, la peau inégale, pleine de crevasses et l'absence surprenante de tout poil. Comme c'était curieux que tant de bouleversements puissent être causés par un organe si dérisoire, si bizarre. Peut-être devrait-on l'ignorer, peut-être n'avait-il aucun intérêt. A le voir ainsi, dans la lumière du matin, tandis que son propriétaire reposait endormi, tout cet attirail rose et brun parut brusquement et curieusement sans aucune importance aux yeux d'Ann. Après un temps, il ne lui sembla même plus que cette chose ait quoi que ce soit à faire avec les relations sexuelles. Oui, c'était exactement ça. Ce qui était niché dans le pli de la cuisse de Graham n'avait absolument rien à voir avec le sexe. C'était tout simplement une crevette décortiquée juchée sur une grosse noix.

Le boucher portait un tablier bleu à rayures et un chapeau de paille avec un ruban de la même couleur. Pour la première fois depuis des années qu'elle venait dans ce magasin, alors qu'elle attendait son tour, Ann pensait au curieux contraste existant entre le tablier et le chapeau. Le canotier renvoyait à des avirons frappant l'eau d'une rivière paresseuse où poussent en abondance les roseaux ; le tablier taché de sang donnait plutôt à penser à une vie de crimes, à un tueur psychopathe. Pourquoi ne l'avait-elle jamais remarqué auparavant ? En regardant cet homme, on avait l'impression de se trouver en face d'un schizophrène : bestialité et raffinement unis dans une parodie de normalité. Et les gens pensaient effectivement que c'était normal. Ils n'étaient pas étonnés que ce type, qui se tenait là, puisse représenter deux choses totalement incompatibles.

« Oui, ma jolie ? »

Ann avait presque oublié la raison de sa présence ici.

« Deux côtelettes de porc, s'il vous plaît, monsieur Walker. »

Le boucher les fit claquer comme des poissons sur sa grande balance.

« Et une demi-douzaine d'œufs. Des gros. Non, j'en prendrai plutôt une douzaine. »

Walker, qui tournait maintenant le dos à Ann, souleva tranquillement un de ses sourcils, pour lui-même.

« Et est-ce que vous pouvez me préparer deux chateaubriands pour samedi ? »

Comme le boucher se retournait, il lui adressa un sourire.

« Me doutait bien que vous seriez vite fatiguée du boudin et des rognons. »

Ann se mit à rire. Tandis qu'elle quittait la boutique,

elle se dit : C'est vraiment curieux les remarques que peuvent faire les commerçants. Je suppose que ça fait partie de la profession. Tous les clients, après un certain temps, doivent se ressembler et j'ai les cheveux sales. Le boucher, quant à lui, se disait : Eh bien, je suis content que le mari de la petite dame soit retourné au travail, qu'il ait retrouvé un boulot ou quoi que ce soit.

Ann raconta à Graham la méprise du boucher, qui l'avait confondue avec quelqu'un d'autre, mais celui-ci se contenta de grogner pour toute réponse. D'accord, se dit-elle, ce n'est pas tellement intéressant. Mais c'était façon de parler. Graham se montrait de plus en plus silencieux et renfermé, c'était elle qui maintenant devait faire les frais de la conversation. C'était pourquoi elle amenait sur le tapis des histoires comme celle du boucher. Et lorsqu'elle le faisait, il grognait comme pour laisser entendre que s'il ne parlait pas autant qu'elle l'espérait, c'était parce qu'elle mentionnait des choses tellement ennuyeuses. Un jour, alors qu'elle essayait de décrire un nouveau tissu qu'elle avait vu à son travail, il avait brusquement relevé la tête et lancé :

« M'en moque.

– M'en moque fut obligé de prendre garde », lança-t-elle instinctivement. C'était ce que sa grand-mère lui avait toujours répondu quand, enfant, elle exprimait son indifférence avec effronterie. Et si son « Je m'en moque » impliquait une réelle rébellion, sa grand-mère n'hésitait pas à lui réciter le quatrain tout entier :

> *M'en moque fut obligé de prendre garde,*
> *Car m'en moque fut pendu*
> *Et mis à la casserole*
> *Et mijoté pour devenir bien tendre.*

Graham avait encore trois semaines de vacances à prendre (Ann n'arrivait pas à s'habituer à employer le mot « congé »). Normalement, c'était un des meilleurs moments de l'année, l'époque où Graham était à la fois plus prévenant et plus gai. Ann partait au travail ravie de penser à son mari qui traînassait à la maison, lisant un peu, préparant même parfois le dîner. De temps en temps, au cours des deux dernières années, elle s'était échappée de son boulot, au milieu de l'après-midi, pour revenir couverte de sueur, excitée par la chaleur, par ses vêtements légers d'été, par la cadence sourde et répétitive du métro. Ni l'un ni l'autre n'avait besoin de parler, ils savaient tous les deux pourquoi elle était rentrée si tôt. Ils allaient se fourrer au lit, alors qu'elle était encore moite de sueur à toutes les articulations de son corps.

Faire l'amour l'après-midi c'est ce qu'il y a de mieux, se disait Ann. Elle avait eu plus que son compte, à une certaine époque, des coïts matinaux. Habituellement ils signifient : « Désolé pour hier soir, voilà, allons-y maintenant. » Et parfois : « Comme ça, je suis sûr que tu ne m'oublieras pas aujourd'hui. » Aucune de ces deux attitudes n'avait le don de la séduire. Faire l'amour le soir, eh bien, c'est la base, n'est-ce pas ? C'est quelque chose qui peut aller d'un bonheur envoûtant au consentement ensommeillé, jusqu'à la remarque agacée : « Écoute, c'est pour ça qu'on est allés se coucher tôt, alors pourquoi ne pas commencer tout de suite. » Faire l'amour le soir, c'est aussi agréable, aussi imprévisible, aussi impertinent que l'amour lui-même. Tandis que faire l'amour l'après-midi n'est certes pas une façon courtoise d'en finir, c'est prémédité et passionné. Et parfois, on croit entendre, assez curieusement (même si l'on est mariés) : « Voilà on le fait maintenant, et tu vois, j'ai encore envie de passer la soirée avec toi. » Faire l'amour l'après-midi vous donne d'inattendus stimulants.

Un après-midi, Ann avait tenté de s'y essayer après leur retour de France, mais lorsqu'elle était arrivée à la maison, Graham n'était pas là, alors qu'il avait dit qu'il y serait toute la journée. Elle s'était alors sentie déçue, frustrée. De mauvaise humeur, elle avait tourné dans la maison, allant de pièce en pièce. Ensuite, elle s'était fait une tasse de café. Tandis qu'elle la buvait à petites gorgées, elle était descendue lentement en roue libre vers la déception et même au-delà. Ils ne pouvaient pas faire l'amour parce qu'il avait foutu le camp, alors que s'il avait eu le moindre grain de bon sens, la plus petite intuition... elle grommelait contre les hommes, contre leur incapacité fondamentale de sentir le vent, de saisir le temps qui passe. Puis elle avait changé sa manière de voir : peut-être était-il sorti avec l'intention de revenir en temps voulu. Ou alors quelque chose était arrivé ? Combien de temps faudrait-il avant qu'elle ne l'apprenne ? Qui lui téléphonerait ? Au bout de quinze secondes, elle en était arrivée aux plaisirs anticipés du veuvage. Allez, vas-y, meurs, ne reviens pas, vois si je m'en préoccupe. Dans une rapide succession d'images, elle avait visualisé un bus en travers de la rue, une paire de lunettes écrasées, le drap blanc d'un ambulancier.

Puis elle s'était souvenue de Margie, une amie d'école qui, vers vingt-cinq ans, était tombée amoureuse d'un homme marié. Son amant avait quitté sa famille, s'était mis en ménage avec elle, avait apporté toutes ses affaires et obtenu le divorce. Ils parlaient d'avoir des enfants. Deux mois plus tard cet homme mourait le plus naturellement du monde, d'une maladie du sang extrêmement rare. Des années plus tard, Margie avait révélé à Ann ses sentiments. « Je l'aimais vraiment beaucoup. J'avais décidé de passer le reste de ma vie avec lui. J'avais bousillé sa famille, aussi, même si je n'avais pas eu envie d'aller jusqu'au bout, je l'aurais fait. Puis il s'est mis à maigrir, à pâlir, à s'épuiser et je l'ai regardé mourir. Le lendemain de sa mort, j'ai entendu une petite voix, à l'intérieur de moi, qui disait : "Tu es libre." Elle n'arrêtait pas de répéter : "Tu es libre." Alors que je n'avais nulle envie de l'être. »

Ann n'avait pas compris son amie jusqu'à aujourd'hui. Elle avait envie que Graham soit maintenant à la maison, sain et sauf. Elle avait également envie qu'il soit couché sous un bus, écrabouillé, électrocuté par une rame de métro, empalé sur l'arbre à came de sa voiture. Les deux désirs coexistaient, ils n'avaient même pas commencé à s'opposer.

Au moment où Graham revint à la maison, aux environs de sept heures. Ann s'était calmée. Il prétendit qu'il s'était souvenu brsuquement d'une chose qu'il voulait vérifier à la bibliothèque. Elle ne savait même pas si elle désirait le croire ou non, elle ne lui demandait plus jamais, d'ailleurs, s'il avait vu quelque bon film récemment. Graham ne pensait pas qu'il y eût là matière à s'excuser. Il avait l'air un peu abattu, et se rendit immédiatement dans la salle d'eau pour prendre un bain.

Graham disait plus ou moins la vérité. Dans la matinée après le départ d'Ann, il avait fini son journal et fait la vaisselle. Puis il avait rôdé dans la maison, comme un voleur, curieusement surpris chaque fois qu'il entrait dans une pièce. Il avait comme toujours atterri dans son bureau. Il pouvait commencer à lire cette nouvelle biographie de Balfour qu'il avait pris la peine d'acheter. Il en avait assez envie, parce que aujourd'hui les biographies, ou du moins c'est ce qu'il lui semblait, renvoyaient de plus

en plus aux questions sexuelles. Les historiens, des cor-
niauds endormis dans le meilleur des cas, en étaient
finalement arrivés à prendre conscience de Freud à travers
des verres filtrants. Brusquement, tout bouillonnait autour
du sexe. Est-ce que Balfour était capable d'éjaculer ?
Est-ce que Hitler était monorchide ? Est-ce que Staline
était une vraie terreur au lit ? En tant que méthode de
recherche, cette manière de procéder avait autant de
chance, de l'avis de Graham, de faire apparaître la vérité,
autant en tout cas que le pataugeage dans des classeurs
remplis de papiers officiels.

Il voulait bien volontiers en apprendre plus sur l'im-
puissance de Balfour. Dans un sens, il en avait besoin, dans
la mesure où quelques-uns de ses étudiants les plus assidus
pouvaient être en ce moment même en train de lire le
bouquin en quatrième vitesse. Mais dans un sens plus
général il n'en avait pas envie. Après tout, il n'allait pas
changer sa manière d'étudier l'histoire, passer d'un prag-
matisme intuitif (ce qu'il pensait devoir s'appliquer à sa
méthode actuellement) à des approches psycho-sexuelles.
Premièrement, ce virage ébranlerait beaucoup trop son
département. De plus, même si chacun de ses étudiants
avait lu pour le prochain trimestre cette biographie (qui
lui apparaissait de plus en plus énorme au fur et à mesure
qu'il renonçait à la lire), il en connaîtrait de toute façon
bien plus sur ces trucs que cette bande de gamins mis
ensemble. Pour la plupart, ils ne savaient pas grand-chose
au départ, ils se fatiguaient rapidement, lisaient juste assez
pour s'en tirer, se passaient leurs notes au cours des
examens et étaient heureux d'obtenir n'importe quelle
U.V. Il suffisait de leur lancer le nom d'une autorité
quelconque dans quelque matière que ce soit pour qu'ils
prennent un air apeuré. Est-ce quelque chose de long ?

exprimait leur visage ou : Ne pourrais-je pas m'en passer ?
Graham aimait leur lancer un certain nombre de noms
décourageants au cours des premières semaines. Mais au
fond il se fiait surtout au pouvoir de l'ennui. Pas trop
d'enthousiasme. Ne pas les surexciter, se disait-il lorsqu'il
voyait pour la première fois ses élèves de première année.
On ne sait jamais dans quoi cela peut vous fourrer.

Aussi, au lieu de Balfour, il extirpa de son classeur le
dossier 1915-19. Il y avait une fille dans ce nouveau
magazine qu'il brûlait d'envie d'utiliser pour ses séances
de branlage. La plupart des filles, dans presque tous les
magazines, étaient bonnes naturellement pour une sérieuse excitation et même – si vos doigts se laissaient aller
au moment crucial – pour un aboutissement. Mais, d'une
certaine manière, chaque magazine vous offrait toujours
une favorite, quelqu'un à qui l'on revenait, quelqu'un à
qui l'on pensait avec plaisir, qu'on cherchait même, sans
trop y croire, dans la rue.

« Brandy », était son actuelle favorite, une fille au doux
visage, à l'air vaguement intellectuel. A vrai dire, sur une
des photos on la voyait en train de lire un livre relié,
provenant probablement d'une édition club, se disait-il
avec désapprobation. En tout cas, c'était mieux que rien.
De toute façon le contraste entre son doux visage et la
manière vigoureuse, presque agressive, avec laquelle elle
retournait la poche de son pantalon faisait chaque fois une
forte impression sur Graham. « Brandy vous excite à tout
coup », annonçait le texte d'une navrante banalité. Pourtant, c'était vrai.

Dans la salle de bains, Graham relut le magazine dans
sa totalité, à l'exception des pages réservées à Brandy
(pourquoi n'avait-elle pas la double page détachable, se
demandait-il avec colère, elle serait tellement mieux que

Machin-Machine dans ce truc à la Tom Jones, rempli de culottes brodées fendues et de flou artistique, Seigneur !). Alors que Brandy révélait de terribles détails vers la fin du magazine... Encore quelques pages de lettres de lecteurs et de publicité pour des salons de massages et tu pourras en arriver à elle, se promit-il. D'accord, juste maintenant. Sa main gauche fit apparaître Brandy, tandis que sa droite s'appliquait à des tâches plus sérieuses. Voyons à combien de pages elle a droit. Oui, huit, c'est-à-dire trois doubles pages, plus une au début et une à la fin, la meilleure c'est la six et la sept, bon, commençons par la fin. C'est ça, oui. Elle est, n'est-ce pas... Revenons au début, et un, oui, puis ensuite et ahahahaah, puis oui, cette photo, et maintenant, oui, le temps de regarder chacune des trois images lentement, amoureusement, avant celle-ci, celle-ci. Parfait.

Après le déjeuner, il s'installa devant la télévision, choisit sa chaîne, mit en marche son magnétoscope, puis immédiatement appuya sur le bouton pause. De cette manière il ne perdrait pas deux ou trois secondes vitales. Il resta assis là pour plus d'une heure, regardant des espèces de feuilletons, avant de voir ce qu'il désirait. Il libéra alors la touche pause. Quinze secondes plus tard, il appuyait sur le bouton stop. Puis il repassa la bande. Tout d'abord il ne s'en émut pas outre mesure, mais plus tard il commença à ruminer. Peut-être devrait-il rouler jusqu'au Colindale. Il pourrait ainsi tenir la tristesse à distance. C'était curieux à quel point cette tristesse pouvait être profonde, c'était étrange également de voir qu'il était possible d'être à la fois totalement heureux et incroyablement triste. Peut-être est-on poussé à être triste à ce point justement parce qu'on est tellement heureux. Peut-être les deux choses sont-elles liées, comme les deux coucous dans une horloge suisse. Coucou, pensa-t-il, coucou. Lequel d'entre vous va apparaître maintenant ?

Le sourire de Jack pouvait être sincère ou hypocrite. Sue avait mis quelques années à faire cette découverte. Mais la distinction une fois bien établie se révélait être un indicateur infaillible concernant la conduite de son mari. La fausseté du sourire se remarquait par la mise à nu d'une plus grande quantité de dents et la transformation du visage durait légèrement plus longtemps qu'il n'était nécessaire. Il y avait sans doute d'autres subtilités, mais celles-ci se perdaient dans la barbe.

Durant la majeure partie des week-ends Jack avait parlé d'abondance des Hendrick et s'était montré avide de lancer des suppositions, même s'il n'y avait aucun nouveau développement. Sue attendait impatiemment le dernier épisode du feuilleton de leurs amis. Elle n'aimait pas suffisamment ce couple pour éprouver la moindre inquiétude à leur sujet. Mais ce vendredi-là sa question reçut pour toute réponse une sorte de grognement.

« Pas de divan cette semaine.

– Où penses-tu qu'ils en sont ?

– Sais pas.

– Allons, essaie de deviner. » Il fallait de toute évidence le cajoler si l'on voulait obtenir quelque chose. Peut-être reviendrait-elle à la charge demain. Mais alors elle se rendit compte qu'elle ne le ferait pas. Il venait de la regarder en découvrant une trop grande partie de ses dents, avant de répondre :

« Je pense que la baudruche s'est vidée d'elle-même, ma colombe. »

Chaque fois qu'elle voyait ce sourire, Sue comprenait qu'on pouvait détester Jack. Non pas qu'elle détestât son mari – d'ailleurs Jack se donnait toujours bien du mal pour se faire aimer – mais lorsqu'il souriait de cette façon elle se disait : « Oui, bien sûr. Et ce qui plus est, c'est que je le ressentirai éternellement. » Parce que ce sourire caractéristique était apparu lorsqu'elle avait découvert que Jack la trompait. Il marquait la fin de ce qu'elle appelait « sa période Noirs de la Tully River ».

Au moment où c'était arrivé, Sue venait de lire un article sur les Noirs de la Tully River, une petite tribu d'aborigènes australiens qui étaient, paraît-il, les seules personnes au monde à n'avoir pas encore découvert le lien existant entre les rapports sexuels et la naissance. Ils pensaient que le sexe était là pour le plaisir, comme se barbouiller de boue ou faire des trucs comme ça, et que la conception était un don du ciel qui survenait mystérieusement, bien qu'elle puisse être affectée par la manière dont on se débarrassait des os ou qu'on étripait les wallabies. C'était surprenant vraiment qu'il n'y ait plus, pratiquement, de tribu de cette espèce.

Il y avait évidemment une autre théorie à propos des Noirs de la Tully River. Ils connaissaient très bien la cause qui produisait l'effet et cherchaient tout simplement à voir pendant combien de temps ils pourraient mettre dedans l'équipe d'anthropologues condescendants qui s'excitaient tellement à propos de leurs fabulations dérisoires. Ils ne l'avaient inventée que parce qu'ils en avaient assez de se voir poser des questions sur le Grand Chasseur dans le ciel. Et de toute façon, comme la plupart des gens, ils préféraient parler de cul que de Dieu. Mais leurs mensonges avaient eu un effet miraculeux : ils ne manquèrent dès cet instant, à aucun moment, de chocolat et de transistors.

Sue devinait laquelle de ces deux interprétations préférerait Jack. Mais, bien entendu, les hommes étaient plus cyniques que les femmes. Les femmes croient ce qu'on leur dit, jusqu'à ce qu'elles aient des preuves irréfutables du contraire, ce qui, bien entendu, était précisément le cas de « sa période Noirs de la Tully River ». Elle avait, après leur mariage, duré six mois, même si le dossier à sa disposition aurait dû se révéler plus que suffisant. Durant environ cinq semaines, il y avait eu la Chemise Perdue, le Brusque Intérêt pour l'Achat de Pâte Dentifrice, l'Annulation du Dernier Train de Manchester et la Petite Bataille Enjouée pour savoir s'il lui serait permis de lire les lettres d'une des « admiratrices » de Jack. Mais rien de tout ça n'avait pris sens avant que Jack ne montre trop visiblement les dents de sa mâchoire supérieure, en souriant une seconde de trop. A partir de cet instant, tous les morceaux du puzzle s'étaient brusquement mis en place et Sue avait compris qu'il baisait avec quelqu'un d'autre. Sa seule consolation lointaine et mitigée était que les Noirs de la Tully River, s'ils étaient réellement naïfs, éprouveraient certainement un malaise bien plus fort lorsque les anthropologues, finalement, décideraient de leur montrer la Véritable Relation. Elle se força très vite à ne pas se monter contre le sourire hypocrite, à ne jamais poser de question. Ça fait moins mal et l'on oublie jusqu'à la fois suivante. Aussi, Sue ne chercha pas à tirer parti de la dernière remarque réticente de Jack à propos des Hendrick. A demander par exemple si son divan n'avait pas servi à une thérapie plus réaliste.

La réponse aurait été non. Cependant les circonstances réelles ne l'auraient probablement pas réconfortées. Jack avait fait, effectivement, pas mal de plat à Ann cette semaine. Bon, elle continuait à venir, n'est-ce pas, et souvent pour ce qui paraissait être des prétextes assez futiles. Il savait que leur histoire avait été officiellement démantelée. Pourtant, elle continuait à venir. De plus son Graham n'arrêtait pas de se branler comme un moulin à vent... Ce n'était réellement pas sa faute, se disait-il, c'était simplement la nature même de la bête en lui. Si je n'étais pas infidèle, aimait-il répéter, je ne serais pas fidèle à moi-même.

Donc, il avait essayé. Bon, parfois, c'était la seule chose à faire en amour, n'est-ce pas ? De toute façon Ann était une vieille amie, elle ne le prendrait pas mal. Qui plus est, il n'avait pas réellement effrayé l'attelage. Il l'avait serrée de près, au moment où elle partait, l'avait embrassée avec plus d'insistance que ne le réclamait une pure amitié, l'avait entraînée loin de la porte d'entrée pour la conduire doucement jusqu'au pied de l'escalier. Et ce qui était vraiment drôle, c'est qu'Ann s'était laissé faire jusqu'à ce point. Elle avait parcouru une dizaine de mètres, avec le bras de Jack autour d'elle, avant de se dégager. Ensuite elle avait été prise d'une agitation soudaine et silencieuse, qui l'avait conduite à la porte d'entrée. Elle n'avait pas crié, ne l'avait pas frappé, n'avait même pas paru autrement surprise. Donc, franchement, se disait-il, tandis qu'il regardait Sue et lui adressait son sourire charmeur, il avait été un mari parfaitement fidèle. Sur quoi donc pourrait-on appuyer des plaintes ?

Les photos de vacances de Graham n'étaient pas réussies, ce qui ne le surprit qu'à demi. Par moments, quand il rembobinait, il sentait le bouton de l'appareil transmettre à son pouce les probables remous de la bobine. Mais dans la mesure où le bouton continuait à tourner, il espérait que les choses se déroulaient normalement. La machine sortit les huit premiers clichés – Ann posant devant une ferme avec une chèvre attachée à sa jambe, une autre partie de la ferme se nichait avec humour à l'intérieur des remparts de Carcassonne – puis il n'y avait plus rien.

Même si Ann trouvait ces surimpressions très drôles, et même certaines d'entre elles fort artistiques, Graham s'en débarrassa en rouspétant. Il mit également au panier les négatifs. Plus tard, il le regretta. Il lui était extrêmement difficile de se souvenir de ses vacances, même après cinq semaines. Il se rappelait qu'il avait été heureux, mais sans aucune preuve visuelle qu'il l'avait été, la simple mémoire de son émotion lui paraissait sans valeur. Même des images troubles, même des surimpressions auraient été mieux que rien.

Pourquoi les choses devaient-elles s'être passées ainsi alors qu'il y avait déjà les films d'Ann et les magazines ? Là-haut, dans son cerveau, est-ce qu'on avait excité un ensemble de points afin de le rendre, lui, visuellement sensible ? Mais cela était-il possible alors qu'il avait été pendant quarante ans quelqu'un qui s'intéressait essentiellement aux mots ? A un certain point, évidemment, la vieille caboche commence à se fatiguer, des parties tombent en panne, des muscles – s'il y a des trucs comme ça là-haut – en ont assez et s'arrêtent de fonctionner normalement. Il pourrait en parler à son ami Bailey, le gérontologue. Mais à quarante ans ? Qu'est-ce qui peut expliquer un tel changement dans les perceptions ? On pense à son cerveau, quand on y pense, comme à quelque chose dont on se sert, dans lequel on engrange des trucs, afin qu'il puisse fournir des réponses. Puis, brusquement, on a l'impression que c'est lui qui se sert de vous, qu'il est installé là, avec une vie bien à lui et qu'il donne un violent coup de gouvernail juste au moment où on pensait que tout allait bien. Que peut-il se passer si l'on constate que son propre cerveau est devenu un ennemi ?

9. Parfois un cigare...

Ce fut Ann qui eut l'idée de donner une fête. Premièrement, cela pourrait faire que la maison ne ressemble plus à un commissariat de police et aussi, même pour un moment, ce serait une rupture dans la routine déprimante de leurs soirées. Car, en général, après un dîner plein de récriminations par procuration et de consommation d'alcool provocatrice, Graham gagnait silencieusement son bureau. Ann restait assise à lire, à regarder la télévision, mais surtout à attendre que Graham redescende. Elle avait l'impression d'être assise sur une chaise en plastique moulé, devant un bureau métallique et de respirer une atmosphère de mégots éteints, en attendant que les deux protagonistes ouvrent la porte, le gentil qui voulait l'aider et la brute anarchique capable de vous glacer le sang en vous donnant simplement une pichenette sur l'omoplate.

Après une heure environ, Graham descendait l'escalier pour se rendre dans la cuisine. Ann entendait le cliquetis des cubes de glace dans le verre, ou parfois dans les deux verres. S'il y avait deux verres, Graham serait plus affable,

c'est-à-dire que sa dépression n'engendrerait pas chez lui
de violence. Il lui tendait alors son verre et lui murmurait :

Entre l'étude et le lit
Un petit verre fortifie.

Puis il s'asseyait à côté d'elle, pour regarder une
mauvaise émission de télé ou divaguer à propos de sa
façon de l'aimer passionnément. Quelquefois les deux
choses se mêlaient. Ann haïssait qu'on lui dise qu'elle était
aimée ainsi. Cela lui donnait l'impression que c'était
encore quelque chose dont elle devait se sentir coupable.

Le plus souvent, cependant, c'était l'autre qui arrivait
en bas, celui qui n'avait qu'un verre à la main. Il savait
précisément quel était votre crime et n'attendait pas
d'aveux. Il fonçait tête baissée et lisait les charges comme
si, pour lui, elles étaient déjà des verdicts. Quand Graham
était dans cette humeur – à peu près deux soirées sur trois
– il l'accablait, répétant un chapelet de noms, racontant
ses horribles rêves : rêves d'adultère, de mutilation, de
vengeance. Parfois Ann se demandait si son mari les avait
réellement eus ou si ce n'était que des inventions, fabri-
quées afin de la terrifier.

Et toujours, même lors des soirées les plus violentes, il
finissait par s'effondrer. Après une heure ou une heure et
demie, alors qu'elle allait se chercher un verre pour tenir
le coup, ou qu'il allait s'en chercher un autre, ou après
qu'il l'eut interrogée sur les liaisons les plus improbables,
il gardait alors le silence puis commençait à pleurer. Sa
tête tombait en avant et les larmes qui remplissaient ses
yeux se collaient à ses verres, puis brusquement s'en
échappaient pour glisser de chaque côté de son nez et sur
ses joues. Il pleurait avec quatre coulées de larmes au lieu

des deux habituelles. Ce qui rendait la chose doublement triste. Ensuite Graham lui disait que cette incompréhensible colère était dirigée non contre elle, mais contre lui, qu'il n'avait rien à lui reprocher et qu'il l'aimait.

Ann savait qu'il disait la vérité et aussi qu'elle ne l'abandonnerait jamais. En effet, le quitter ne résoudrait rien. De plus, ils croyaient l'un et l'autre qu'il était parfaitement sain d'esprit. La suggestion désinvolte que Jack avait faite à Ann qu'un psychiatre pourrait être de quelque utilité avait à peine été discutée. Il faut être plus suffisant, ou plus anxieux pour se résoudre à cette extrémité, pensait-elle. Il faut être moins ordinaire, moins anglais... Ce qui leur arrivait, était simplement une de ces quintes de toux qu'on retrouve dans tous les mariages. Une quinte insistante, certes – à vrai dire plutôt une coqueluche –, mais Graham et Ann croyaient qu'ils en viendraient à bout. Néanmoins, c'était un processus impliquant une grande solitude. Même Jack avait semblé moins disposé, depuis un moment, à leur donner de son temps, en particulier depuis qu'Ann avait refusé de monter à l'étage.

Donc, durant presque toutes les soirées, Ann restait assise tranquillement, devant les éclats de Graham pour, en fin de crise, lui caresser la tête et lui sécher ses larmes avec un mouchoir. Puis elle l'emmenait au lit et ils restaient allongés, épuisés et tristes. Côte à côte, couchés sur le dos, ils ressemblaient à des gisants.

Ann tria les invités avec un certain soin. Pas d'anciens petits amis, évidemment. Jack viendrait sans problème, étant donné que l'histoire avait été récrite. Personne non plus qui connaisse trop de choses sur son passé et personne, décida-t-elle aussi, qui puisse vouloir flirter avec elle après quelques verres. Ça commençait déjà à ressembler à du bouillon de légumes.

« Quel prétexte invoquerons-nous ? demanda Graham lors d'un déjeuner.

– Avons-nous réellement besoin d'un prétexte ?

– On peut nous le demander. Les fêtes sont toujours organisées pour une occasion, non ?

– Est-ce que les gens ne donnent pas des fêtes, rien que pour l'amour des fêtes ?

– Ne pouvons-nous trouver quelque chose de mieux ?

– Eh bien, ça pourrait être notre anniversaire de mariage ou quelque chose comme ça. »

Après le déjeuner, comme elle entreprenait de préparer la maison – ce qui signifiait, comprit-elle, de la débarrasser de toute référence désignant les gens qui vivaient dedans, afin de la rendre autant que possible semblable à un lieu public – Ann s'interrogea plus précisément sur le sens de cette fête. Peut-être, conclut-elle, était-ce une manière d'annoncer à leurs amis que tout allait bien. Pourtant qu'aucun de leurs amis, en dehors de Jack, ne sache ou ne soupçonne que quelque chose n'allait pas, était au fond sans importance.

La première personne à qui Ann ouvrit la porte était Jack.

« Montre-moi le minou. Holà. Déjà filé, non ?

– Tu es en avance, Jack. Graham n'est pas encore prêt.

– Merde, moi non plus. Acheté cette montre digitale, tu vois. Incapable aussi de comprendre le système des vingt-quatre heures. J'ai soustrait dix unités. Faisais poireauter les gens pendant deux heures. Maintenant j'ai surcompensé. J'en ai enlevé quatorze. » Jack prit son expression « Peu-vraisemblable-non ? ». Il paraissait ner-

veux, agité. « A vrai dire j'ai pensé venir voir si tout allait
bien. Quelle est l'occasion ?

– Oh, anniversaire de mariage.

– Formidable.

– Oui.

– Mmmm, mais ce n'est pas vrai, n'est-ce pas ?

– ... ?

– Je veux dire, j'étais là.

– Oh, mon Dieu, Jack. La première personne sur qui je
tente le coup... Excuse-moi, mon vieux.

– On continue de récrire l'histoire, hein ?

– Eh bien...

– T'en fais pas, je ne lâcherai pas le morceau. Quel est
l'élément nénettes ?

– Tu ne dételles jamais, Jack ?

– Essaie toujours de dételer. Dételer qui, c'est là la
question.

– Peut-être devrais-tu être un petit peu discret ce soir.

– Ah, je vois d'où vient le vent. Néanmoins, il me
faudra être naturel, non ?

– Tu pourrais commencer par ouvrir quelques bouteilles de vin.

– Pigé. A vos ordres, chef. » Jack, pour une fois,
paraissait très mal à l'aise. Normalement, on pouvait
compter sur lui pour être lui-même. Son exubérance
pouvait prendre des formes variées, mais on était toujours
sûr de son étonnant égotisme. C'est pourquoi il était si
utile dans les soirées. Il mettait les autres à l'aise parce
qu'on savait qu'on ne serait pas obligé de parler, à moins
qu'on ne le désire vraiment.

La manière de déboucher une bouteille de Jack était
virile, belliqueuse. Il n'aurait pas voulu se servir d'un
tire-bouchon à air comprimé. Il appelait ces engins des

pompes à bicyclette pour poupées. Il n'aurait certes pas utilisé des bidules en bois qui s'adaptent aux goulots et offrent tout un choix de poignées à tourner. Il n'aurait même pas pris un simple tire-bouchon de garçon de café. L'idée de faire levier, d'utiliser une technique en deux temps lui paraissait digne d'une tapette. Il n'y avait qu'un seul engin qu'il pouvait accepter : un simple tire-bouchon à l'ancienne, un tire-bouchon à la poignée de bois.

La performance correspondait à un rituel en trois points. Un : le tire-bouchon à hauteur de taille était enfoncé dans une bouteille se trouvant sur une table ou sur une desserte. Deux : la bouteille était soulevée, retenue seulement par le tire-bouchon, puis baissée dans un mouvement enveloppant afin d'être déposée entre les deux pieds. Trois : les pieds serrés autour du cul de la bouteille, la main gauche tenant le goulot, le tire-bouchon était enlevé d'un seul coup, comme s'il s'agissait de mettre en marche le moteur d'une tondeuse à gazon. Ensuite, le bras droit se soulevait avec son trophée et, en parallèle, mais avec un petit décalage le bras gauche remontait la bouteille qui était alors doucement reposée sur la surface d'origine. La performance, pensait Jack, était une de celles dans laquelle la force naturelle se plie aux élégances de la ligne.

Il ouvrit seul les six premières bouteilles dans la cuisine. Graham apparut, alors que Jack enlevait la capsule du goulot de la septième bouteille. Pour la capsule, son truc consistait à en faire un ruban comme s'il s'agissait de la peau d'une pomme.

« Juste à temps », brama-t-il en direction de Graham, avant de reprendre son numéro en trois parties. Au moment où il arrachait le bouchon, le « pop » normal fut suivi par ce que Graham pensa d'abord être un écho, mais Jack souriait aux anges et, regardant le vin, murmura :

« Moulin-à-vent... »

Graham se demandait si Jack avait jamais pété devant des femmes. C'est une chose qu'il n'est pas facile de demander. On ne peut poser la question aux femmes, parce qu'on ne peut pas, et l'on ne peut demander à Jack parce que c'est trop tard maintenant. En effet pour Jack, quel que soit son exhibitionnisme, la plaisanterie dépendait d'une certaine manière de sa discrétion : on ne doit pas l'entendre, mais la surprendre. Tout ce qu'on pouvait faire c'était de murmurer, comme le faisait Graham maintenant :

« Que Dieu te bénisse. »

Jack sourit de nouveau, il commençait à se sentir bien plus à l'aise.

Pendant une vingtaine de minutes personne n'arriva. Ils restèrent donc tous les trois assis dans la salle de séjour, qui prit brusquement des proportions de hangar. Puis, comme s'ils étaient sortis tous en même temps d'un embouteillage, les invités arrivèrent par grappes. Il fallut déposer avec précaution des manteaux sur les lits, préparer des verres, faire des présentations, tandis que les nouveaux arrivants cherchaient, l'air anxieux, des cendriers, ou du moins ce qui pouvait en faire office. Après une demi-heure la soirée démarra vraiment. Les gens commençaient à traiter leurs hôtes comme des invités, remplissant leurs verres et offrant d'aller leur chercher de quoi manger.

Ann demanda l'aide de Jack pour obliger les gens à se mélanger. Graham déambulait, une bouteille de vin dans une main et un verre de whisky dans l'autre. Le bruit était arrivé à son habituel et déconcertant niveau – non pas parce qu'il y avait plus de monde, mais parce qu'une spirale sonore, totalement incontrôlable, prenait son essor en tout indépendance.

Jack, naturellement, était le plus souvent à la pointe de ces volutes éclatantes. Debout, à trois mètres environ d'Ann, il essayait de retenir l'attention de deux mannequins. Des filles robustes, spécialisées dans les tweeds de campagne et les trench-coats, les filles les moins sophistiquées qu'Ann avait été capable de trouver. Tous les mannequins, bien sûr, sont des caméléons et, d'une certaine manière, ces filles avaient réussi à paraître minces et fraîchement naïves. Jack, au milieu de son numéro, croisa les yeux d'Ann et lui fit un clin d'œil. Une des demoiselles se retourna. Ann fit un petit signe de tête et sourit, mais renonça à s'approcher.

Jack fumait le cigare. « Prenez donc un godemiché de nonne », gloussait-il généralement en sortant son paquet de panatellas. Ann, néanmoins, doutait qu'il se soit servi aujourd'hui de cette plaisanterie. Même s'il lui avait toujours assuré que plus une fille est chic, plus la conversation doit être grossière. C'était intéressant – et bien jugé de sa part – d'avoir choisi le cigare. Le coup de la cigarette, devait-il avoir pensé, n'était pas le bon moyen avec ces filles. Il fallait utiliser quelque chose de plus autocratique. Et ce qui était drôle, c'était que Jack paraissait aussi vraisemblable avec un cigare qu'avec une cigarette. Son image se recomposait avec une facilité déconcertante.

Ann, qui naviguait pour remplir des verres, se retrouva peu à peu près de Jack et des deux mannequins. Tandis qu'elle approchait, elle l'entendit préparer une de ses tirades favorites :

« ... mais un bon cigare c'est vraiment quelque chose. Pourtant, ce n'est que du Kipling. Aimez-vous Kipling ?

Kipling, sais pas qui plaît ? Je comprends. Non, le truc à propos des cigares et des femmes... Kipling s'est vraiment planté, ne croyez-vous pas ? (Ce genre de question était toujours purement rhétorique.) Le truc à propos de ça, réellement, c'est Freud, n'est-ce pas ? »

Les deux mannequins échangèrent un coup d'œil.

« Vous savez ce que Freud dit à ce sujet ? »

Elles ne savaient pas. Freud signifiait quelques petites choses de base pour elles, les serpents par exemple et aussi que tout réellement se rapportait au sexe et d'autres choses encore auxquelles elles ne voulaient pas penser, des choses sur votre derrière, supposaient-elles. Elles gloussèrent un petit peu d'avance et attendirent. Jack se balança sur ses talons, mit un pouce dans la poche de son gilet de cuir, agita son cigare de bas en haut de la façon la plus suggestive, puis aspira une longue bouffée polissonne.

« Freud dit », il s'arrêta un instant : « "Parfois un cigare... n'est seulement qu'un cigare." »

Les deux mannequins émirent des glapissements exprimant un mélange d'amusement et de soulagement, faisant ainsi monter d'un cran la spirale. Ann vint les rejoindre et Jack lui souhaita la bienvenue en lui tapotant le derrière.

« Bienvenue parmi nous, ma belle », rugit-il, alors qu'il était tout à côté d'elle. A vrai dire, son bras entourait maintenant les épaules d'Ann. Celle-ci tourna la tête vers lui, avec l'intention de lui glisser quelque chose à l'oreille. Il sentit le mouvement dans son bras, perçut le déplacement du visage du coin de son œil et en déduisit qu'on lui proposait un baiser. Il se tordit et plongea à l'horizontale pour le cueillir. Ann réussit au dernier moment à éviter ses lèvres, mais néanmoins sa joue fut vigoureusement balayée par une barbe à l'odeur de cigare.

« Jack, souffla-t-elle, je pense que le bras n'est pas une

bonne idée. » Les mannequins, qui n'avaient pu entendre sa requête, remarquèrent cependant la rapidité avec laquelle Jack laissa tomber son bras. C'était presque une parodie de l'élégance des champs de manœuvre.

« Pour ce qui en est de Freud... » Ann sourit avant de s'éloigner. Jack se lançait dans un de ses laïus préparé d'avance, dans lequel il expliquait que l'interprétation des rêves de Freud était soit évidente (« Cette femme remonte à pied Krautstrasse et s'achète un chapeau noir ; le vieux bouffon lui fait payer cinq mille couronnes juste pour lui dire qu'elle souhaite la mort de son mari ») ou d'une fantaisie invérifiable. Il démontrait aussi que le pourcentage de guérisons pour ceux qui se rendent chez le psychanalyste n'est guère plus élevé que pour ceux qui se contentent d'être dingues à domicile. Et comment, en ce qui concerne la science de comprendre les gens, les méthodes du romancier sont bien plus anciennes et bien plus sophistiquées, et que si quelqu'un veut venir s'allonger sur son divan pour une heure ou deux, et lui donner un matériel gratuit utile à son travail, cette personne sera évidemment la bienvenue. On pourrait d'ailleurs interpréter n'importe quel rôle ou jouer à n'importe quel jeu auquel on tient particulièrement ; quant à lui, son jeu favori (ici il clignait de l'œil d'un air malicieux) était les dames...

Ann remplit quelques verres, anima un coin languissant de la pièce et chercha Graham. Ne le voyant pas dans la salle de séjour, elle se rendit à la cuisine. Il y avait là un clodo en train de dévaliser le réfrigérateur. En y regardant de plus près, elle découvrit qu'il s'agissait de Bailey, le gérontologue, ce collègue de Graham, qui, en dépit d'une fortune personnelle importante, essayait toujours de paraître aussi minable que possible, et y parvenait généralement. Il gardait son imperméable même à l'intérieur, et ses cheveux gras, ternes et raides, auraient pu être blancs s'ils n'avaient pas été jaune sale.

« Pensé que je pouvais me poêler quelques abats », dit-il en scrutant le réfrigérateur avec l'air de celui qui pense que la propriété c'est le vol.

« Faites comme chez vous », dit Ann de la manière la plus superflue. « Vu Graham ? »

Bailey se contenta de secouer la tête et continua d'ouvrir un sac de polyéthylène.

Probablement en train de pisser. Elle lui accorda deux ou trois minutes. Puis de nouveau quelques autres, en cas où il y aurait la queue. Puis elle monta dans son bureau, frappa doucement et tourna la poignée. La pièce était plongée dans l'ombre. Elle entra et attendit que ses yeux accommodent. Non, il ne se cachait pas là. Tranquillement elle regarda dans le jardin en bas : la partie la plus proche était éclairée par les portes-fenêtres de la salle de séjour. Au fond, dans la partie restée dans l'ombre, Graham était assis sur une rocaille et fixait l'arrière de la maison.

Ann descendit rapidement l'escalier pour tirer le rideau de la salle de séjour. Puis elle retourna dans la cuisine où Bailey, une fourchette à la main, transperçait des morceaux de foie de poulet à moitié cuits, grésillant dans une poêle. Ann s'empara d'une assiette, renversa le contenu de la poêle dedans et la fourra dans les mains de Bailey, avant de pousser le soi-disant clodo vers la salle de séjour. « Circulez, monsieur Bailey », lui lança-t-elle.

Puis elle traversa la cuisine pour sortir dans le jardin. En s'approchant de Graham, elle s'aperçut qu'il était assis sur une grosse pierre. La semelle de son pied gauche écrasait une aubrétia. Coincée entre ses deux pieds se trouvait une bouteille à moitié vide de Haig. Les sourcils froncés, il regardait d'un air vague les portes-fenêtres aux rideaux maintenant fermés. Ici, les différences de niveau des bruits de la fête étaient aplaties en une sorte de brouhaha régulier.

Ann était désolée pour Graham, mais en même temps agacée plus qu'elle ne l'avait jamais été auparavant. Cette contradiction s'exprima par un ton neutre, quasi professionnel.

« Graham, y a-t-il quelque chose qui ne va pas ? Ou es-tu simplement ivre ? »

Il évita les yeux de sa femme et ne répondit pas immédiatement. Parfois, il avait l'impression que toute la vie était comme ça, faite d'épouses qui vous posent des questions l'air affligé. Quinze ans de ce truc avec Barbara. Quand il avait rencontré Ann, il s'était dit que c'était fini. Maintenant, apparemment, ça recommençait. Pourquoi ne pouvait-on lui foutre la paix ?

« Ivre, oui, dit-il finalement, mais pas seulement. Va pas.

— Qu'est-ce qui ne va pas ?

— Ah, va pas. Va pas. Voir épouse embrasser l'ami. Va pas, va pas. Voir meilleur ami caresser épouse... par-derrière. Va pas. Va pas. »

Donc, c'était ça. Dans quel coin se trouvait-il ? Mais, de toute façon, pourquoi, bon Dieu, ne pourrait-elle pas laisser Jack Lupton l'embrasser au cours d'une soirée ? Avec difficulté elle parvint à garder un ton d'infirmière.

« Graham, j'ai embrassé Jack parce que j'étais contente de le voir et qu'il a fait de son mieux pour que la soirée soit réussie, ce qui est bien plus que ce que je peux dire de toi pour le moment. Il a mis son bras autour de moi parce que, parce qu'il est Jack. Je l'ai laissé avec Deanna et Joanie, et il se débrouillait pas mal avec elles.

– Ah. Désolé. Désolé. Ma faute. N'aide pas assez quand c'est la fête. Jack, lui, aide. Jack sait caresser le derrière de l'épouse afin que ça roule. Dois être plus participant. Sacré bon vieux Jack, sacré joyeux luron de Jack. Va pas ? fit-il en se tournant vers la bouteille de Haig. Va bien. Va pas, parti. Épouse embrasse bon auxiliaire. Va pas envolé. Complètement envolé. »

Ann se demandait si elle pourrait ne pas se mettre en colère. Elle s'empara de la bouteille de Haig et retourna vers la maison, la vidant sur le gazon, tout en marchant. Elle ferma la porte de derrière et poussa le verrou. Elle revint dans la salle de séjour avec une bouteille de vin dans chaque main afin d'expliquer son absence. Elle glissa çà et là que Graham avait un peu trop bu et qu'il dormait maintenant à l'étage. La nouvelle se répandit peu à peu accompagnée de quelques sourires voilés. Les gens commencèrent à partir. Jack, après avoir fait une dernière tentative pour séparer Deanna et Joanie, s'en alla avec les deux filles.

Il ne restait plus que trois invités lorsque Graham attaqua la porte-fenêtre avec une fourche de jardinier. Les dents glissèrent tout d'abord sur la vitre, aussi retourna-t-il l'outil et brisa le verre avec le manche. Puis, méthodiquement, il fit tomber les morceaux du carreau jusqu'à ce qu'il ait suffisamment de place pour passer en se baissant. Il lança la fourche vers la pelouse, tel un javelot – celle-ci se planta, vibra et tomba par terre – puis, poussant le rideau devant lui, il pénétra à l'intérieur de la maison. Alors qu'il se débattait avec l'étoffe, aveuglé par la lumière, il vit en face de lui sa femme, son collège Bailey et un jeune couple qu'il ne se souvenait pas d'avoir rencontré. Le garçon tenait une bouteille levée, s'attendant à apercevoir un cambrioleur devenu fou. C'était une bouteille pleine.

« Doucement. Deux livres vingt-cinq ce truc. Prenez plutôt le blanc si c'est nécessaire », dit Graham. Puis il marcha sans assurance vers un fauteuil où il se laissa tomber. Il lui sembla alors qu'il devait expliquer sa conduite. « Ah, dit-il. A la porte. Désolé. Désolé. N'avais pas mes clefs. »

Ann poussa les derniers invités vers l'entrée. Surmenage. Soucieux à propos de la soirée. A trop bu. Fille pas très bien (elle inventa cette information sur-le-champ). Sur le trottoir, Bailey se retourna, la regarda attentivement et déclara, comme s'il s'agissait d'une bénédiction épiscopale :

« Pas de mélange, pas d'ennui.

– Un sage conseil, monsieur Bailey. Je le replacerai. »

Elle retourna à l'intérieur, alla chercher du scotch et des journaux, boucha la fenêtre. Puis elle se versa une bonne rasade de whisky. Elle s'assit sur une chaise, en face de Graham et but une bonne lampée. Il semblait calme et presque dessoulé. Peut-être en rajoutait-il un peu lorsqu'il était passé par la fenêtre, pour rendre les choses légèrement plus faciles pour elle, en prétendant avoir bu davantage qu'il ne l'avait fait. Une curieuse prévenance s'il en était réellement ainsi.

Comme les causes et les effets dans la vie sont vraiment bizarres, se dit-elle. Jack me caresse le cul et Graham lance une fourche de jardinier dans la porte-fenêtre. Qu'y a-t-il de logique dans cette réaction par rapport à quoi que ce soit ? Et l'essentiel donc. Il y a des années j'ai eu du bon temps, je me suis normalement amusée et à cause de ça,

mon mari, normalement gentil, que je ne connaissais
même pas à l'époque, est en train de devenir cinglé.

Elle essaya de s'accrocher au fait que Graham était
essentiellement gentil. Tous les amis d'Ann étaient d'accord, particulièrement ses amies. Il était gentil, il était
intelligent, il ne se pavanait pas, ne faisait pas le malin,
n'était pas tyrannique comme tant d'hommes. C'est ce
que ses amies lui avaient dit. Ann, ravie, leur avait donné
raison. Jusqu'à aujourd'hui. Peu à peu Graham avait
cessé de paraître aussi différent des autres hommes qu'il
l'avait été naguère. Elle ne sentait plus qu'il s'intéressait à
elle dorénavant. Il s'était transformé en un homme semblable aux autres, portant une attention surprise à ses
propres émotions, tout en rabaissant celles de sa femme. Il
faisait machine arrière.

Et comment, impitoyablement, il s'était arrangé pour se
placer au centre de la scène. Ann connaissait bien la
tyrannie des faibles : ç'avait été une de ses premières
découvertes à propos des liaisons. Elle avait aussi pris
lentement conscience de la tyrannie des gentils. Ceux-là
savent même obtenir l'allégeance des méchants. Maintenant Graham lui enseignait quelque chose de nouveau : la
tyrannie des passifs. C'était ce à quoi il s'adonnait. Et Ann
en avait plus qu'assez.

« Graham », dit-elle, s'adressant à lui pour la première
fois depuis qu'il était passé par la fenêtre, « as-tu jamais été
au bordel ? »

Il leva la tête pour la regarder. Que voulait-elle dire ?
Bien sûr qu'il n'avait jamais été au bordel. Même le mot
avait pour lui un aspect vieillot. Il ne l'avait pas entendu
depuis des années. Ça le ramenait à l'époque où il était
étudiant, quand ses amis et lui – vierges tous autant qu'ils
étaient – avaient coutume de se souhaiter bonsoir en

public, en criant joyeusement : « A tout à l'heure au
bordel. » A quoi il était de bon ton de répondre : « Maisie
ou Daisy ? »

« Bien sûr que non.

– Sais-tu ce qu'on faisait dans les bordels ? J'ai lu ça
quelque part. » Ann avala une autre gorgée de son verre.
Elle sentit en elle une petite lueur de quelque chose qui
ressemblait à du sadisme tandis qu'elle prolongeait l'introduction. Graham ne répondit pas. Il fit passer son verre
d'une main dans l'autre et attendit.

« Bon. Dans les bordels, ce qu'ils avaient l'habitude de
faire – je t'ai simplement posé la question au cas où on le
ferait encore et que tu sois au courant – concernait surtout
les filles les plus jeunes. Elles se fabriquaient un petit sac
de sang. Habituellement du sang de poulet, je crois, mais
de toute façon je ne pense pas que la bête ait grande
importance. En revanche, le sac devait être fait dans une
matière extrêmement fine. De nos jours peut-être se
sert-on de polyéthylène. Non, je ne pense pas que ce soit
le cas. Je veux dire que le polyéthylène, en fait, est assez
rêche, non ? »

Graham continuait d'attendre. Sa tête s'était totalement éclaircie maintenant, mais son bras lui faisait mal.

« La fille se l'enfonçait où tu penses et les autres dames
se mettaient à la tâche. Je veux dire qu'avec du suif très
ordinaire elles scellaient hermétiquement leur copine.
Ensuite on la proposait comme vierge. Si elle paraissait un
peu trop âgée, on disait qu'elle avait été au couvent et
qu'elle venait d'en sortir – parfois on l'habillait en bonne
sœur pour donner plus de piquant. Le client, lui, forçait
son passage à travers le suif – on utilisait peut-être de la
cire d'abeille dans les bordels de luxe – et la fille glapissait,
tressaillait et serrait les cuisses pour faire éclater le petit

sac, puis elle pleurnichait un peu, marmonnait une co-
chonnerie, pour que l'homme se sente puissant, vain-
queur, mais surtout, surtout, le premier. Ensuite, il donnait un gros pourboire parce qu'il avait laissé sa marque
indélébile. C'était d'ailleurs pour ça qu'il avait économisé
sou à sou. Il avait eu ce qu'il voulait, même si la fille, bien
sûr, n'était pas réellement folle de lui. »

Graham sentait ce qui allait venir, ce que, d'une
certaine manière, il avait mérité.

« Naturellement, c'était plus cher, parce que le sang de
poulet barbouillait les draps, mais de toute façon les clients
payaient davantage pour les vierges. J'imagine que les
bordels devaient avoir des réductions dans les blanchisse-
ries. Il y a là-dedans une telle quantité de draps à
blanchir, non ? »

Le silence persistant de Graham, destiné à faire sentir à
sa femme qu'il comprenait son besoin de violence, la
frappait, elle, comme l'attitude d'une lavette. Ce mot
s'était formé facilement dans sa tête. Une foutue lavette,
se dit-elle, une foutue lavette.

« Je me demande si les blanchisseurs savent réellement
qu'ils ont affaire à des bordels. Je veux dire penses-tu qu'ils
utilisent plus d'eau de Javel pour ces draps-là ? Se disent-
ils voici les draps du bordel, sortons les enzymes ? Crois-tu
qu'ils disent ça, Graham ? Je ne te demande pas autre
chose que de te poser la question. Est-ce que tu crois que
c'est ce qu'ils font ? Ou penses-tu qu'ils traitent simplement les draps des bordels comme ceux des autres clients ?
Juste un lavage en vrac, sans se soucier de ce qu'on a pu
laisser sur la toile ? »

Ann se leva et s'avança vers le fauteuil de Graham. Il
avait toujours la tête baissée. Finalement, il se mit à
parler.

« Oui ?

– Oui à quelle question ? Je t'en ai posé plusieurs. A laquelle donnes-tu si gentiment ton accord ? Oui en réponse à : As-tu jamais été au bordel ? Était-ce cela que signifiait ce oui ?

– Non. Je voulais juste dire, qu'est-ce qu'il y a ?

– Qu'est-ce qu'il y a ? Ah bon, qu'est-ce qu'il y a ? Je suis contente que tu aies remarqué qu'il y a quelque chose. Eh bien, Graham, qu'est-ce qu'il y a, qu'est-ce qu'il y a, c'est que je me demandais seulement si tu ne pourrais pas acheter un poulet prochainement pour dîner. Non pas un de ceux, lavés jusqu'à l'os, dont il ne reste plus rien à l'intérieur, qu'on a gratté, qu'on a innoculé avec je ne sais quoi pour qu'ils aient le goût de volaille. Non pas ça, mais une vraie poulette, tu vois, une POULE, une POULE, avec des plumes, des pattes et ce machin rouge sur le sommet de sa tête. Et alors tu pourrais le couper et on en tirerait un peu de sang. Et aussi on ferait fondre du suif et une nuit, une nuit exceptionnelle, tu pourrais me dépuceler, Graham. Tu aimerais ça, hein ? »

Il ne répondit pas. Il continuait à regarder à terre. Ann fixait le sommet de sa tête.

« Tu pourrais me dépuceler », répéta-t-elle.

Graham restait immobile. Elle tendit la main pour lui toucher les cheveux. Il tressaillit et écarta la tête. Alors, elle répéta une fois de plus, mais bien plus doucement cette fois :

« Tu pourrais me dépuceler. »

Graham se leva lentement mais sans tituber. Il se fraya un chemin lui permettant de ne pas toucher le corps de sa femme ou de rencontrer ses yeux. Il parvint aussi à ne pas heurter la table basse. Il continua de regarder la moquette jusqu'à ce qu'il soit en sécurité près de la porte. Puis il accéléra son allure pour monter l'escalier. Il s'enferma à clef dans son bureau et s'assit dans son fauteuil. Il n'alla pas se mettre au lit cette nuit-là. Il resta assis dans son fauteuil, réfléchissant à tout ce qui était arrivé depuis les jours de miel. Pourquoi ne peut-on pas ignorer ce que l'on sait ? Fais revenir hier, gémissait-il doucement pour lui-même. Autour de quatre heures il s'endormit. Il n'eut aucun rêve durant cette courte nuit.

10. Le syndrome de Stanley Spencer

Quelques années plus tôt, Graham avait lu une œuvre à la mode, de vulgarisation zoologique. Tout le monde la citait à l'époque, et certains l'avaient même feuilletée. Le livre démontrait dans sa première partie que l'homme était très semblable à une flopée d'animaux et, dans la seconde, qu'il en était extrêmement différent. L'auteur vous donnait d'abord un frisson en vous montrant votre atavisme, puis il vous tapotait le dos pour vous réconforter. Ce bouquin s'était vendu à des millions d'exemplaires. Un détail revenait à la mémoire de Graham : l'homme non seulement possédait le plus gros cerveau de tous les primates, mais également le plus gros pénis. Ce fait l'avait frappé à l'époque comme incohérent, déroutant – c'était au moment où il était encore tourmenté quotidiennement par Barbara qui maniait avec dextérité le filet et le trident. Durant ces jours, il ne cessait de se déplacer de côté comme un crabe pour s'écarter d'elle, ce qui ne l'empêchait pas, pourtant, de se retrouver chaque fois sur le sable. Maintenant, cette constatation lui paraissait pleine de signification. Ce n'était plus, à son avis, paradoxal qu'un énorme gorille ait une toute petite bite bien moins grosse que celle du plus petit de ses étudiants. La taille n'est pas en relation avec les performances ou les besoins, elle est reliée bien plutôt aux emmerdements. Ce truc vous pend là entre les jambes, tel un avertissement : Ne t'attends pas à ce que je ne te bouffe pas en retour.

D'un côté, naturellement, le sexe n'a aucune importance, surtout pas de sexe dans le passé, de sexe dans l'histoire. D'un autre côté, il est d'une importance primordiale. Il est plus important que toutes les choses mises ensemble. Et Graham ne voyait pas comment cette situation pouvait changer un jour. Cet état de fait avait été décidé pour lui, là-haut dans son cerveau, bien des années plus tôt, sans qu'il soit consulté. Ç'avait été imposé par son histoire personnelle merdique, par son environnement, par le choix que ses parents avaient fait l'un de l'autre, par cette combinaison unique de gènes qu'ils lui avaient imposée avant de lui dire de se débrouiller tout seul.

Jack, cela va sans dire, avait reçu de meilleures cartes. Graham pensait naguère que son ami était plus détendu en face des choses, à cause simplement de sa plus grande expérience, d'un cynisme laborieusement acquis. Maintenant, il ne le croyait plus. Les règles étaient établies bien plus tôt. Le Principe de la Contredanse de Jack, par exemple, était la sorte de chose que Graham ne parviendrait jamais à maîtriser, quelle que soit la longueur de sa vie ou l'intensité de son activité. Jack lui avait une fois expliqué sa théorie du « maximum de débrouillardise et de gentillesse » alors que Graham était venu le voir :

« Mais tu vas te faire pincer ?

— Non, fais trop attention. Jamais eu droit au : "Vite-dans-le-placard-avec-tes-fringues." Ça, c'est pour les gamins. A mon âge, ça tirerait trop sur le palpitant.

– Je veux dire Sue doit bien trouver quelque chose
parfois, non ?

– Si on veut. Un petit peu. Quand j'oublie de rentrer
le pan de ma chemise dans mon pantalon.

– Et que fais-tu alors ? Que lui dis-tu ?

– Je me sers du Principe de la Contredanse.

– ... ?

– Tu te souviens quand ils ont commencé à mettre des
parcmètres ? C'était le fin du fin de la technologie.
L'amende manipulée par ordinateurs, rappelle-toi ? Un
de mes copains a découvert, tout à fait par hasard, qu'on
peut en accumuler un sacré paquet, puis payer la dernière
et qu'alors l'ordinateur efface automatiquement celles
qu'il avait en mémoire auparavant. C'est le Principe de la
Contredanse. Parle-leur de la dernière et elles arrêteront
de se tracasser à propos des autres. »

Jack n'avait pas dit ça cyniquement ni sur un ton de
mépris, mais avec ce qui apparaissait comme un vif
sentiment en vérité pour les objets de ses tromperies.
C'était comme ça, c'était comme ça qu'il était, c'était
comme ça que Graham ne serait jamais.

La preuve indubitable que Graham avait cherchée, lui
fut offerte, d'une manière simple, évidente. Il était assis au
Odeon Holloway, et regardait pour la troisième fois de la
semaine sa femme en train de commettre un adultère sur
l'écran avec Tony Rogozzi dans *L'Imbécile et son trésor*.
Rogozzi jouait un jeune Italien, marchand de quatre-
saisons, qui, durant les week-ends, occupait son temps à
passer au peigne fin les champs des environs de Londres,
avec un détecteur de métal. Un jour, il découvre un magot
de vieilles pièces d'or et sa vie change. Il abandonne sa
charrette, sa religion, achète des costumes moirés, essaie de

perdre son ridicule accent italien et se détache de sa famille et de sa fiancée. Tandis qu'il dépense son argent dans les boîtes de nuit, il rencontre la femme de Graham, avec qui il a une aventure, malgré les avertissements de ses parents :

« Ile veule seulement te pomper, bambino », le prévient son père entre deux fourchettes de spaghetti, « et pouis t'enverra balader comme un vieux chaussure. »

Tony, cependant, continue à perdre la tête, il offre à Ann de somptueux cadeaux qu'elle fait semblant d'admirer mais qu'elle revend immédiatement. Et juste au moment où il est sur le point de se défaire de toutes ses pièces et de renoncer à ses racines pour toujours, ses parents ont la visite de deux personnes. Un policier leur explique que les pièces ont été volées. Et la vieille mère d'Ann, par altruisme, déclare que sa fille est une aventurière sans pitié, qui s'est ouvertement vantée de plumer un jeune et naïf Italien. Tony, triste mais assagi, revient dans le sein de sa famille, celui de sa fiancée et dans les brancards de sa charrette. Durant la scène finale, au cours de laquelle Tony et sa fiancée mettent à mal le détecteur de métal (on croirait Adam et Ève en train de découper en rondelles le serpent, se disait Graham), le public, essentiellement italien de l'Odeon Holloway, applaudissait en poussant des cris de joie.

Tandis que les spectateurs avalaient une leçon de morale, Graham, quant à lui, mettait en lumière une idée pratique. A un moment donné, alors que Rogozzi, blotti tout contre une Ann récemment couverte de bijoux, dans un restaurant chic, regarde d'un œil envieux le chandelier sonder le décolleté de la jeune femme, le petit marchand de quatre-saisons, temporairement renégat, murmure :

« Angelica (ce n'était pas son vrai nom mais celui

qu'elle avait pris dans le but de le duper), Angelica, una joure, je t'écrira un poèma comma ma compatrioté Danté. Il avait sa Béatricé (il prononça le nom comme si c'était ses spaghetti préférés) et mio, j'ai mon Angelica. »

Pigé, se dit Graham en sortant. Maintenant, si leur aventure a commencé disons en 70-71, cela signifierait qu'il y a cinq sources possibles à étudier. Jack ne peut pas avoir laissé tout ça de côté. Pour commencer, il n'est pas un écrivain suffisamment inventif, s'il a besoin d'un contrôleur d'autobus pour une courte scène, il ne peut le décrire qu'en allant prendre le bus. Le contrôleur apparaîtra alors dans son livre avec quelques minuscules modifications – une jambe estropiée ou une moustache rousse – ce qui donnera d'ailleurs à Jack l'impression d'être Coleridge.

Et deuxièmement, la nature sentimentale de Jack l'avait amené, en tant qu'écrivain, à être un distributeur zélé d'hommages particuliers et choisis. Cette caractéristique, dictée par des intérêts égoïstes, apparut clairement lorsque Jack tint, pendant six mois, une rubrique théâtrale dans la presse.

« Disons que tu dois voir je ne sais trop quelle pièce merdique et marginale, à Hammersmith ou à Peckham ou n'importe où ailleurs, avait expliqué le romancier. Tu ne peux pas y échapper parce que ton directeur est friand de toute cette merde démocratique et tu dois faire semblant de t'y intéresser toi aussi. Tu te colles ta petite bouteille d'alcool contre la hanche, afin de te caparaçonner face à un flot de conneries angoissantes destinées à changer la face de la société, en l'espace de trois semaines. Tu te tasses sur ton banc, démocratiquement inconfortable, et, après trois minutes au maximum, ta vieille cervelle te crie : "Foutons le camp de là." C'est vrai, tu n'y trouves aucun plaisir. Bien sûr, tu es payé pour ça, mais ce n'est pas assez. C'est vraiment pas assez. Aussi, tu choisis le plus joli morceau de nana de la pièce et tu décides qu'elle est "la nouvelle découverte". Tu commences par un baratin d'introduction gémissant, et par quelques coups d'encensoir dans ta direction parce que tu as eu le courage de te rendre au Tramshed Theatre Dalston, et puis tu assassines la pièce. Ensuite, tu ajoutes : "Mais la soirée a été rachetée, à mon avis, par un moment éblouissant de pur théâtre, un instant de beauté parfaite et de pure émotion, quand Daphné O'Twat, qui jouait la troisième tisserande, caressa son métier comme s'il s'agissait de son petit chat préféré – ce qui, entre nous, dans ces tristes jours, devait être probablement le cas. Ce geste et le regard étrange, lointain, de ses yeux transcendent le travail crasseux, éreintant, dont étaient accablés nos ancêtres et parviennent à frayer leur chemin, même au cœur du public le plus blasé, pour créer un instant exceptionnel qui, au milieu du ciel maussade de cette pièce, déploie un éclatant arc-en-ciel."

« Note que je n'ai pas dit que miss O'Twat avait de superbes nénés ni un visage comparable à celui de la Vénus de Milo. Ton directeur aurait pu rouscailler, sans parler de la fille concernée. En revanche si tu agis de cette manière, ton directeur te dit simplement : "Voyons un peu la binette de cette souris" et il lui demande sa photo. La fille, elle, pense : "Ça, c'est peut-être ma chance, une critique dithyrambique qui ne mentionne pas mes lolos." Aussi, le lendemain de la première, tu appelles le Grand Manège, et tu te fais passer la mignonne. Tu lui dis que tu vas venir revoir le spectacle parce que tu as envie de jouir à nouveau de son interprétation si chargée de spiritualité, et que dirait-elle d'un petit verre de spirituel, pardon, de spiritueux après coup. Et c'est parti. Ça ne marche pas toujours. Mais ça marche assez souvent, crois-moi. »

Voilà ce qu'était le système « d'hommage » de Jack dans son aspect le plus cru. Mais il aimait aussi ornementer ses textes les plus sérieux avec ce qu'il appelait « des pointes d'aigre-doux ». Le doux était des passages de louanges travesties pour ses amis et ses idoles, l'aigre consistait en des critiques acerbes contre les gens qu'il n'aimait pas. Jack pensait que le travail d'écriture en devenait plus amusant. « Ça te donne une motivation supplémentaire quand tu sens que tu as ciselé suffisamment de bonnes grosses vérités pour la journée. »

Graham s'agenouilla devant les rayonnages d'Ann. Il y avait dix bouquins de son ami : les Œuvres de Jack Lupton. Il y en avait cinq dont il n'avait pas besoin. Les cinq autres, qui commençaient avec *Tombé du noir*, il les sortit des étagères. Pour dissimuler le trou ainsi fait, il y fourra Doris Lessing d'un côté et Alison Lurie de l'autre, puis il alla chercher deux des Mary McCarthy qui lui appartenaient et les y colla eux aussi. Ça marchait parfaitement.

Il monta les cinq romans dans son bureau. Il n'avait pas feuilleté de livres de cette manière depuis la fin de son adolescence. A cette époque aussi, il avait tourné les pages à la recherche de choses sexuelles. Après tout, les romans vous venaient en aide quand les parents et les encyclopédies ne vous apportaient aucune réponse. Un œil entraîné pouvait repérer dans le texte des mots comme « soutien-gorge », « poitrine » et « reins » comme s'ils étaient imprimés en capitales. Cette fois pourtant, il n'y avait pas de mots clefs évidents pour venir à son secours.

Grâce à Dieu il n'avait pas à farfouiller dans les cinq premiers livres de Jack. Les trois premiers – « Mon époque

rustique du Lincolnshire » comme l'avait classée Jack
avec une certaine fausse modestie – étaient en rapport
avec ce que le romancier appelait « la tâche de faire entrer
ma famille dans le domaine de la fiction ». Ensuite
venaient trois « romans de conflit politique et sexuel ». De
ceux-là, Graham aurait à parcourir le dernier. Finalement, il y avait les quatre derniers où les ambitions
sociales, politiques, sexuelles et autres sentiments de
culpabilité, qui animaient les six premiers avaient totalement disparu. Dans ces derniers les personnages avaient
pris un aspect cynique, si bien que l'on se souciait fort peu
de ce que celui-ci avait fait à celui-là et que ça se termine
bien ou mal. Ces romans se rapprochaient de comédies de
mœurs stylisées, dans le cadre de la « bohème dorée ».
Bientôt espérait Graham, Jack en arriverait à être une
sorte de moderne Firbank. Ce ne serait pas alors seulement une remise en question de la réputation d'écrivain
truculent qu'avait cet auteur, mais ça agirait aussi de telle
sorte que plus personne ne voudrait jamais lire ou publier
Jack Lupton. Et, à ce moment-là, Jack Lupton aurait
tellement croupi dans ses propres trucs qu'il lui serait
impossible d'en changer.

Le dernier des romans politico-sexuel, *Tombé du noir*,
avait été publié en 1971. Dans ce livre, se souvenait
Graham, Jack s'était vaguement dépeint sous les traits
d'un jeune ministre barbu, qui, peu de temps avant les
élections, commence une liaison avec Sarah, une journa-
liste politique particulièrement séduisante. Ses dix années
de mariage en compagnie d'une bonne maîtresse de
maison avaient commencé à sentir le moisi. Bientôt
l'épouse découvre la chose et décide de faire chanter le
personnage inspiré par Jack : Ou bien tu renonces à la fille
ou j'avertis les journaux et fais en sorte que tu perdes ton

siège de député si difficilement gagné et aussi, bien sûr, la garde de nos enfants. « Jack » se prépare alors à défier les conventions et à expliquer l'affaire devant ses électeurs et bien entendu au juge chargé de son divorce. Quand Sarah, magnanime, vient à la rescousse du parti (même si ironiquement ce n'est pas le sien) et à celle des enfants (une autre ironie puisqu'elle est enceinte de « Jack » mais ne le lui a pas dit puisqu'elle projette de se faire avorter en secret), « Jack » finit par se laisser convaincre qu'il y a des moments où les principes doivent avoir le pas sur les élans du cœur. Quand Sarah, avec héroïsme, lui file des informations sur les coupures envisagées dans le budget de la Sécurité sociale par son parti à elle après les élections, « Jack » se met à réfléchir sur les difficultés des classes laborieuses et du besoin qu'elles ont de le voir siéger au prochain Parlement. Finalement, il accepte la justesse des vues de Sarah. Avant de se séparer, cependant, les deux amants font l'amour une dernière fois :

Jock – comme Jack se faisait appeler dans le roman – *la prit avec une force irrépressible. Il était tout aussi capable d'être ardent et passionné que tendre et câlin. Cette fois, il était ardent et passionné. Sarah connaissait ces deux facettes et aimait l'une et l'autre. Comme il s'installait sur elle, elle respira l'odeur âcre et virile du tabac imprégnant sa barbe. Ça l'excita. Elle en avait eu assez, à une époque, des pomponnages à l'after-shave, d'hommes qui ressemblaient à des hommes mais auraient pu tout aussi bien être des femmes.*

« Jock », murmura-t-elle en guise de protestation lorsque la main de son amant remonta brutalement sa jupe.

« Oui, oui, répondit-il ardemment, impérativement. Ici. Maintenant. »

Alors là, sur le sofa, il la prit sans ménagement. Il ne déclencha aucune protestation et s'aperçut même que son désir pressant avait provoqué chez Sarah une moiteur consentante. Il embrassa le grain de beauté, sur le côté gauche de son cou. Elle souleva alors ses reins pour s'offrir à lui. Puis, sauvagement, portant encore son complet de tweed brun, fait d'une étoffe tissée dans sa circonscription, il la pénétra avec tant de force qu'il la souleva, les précipitant l'un et l'autre à une altitude qu'ils n'avaient jamais atteinte auparavant – haut, toujours plus haut au-dessus de la terre, là-bas, dans les nuages où l'on trouve le soleil et où le ciel est toujours bleu. A l'acmé de leur plaisir, Jock poussa un grand cri, telle une bête blessée, tandis qu'une petite larme s'échappa du coin de l'œil droit de Sarah.

« Jock, murmura-t-elle, jamais plus personne après toi...

– Mais si, répondit-il avec une fermeté empreinte de gentillesse. Mais si voyons...

– Non, jamais, s'écria-t-elle, la voix chargée de souffrance.

– Pas maintenant, lui assura-t-il, pas bientôt, mais un jour tu verras. Et je veux qu'il en soit ainsi. Je serai encore là, quelque part, à vouloir ton bonheur. »

Il calma ses dernières protestations et encore en elle, il tendit la main vers sa veste pour lui offrir une cigarette. L'air absent, elle plaça la cigarette à l'envers dans sa bouche et attendit qu'il lui donne du feu. Gentiment, il lui retira la cigarette des lèvres, pour la retourner. Elle se trompait toujours... Alors qu'il allumait le bon bout, il remarqua quelques légères taches de rouge à lèvres sur le papier, les dernières traces mélancoliques, se dit-il, qui avaient résisté au frottement de leurs baisers exaltés...

Pages 367 et 368 : Graham les arracha. Les indices étaient irréfutables. La larme au coin de l'œil – c'était arrivé à plusieurs reprises ; les fesses qui se soulèvent – bien sûr ; mais la confirmation, c'était le grain de beauté – même si Jack l'avait déplacé de l'épaule droite au côté gauche du cou (c'était ce que le romancier appelait l'imagination). Et même si le grain de beauté n'était pas la preuve, il y avait la cigarette. Ann mettait souvent les cigarettes dans sa bouche du mauvais côté. Graham n'avait jamais remarqué qu'elle le fît après l'amour, mais elle l'avait fait plusieurs fois quand elle était énervée en société. Est-ce que Jack ne se serait pas trouvé là lors de telles occasions ? Et n'y avait-il pas eu là quelques plaisanteries secrètes et partagées que lui, Graham, ne pouvait comprendre ? Il était incapable vraiment de s'en souvenir.

Il feuilleta une centaine de pages de *Tombé du noir*, après et avant le passage qu'il avait découvert, et déchira toutes les références concernant la liaison d'Ann et de Jack. Il pourrait lire ces passages attentivement plus tard. Puis il dirigea son attention sur les quatre derniers romans de Lupton. Des récits, à vrai dire : le début de l'époque néo-Firbank, se répétait allégrement Graham. L'explication de Jack était différente.

« Avais l'habitude d'appartenir à l'école de fiction des supermarchés, avait-il expliqué un jour. Tu vois, t'en fais beaucoup et tu les vends pas cher. Croyais que si les gens avaient le choix entre quelque deux cents pages de branlage élégant à quatre livres, ou quatre cents pages de mes trucs vigoureux à cinq livres, ils verraient vite quelle était la bonne affaire. Et j'avais raison. Naturellement, ils préféraient mes trucs. Mais, après une demi-douzaine de romans, où s'écoulait le sang même de ma vie, je me suis dit : Hé, est-ce que je ne suis pas en train de me faire baiser ? C'est deux fois plus long, mais je n'ai pas le double de droits d'auteur. Alors, en voyant tous ces romanciers à la gomme écrire des monographies, j'ai pensé : mon petit Jack, tu peux en faire autant et garder en même temps une main disponible pour ce que tu veux vraiment. C'est ce que j'ai fait. Tu sais je commence à voir la raison de tout ce minimalisme. T'as pas besoin de te casser le cul. Voilà ce que c'est. »

Dans sa période néo-Firbank, Jack continua sa pointe d'aigre-doux. Une phrase d'Ann par-ci par-là, la description de ses seins, une manière particulière de faire l'amour, une robe. Plus Graham trouvait de preuves, plus il lui était facile d'en découvrir d'autres. Dans l'excitation de sa recherche critique, il paraissait oublier la signification précise de ce qu'il était en train de découvrir.

C'est seulement plus tard, lorsqu'il eut rassemblé les pages arrachées, équivalant à la moitié d'une des œuvres de la dernière période de Lupton, que Graham s'arrêta pour réfléchir. Alors, tandis qu'il parcourait les preuves rassemblées de la liaison de Jack et d'Ann, qu'il regardait le corps de sa femme se tendre vers Jack et qu'il voyait Jack fourrer sa barbe chargée de l'odeur de tabac sur la figure d'Ann, parce que le romancier croyait à tort que les relents de tabac froid sont aphrodisiaques (ce n'est pas possible se disait Graham, ce n'est pas possible), l'anesthésie se dissipa et la souffrance revint. Il appuya une main contre son ventre et l'autre contre sa poitrine. Et alors qu'il était assis par terre près des pages arrachées, il se balança d'avant en arrière. Puis, il commença à glisser sur le côté et se laissa tomber dans la position du fœtus. Ses mains se fourrèrent entre ses cuisses et il resta allongé sur le sol comme un enfant malade. Il ferma les yeux et essaya, comme lorsqu'il était enfant, de penser à des choses différentes, autres, excitantes. Il pensa à une partie de cricket dans un village, mais alors les spectateurs se transformèrent en une foule assistant à un match de football qui criait : « Lave-voiture, lave-voiture. » Il pensa à un pays étranger, jusqu'à ce que Benny passe dans sa Porsche argentée en route vers Arezzo et jette, d'un air désinvolte, une petite culotte par la vitre. Il croyait donner un cours sur Bonar Law jusqu'à ce que tous ses étudiants lèvent les mains en même temps et demandent à entrer dans l'industrie cinématographique. Finalement, il pensa à son enfance, bien avant Ann et Jack et Barbara, à l'époque où il n'y avait que ses parents à apaiser, des années avant que n'existe la trahison, quand il n'y avait que tyrannie et asservissement. Il s'efforça de son mieux à garder en mémoire cette époque bien définie. Peu à peu, il se retira en elle et aplatit toutes ses certitudes contre ses oreilles avant de sombrer dans le sommeil.

Durant les prochains jours, Graham lut et relut les passages arrachées à *Tombé du noir* et les dernières œuvres. Il ne pouvait y avoir aucun doute. La liaison de Jack et d'Ann avait commencé en 1971, avait continué à l'époque de sa rencontre avec Ann et ensuite durant tout leur mariage. *Certitudes, certitudes, Le Feu noyé* et *Fureur* en contenaient les preuves formelles. S'il fallait compter six mois – un an au maximum – pour que l'éditeur sorte le livre, cela signifiait que les passages dans *Feu noyé* où « Jack » vaguement déguisé en un ancien pilote de bombardier, dont le visage a été reconstitué par un chirurgien esthétique et qui a une liaison heureuse avec « Ann » une infirmière écossaise – le grain de beauté cette fois est à la vraie place – furent écrits durant la première année de leur mariage. L'infidélité de sa femme ne s'arrêta même pas à ce moment-là, se disait Graham, pas même à ce moment-là.

Environ une semaine plus tard, Graham téléphonait à Sue, dans sa maison de campagne. Il s'était préparé à faire croire à une erreur de numéro, si c'était Jack qui répondait.

« Sue, c'est Graham.

– Graham... Oh, Graham. » Sue paraissait soulagée, bien plus d'avoir situé le vrai Graham plutôt que d'être agréablement surprise. « Jack est à Londres.

– Oui, je sais, c'est à toi que je voulais parler.

– Vas-y. Je ne suis pas tellement occupée. » Le ton n'était pas particulièrement amical.

« Est-ce qu'on pourrait se rencontrer, Sue ? Un jour, à Londres ?

– Graham... eh bien... qu'est-ce qui se passe ?

– Je ne peux pas te le dire maintenant.

– Dans la mesure où ce n'est pas quelque chose que tu penses que je dois savoir. Dans la mesure où tu ne penses pas que tu sais quelque chose qui est bon pour moi.

– Non, ce n'est pas ça du tout. C'est plutôt, eh bien, à propos de toi et moi... » Il paraissait tout à fait sérieux.

« Graham, je ne savais pas que tu t'intéressais à moi. Mieux vaut tard que jamais, de toute façon. » Elle eut un petit rire espiègle. « Laisse-moi regarder mon agenda. Bon, c'est ce que je pensais. Je peux te proposer n'importe quel jour entre aujourd'hui et la fin de la décennie. »

Ils fixèrent un jour pour la semaine suivante.

« Oh, et Sue...

– Oui ?

– Trouverais-tu bizarre si je te disais... si je te disais que je préférerais que tu ne préviennes pas Jack que nous allons déjeuner ensemble.

– Il a sa vie, répondit-elle vivement, et j'ai la mienne.

– Naturellement. »

Y avait-il quelque chose qui puisse être impliqué plus clairement, se demandait Graham en raccrochant l'appareil. Oui, bien sûr, mais pourtant... étant donné qu'il l'avait appelée à brûle-pourpoint. Il ne l'avait pas vue depuis plus d'un an et, bon, après tout, il ne l'aimait pas tellement que ça, n'est-ce pas ? Cette vivacité, cette spontanéité que leurs amis appréciaient tant étaient un peu trop proches, de l'avis de Graham, d'une attaque tous azimuts.

La semaine suivante il était assis chez *Tardelli* devant un Campari à une table blottie dans un coin. Il s'interrogeait sur la meilleure manière d'obtenir la confirmation finale qu'il cherchait. Il ne pouvait pas simplement la lui demander, ça c'était sûr.

« Ciel, Graham, la table des couples adultères – tu étais sérieux.

– ... ?

– Tu veux dire que tu n'es pas au courant ? » Elle lui offrait toujours son visage. Il se leva à demi, donna un coup de pied dans la table et posa ses lèvres sur la joue de la jeune femme. Est-ce qu'ils avaient coutume de s'embrasser ? Il n'en était pas sûr.

« J'ai demandé un coin tranquille, répondit-il. J'ai dit que je ne voulais pas être dérangé pendant le déjeuner.

– Donc, tu ne sais pas que cette place est celle destinée officiellement aux couples adultères ?

– Non, vraiment pas.

– Comme je suis déçue.

– Mais personne ne peut nous voir ici.

– C'est justement ça l'astuce. Tu es hors de vue, mais pour gagner la table, pour aller faire pipi ou quoi que ce soit, tu dois te montrer aux yeux de tout le restaurant. C'est bien connu, chéri, peut-être pas dans ton cercle, mais certainement dans le nôtre.

– Tu veux dire que les gens, délibérément, s'assoient ici ?

– Naturellement. C'est bien plus simple que de mettre une annonce dans le *Times*. J'ai toujours pensé que c'était une forme intelligente de publicité discrète. Tu annonces ta liaison, tandis que tu fais semblant de la cacher. Ça enlève la culpabilité, et diffuse la nouvelle. Solution idéale. Je suis surprise qu'il n'y ait pas plus de restaurants avec des tables comme celle-ci.

– Y a-t-il une quelconque possibilité pour que tu connaisses quelqu'un ici ? »

Graham n'était pas sûr s'il devait paraître enchanté ou inquiet.

« Sait-on jamais ? T'en fais pas, mon vieux. Je m'occuperai de toi lorsqu'ils passeront leur tête au coin du mur en faisant semblant de chercher quelqu'un d'autre. » Elle lui caressa le bras, comme pour le rassurer.

Après cet échange, Graham décida qu'il n'y avait qu'une seule manière de se comporter durant le déjeuner. Il joua l'amoureux timide, s'aventurant même jusqu'à de légers attouchements. Il s'arrangea aussi pour se faire prendre tandis qu'il lui lançait des coups d'œil à la dérobée. D'une manière détachée, il acceptait volontiers l'opinion reçue que Sue était une jolie femme. Mais au fond il ne se posait pas la question très sérieusement.

Puisque Graham n'était pas venu, apparemment, pour parler des infidélités de son mari, ce fut précisément ce sujet que Sue traita en détail. Et puisqu'il n'était pas venu non plus pour défendre sa cause avec l'idée de maintenant ou jamais, elle lui parla comme à un frère de ses propres liaisons intermittentes, en particulier des difficultés qu'on rencontre à avoir un amant à la campagne, sans être découverte. Elle l'entretint aussi de ses craintes citadines concernant les vengeances bucoliques où apparaissaient des fourches à foin, une presse hydraulique et une mangeoire automatique. Durant un instant, alors que la seconde carafe était vide comme la première, et qu'ils attendaient leurs cafés, le ton de Sue se durcit.

« Sais-tu comment j'appelle le comportement de Jack ? J'appelle ça le syndrome de Stanley Spencer. Tu vois ce que c'est ? »

Graham fit signe qu'il n'en savait rien.

« Et, étant donné que je suis la deuxième femme de Jack, ça rend la chose encore plus pertinente. » Elle alluma une cigarette. « Quand Stanley Spencer, notre célèbre peintre, se maria pour la deuxième fois, sais-tu ce qu'il fit lors de sa nuit de noces ?

– Non.

– Il expédia sa nouvelle femme en avant, pour la lune de miel, comme une sorte de malle, rentra chez lui et baisa sa première femme.

– Mais...

– Non, non, attends. Pas ça du tout. Puis il partit rejoindre sa deuxième épouse, la fit asseoir sur la plage et lui expliqua qu'en tant qu'artiste, il avait des besoins sexuels exceptionnels et qu'il se proposait maintenant d'avoir deux épouses. C'était son art qui l'exigeait et son art passait avant tout. Sale petit con égoïste », ajouta-t-elle, comme si Spencer était un compagnon de beuverie de son mari. « Et c'est ce que Jack désire dans une certaine mesure. Il est suffisamment malin pour ne pas être aussi explicite mais, au fond de lui, c'est ce qu'il pense. Parfois, quand je suis chez moi, je me plante devant la rangée de livres qu'il a écrits et je me demande combien ce livre-ci représente de baisages ?

-- Eh bien, tu sais ce que Balzac aimait dire : "Encore un roman." »

Graham se sentait mal à l'aise, ne sachant trop si cette remarque était rassurante ou le contraire.

« Et puis, je jette un autre coup d'œil sur ses livres, je pense aux aventures de Jack durant ces années et je me dis qu'au fond ça ne m'atteint pas beaucoup, pas après la première blessure. Après tout, j'ai pris moi aussi un peu de bon temps. Ce que je ressens vraiment lorsque je regarde ces dix livres alignés sur l'étagère, ce que réellement je ne peux pas lui pardonner, c'est qu'ils ne soient pas foutrement meilleurs qu'ils ne sont. Parfois, j'ai envie de lui dire : "Écoute, Jack, oublie donc tes bouquins, laisse tomber tout ça. Ils ne sont pas bons. Laisse tomber et concentre-toi sur le baisage, c'est ça ton domaine." »

Graham pensait aux pages arrachées de *Fureur*, du *Feu noyé* et de *Tombé du noir*. Puis il commença à aborder ce qu'il avait soigneusement préparé.

« Sue, j'espère que tu ne vas pas mal me comprendre. Je pensais que ce serait sympa de... de... » Il bafouilla un peu volontairement. « De... de déjeuner avec toi, de te voir, parce qu'on a perdu le contact depuis un certain temps et que j'ai toujours pensé que nous... que je ne te voyais pas suffisamment. Je ne veux pas que tu croies que j'ai quelques motifs d'éclaircissement ou de vengeance ou de quoi que ce soit d'autre. » Sue paraissait étonnée et Graham poursuivit : « Je veux dire on est tous au courant de ce qui s'est passé entre Jack et Ann et ça n'a rien de surprenant. De plus, s'ils n'avaient pas été, hum, amants, alors j'aurais très bien pu ne pas la rencontrer, aussi je suppose que d'une certaine manière je leur en suis plutôt reconnaissant. » Graham sentait que son numéro de sincérité timide faisait son effet. Maintenant venait le morceau délicat.

« Mais j'ai reçu un coup, je dois l'admettre quand j'ai découvert qu'ils n'avaient réellement jamais mis fin à leur liaison. Ça m'a touché au cœur. Je m'en suis seulement aperçu, il y a environ six mois. En dehors de ce que cela peut signifier pour moi par rapport à Ann, j'ai ressenti vivement cette trahison de l'amitié et de toutes ces émotions qu'on nous dit maintenant être démodées. Je fus, pendant un temps, amer en pensant à Jack, mais je suppose que, dans une certaine mesure, ça m'a aidé à comprendre les besoins... supplémentaires d'Ann. J'imagine que si je t'avais téléphoné à ce moment-là, tu aurais eu toutes les raisons de douter de mes intentions. Mais bon, cette crise est passée et je suis maintenant résigné. C'est alors que j'ai pensé que ce serait sympa de te revoir. J'ai réfléchi à mes motifs et une fois qu'ils ont été parfaitement clairs, je t'ai téléphoné. Et... nous y voilà, c'est ce que je crois qu'on peut dire. »

Graham regarda le fond de sa tasse de café. Il était satisfait de sa fin prudente et informe. Faire avancer en même temps deux idées séparées était malin. Juste au moment où il se demandait s'il oserait lever les yeux, Sue se pencha en avant et posa sa main sur son avant-bras. Il redressa la tête et eut droit à un éclatant sourire.

« Je suppose en effet. » Elle aimait sa timidité. Elle sourit d'un air encourageant, une fois de plus, tout en pensant en même temps : Le salaud, le salaud, le foutu salaud de Jack Lupton qui joue son Stanley Spencer. Pourquoi n'ai-je pas deviné ? Jack réellement ne laisse jamais tomber ses anciennes maîtresses. Peut-être pense-t-il qu'elles cesseraient d'acheter ses livres s'il arrêtait de les baiser. Mais Sue étouffa son ressentiment. Elle ne devait pas laisser voir à Graham qu'elle était bouleversée, qu'elle ne le savait pas et qu'il faudrait, nom de Dieu, bien plus que quelques faux sourires le vendredi soir pour la calmer cette fois. Ne gaspille pas tes chances, ma fille, donc pas de remous, ce truc-là doit être sorti de l'eau en douceur.

« Peut-être aurais-je dû te le dire, poursuivit-elle, mais tu vois, je m'appuie toujours sur la règle établie pour le cancer. Si le patient ne demande rien, on ne lui dit rien et s'il demande, tout en voulant entendre une dénégation, alors on lui dit non. Je suis désolée que tu l'aies appris par quelqu'un d'autre, Graham. »

Il sourit tristement, pensant à ses illusions. Elle lui sourit avec bienveillance, pensant aux siennes. Elle se disait que baiser avec Graham pour se venger pouvait être fort salutaire.

« J'espère que tu ne vas pas me trouver vieillot, dit-il, continuant son numéro, mais je dois réellement donner un cours dans environ une heure. Pouvons-nous, pouvons-nous nous rencontrer de nouveau la semaine prochaine ? »

Sue trouva son absence de présomption absolument charmante. Rien à voir avec ces terribles répliques que les types parfois utilisent, du genre : « Garde ton après-midi libre » ou « Je suis célibataire en ce moment ». Elle se pencha pour l'embrasser sur les lèvres. Il parut surpris.

« C'est l'avantage de la table des couples adultères », dit-elle joyeusement. Elle était contente qu'il n'ait pas essayé de la peloter ou quoi que ce soit durant le déjeuner. Elle espérait toutefois que cette passivité n'allait pas trop loin. De toute façon, ça faisait un changement fort agréable. Jack, par exemple, à la place de Graham, serait déjà sous la table, sa barbe allumant quelque chose proche du feu de rasoir à l'intérieur des cuisses de la petite oie blanche. Est-ce que Graham enlevait ses lunettes au lit ?

Ils s'embrassèrent sur la joue pour se dire au revoir, devant le restaurant, Sue pensant déjà à la semaine prochaine, dans ce même lieu, à la même heure, et tout ce qui pourrait s'ensuivre. Graham aussi envisageait l'avenir, mais d'une manière totalement différente.

11. Le cheval et le crocodile

Ce n'est rien d'autre qu'une question de tripes, de viscères, se surprit à répéter Graham pour lui-même, tandis qu'il roulait vers Repton Gardens. Rien qu'une question de tripes. Bon, pas entièrement, mais c'étaient les tripes qui en fin de compte prenaient le dessus. Il avait passé quarante ans à combattre ça et pouvait maintenant percevoir l'ironie de sa vie. Ces années qu'il avait pensé ratées – lorsque la mécanique semblait tranquillement et sans à-coups perdre son énergie – étaient en fait l'époque de sa réussite.

C'est drôlement intelligent, les tripes, se disait-il alors qu'il passait devant le lave-voiture de Staunton Road, pour la centième fois depuis que tout cela avait commencé. Drôlement intelligent. Mais, bien sûr, il n'était pas tombé dans le panneau, c'est pourquoi il avait tenu près de quarante ans en premier lieu. Ça coince d'autres gens bien plus vite. Mais, en définitive, ça coince tout le monde. Avec lui ça avait suivi la longue route sinueuse où il est impossible de faire de la vitesse, et choisi finalement comme instrument quelqu'un de totalement inattendu, Ann qui l'aimait, Ann qu'il aimait.

Cela n'avait pas beaucoup changé depuis le Moyen Âge, depuis Montaillou, ce village occitan de Le Roy Ladurie, depuis le temps où l'on croyait littéralement aux tripes, aux viscères, au sang, au foie, à la bile, etc. Quelle était donc la dernière théorie que Jack – Jack vraiment – lui avait exposée ? Qu'il y avait deux ou trois couches différentes dans le cerveau, qui se trouvaient continuellement en guerre. C'est seulement au fond une manière de dire que vos tripes vous foutent en l'air, n'est-ce pas ? Tout ce que ça signifie c'est que le plan de bataille, les métaphores, se sont déplacés d'environ quatre-vingts centimètres dans votre corps.

Et la bataille est toujours perdue, c'était ce que Graham avait appris à admettre. Les tripes prennent le dessus. On peut repousser ça pendant un certain temps en momifiant sa vie autant que possible, mais on devient alors un morceau de choix. La véritable division dans le monde n'est pas entre ceux qui ont perdu la bataille et ceux qui ne l'ont pas encore livrée, mais entre ceux qui, quand ils perdent la bataille, peuvent accepter la défaite et ceux qui ne le peuvent pas. Peut-être y a-t-il d'ailleurs quelques petits placards à balais, quelques petits recoins dans le cerveau où ces choses sont également décidées d'avance, se disait-il avec un agacement morose. Mais les gens se divisent de cette manière. Jack, par exemple, accepte sa défaite, ne semble même pas réellement la remarquer, arrive même à la tourner à son avantage. Alors que Graham ne pouvait l'accepter maintenant et savait qu'il ne l'accepterait jamais. Cela aussi semblait assez ironique parce que Jack est à la fois quelqu'un de plus agressif et de plus batailleur. Graham se voyait lui-même assez proche du personnage aimable, effacé, terne, que les autres percevaient.

« Ah, ouais, téléphone », marmonna Jack en ouvrant la porte après un temps considérable, puis il se précipita de nouveau dans le couloir.

« Non, mon petit infarctus », put entendre Graham tandis qu'il enlevait son imperméable pour l'accrocher au portemanteau. « Non, écoute, pas maintenant. Je te rappellerai... » Graham tapota les poches de sa veste. « ... Ne sais pas. Non, dans pas longtemps... ô... revoir... toi. »

Graham se dit que quelques jours plus tôt il aurait pu s'intéresser à la personne à qui Jack était en train de parler, peut-être était-ce Ann ? Maintenant, cela n'avait tout simplement plus aucune importance. Il pourrait y avoir même quelques sous-vêtements familiers abandonnés conduisant à l'escalier que Graham n'en aurait pas été ému pour autant.

Jack semblait un peu énervé. « Juste un petit oiseau gazouillant dans mon oreille, dit-il, l'air jovial, pour toute explication. Entre donc, mon pote. » Il sourit d'un air tendu. De retour dans la salle de séjour, il péta, mais pour une fois sans faire de commentaire.

« Un peu de café ? » Graham fit un signe d'acceptation.

Ça ne faisait seulement que quelques mois qu'il s'était assis dans ce même fauteuil, offrant timidement à Jack son ignorance agitée. Maintenant, en écoutant le tintement que faisait Jack en frappant une cuillère sur les tasses de café, il sentait qu'il était au courant de tout. Non pas de tout au sens strict du terme – à propos de Jack et d'Ann par exemple – mais qu'il savait les choses en général. Dans les vieilles histoires les gens grandissent, combattent, ont des mésaventures et finalement mûrissent et parviennent à se sentir à l'aise en face du monde. Graham, après quarante ans d'une vie pratiquement sans combat, sentait qu'il avait mûri en quelques mois et comprit irrévocablement que cette finale insatisfaction était notre condition normale. Cette brusque sagesse l'avait d'abord déconcerté. Maintenant, il avait retrouvé son calme. Tandis qu'il enfonçait sa main dans la poche de sa veste, il reconnut qu'il pouvait être incompris. On pouvait penser qu'il n'était que jaloux ou tout simplement cinglé. Eh bien, ça les regardait.

Et l'avantage d'être probablement incompris en tout cas, se disait-il, tandis que Jack lui tendait une tasse, était qu'il n'y avait aucune obligation de s'expliquer. C'était tout à fait inutile. Une des caractéristiques les plus méprisables des films qu'il avait été voir ces derniers mois était la convention obligeant les personnages à expliquer, l'air suffisant, leurs motifs. « Je t'ai tué parce que je t'aimais trop », marmonnait le bûcheron, sa tronçonneuse dégoulinante à la main. « Je sentais cet énorme océan de haine, mon vieux, bouillonner à l'intérieur de moi et il me fallait exploser », disait, perplexe, le violent mais charmant incendiaire adolescent noir. « J'imaginais que je ne pourrais jamais en finir avec l'emprise de papa, c'est pourquoi je suis tombée amoureuse de toi », admettait franchement la jeune épouse insatisfaite. Graham grimaçait lors de telles scènes, en pensant au vide hautain existant entre la vie et les conventions dramatiques. Dans la vie, on n'a pas besoin d'expliquer ce qu'on ne veut pas expliquer. Non pas parce qu'il n'y a pas de public – du public il y en a – et un public habituellement assoiffé de motifs. C'est simplement que les gens n'ont aucun droit, ils n'ont pas payé leur place pour avoir accès à votre vie.

Donc, je n'ai pas à dire quoi que ce soit. Bien plus, c'est

important que je ne dise rien. Jack peut m'entraîner sur le sentier de la camaraderie et alors où est-ce que je me retrouverais ? Probablement nulle part ailleurs, mais compromis, déjà à mi-chemin d'une explication vers je ne sais quelle interprétation merdique.

« Quelque chose de nouveau, vieux ? »

Jack le regardait avec une légère irritation. Puisqu'il semblait maintenant diriger cette agence de conseils matrimoniaux, il souhaitait que les connards obéissent à quelques règles élémentaires. Ne se rendaient-ils pas compte qu'il avait du travail ? Pensaient-ils donc que tous ses livres apparaissaient un matin, comme ça, au pied de la cheminée et qu'il n'avait qu'à les épousseter avant de les présenter aux éditeurs ? Était-ce bien cela qu'ils pensaient ? Et maintenant, non seulement ils se pointaient sans aucun avertissement, mais ils restaient là assis comme des blocs de pierre. Othello soudain transformé « en un rêve de pierre ».

« Accouche, accouche », dit Jack. Puis avec un ton légèrement moins badin, il répéta, étant donné que Graham gardait le silence : « Accouche, accouche, voyons. »

Graham lui jeta un coup d'œil et sourit l'air lointain. Il s'empara de sa tasse de café avec une force nullement nécessaire et but une gorgée.

« Mon café te convient, chef ? » demanda Jack.

Toujours rien.

« Écoute, je m'en fiche de gagner mes trente guinées de cette manière, au fond ce n'est pas mon affaire. J'imagine que n'importe quel psy m'envierait. C'est simplement que c'est un peu ennuyeux. Bon, si je veux, *si je veux* te mettre dans mon prochain roman, il faut que je sente un peu ce qui se passe à l'intérieur de toi, non ? »

Te mettre dans mon prochain roman... Bien sûr, et tu me fourreras un grain de beauté au bout du nez afin que je ne puisse me reconnaître ? Tu me donneras trente-neuf ans au lieu de quarante-deux ? Quelques petites touches aussi sophistiquées que ça, n'est-ce pas ? Mais Graham résista à la tentation de lancer une vanne. A vrai dire il se tracassait en sentant augmenter la moiteur de ses mains.

Brusquement Jack prit sa tasse de café et se dirigea vers l'autre bout de la longue pièce. Il s'assit sur son tabouret de piano, déplaça un peu le fouillis sur le bureau, alluma une cigarette et mit en marche sa machine à écrire. Graham écouta le doux ronflement électrique puis le rapide cliquetis des touches. Ça ne ressemblait pas, à son avis, à une vraie machine à écrire, mais plutôt à un de ces trucs qui annoncent les résultats sportifs à la télévision – comment ça s'appelle déjà, un téléscripteur ? Bon, ce n'était pas tellement étrange qu'aujourd'hui les œuvres de fiction de Jack soient produites plus ou moins automatiquement. Peut-être y avait-il un bouton spécial sur sa machine qui permettait de mettre en marche quelque chose ressemblant au pilote automatique sur les avions. Jack n'avait qu'à appuyer dessus et son téléscripteur se mettait à vomir son baratin.

« Tu ne me déranges pas du tout, cria Jack au-dessus du bourdonnement. Reste là aussi longtemps que tu en as envie. »

Graham regarda au bout de la pièce. Le romancier assis lui tournait le dos. Graham ne pouvait voir que le côté droit de son visage et un morceau de barbe brune ébouriffée. Il aurait presque pu trouver l'endroit où Jack fourrait sa cigarette lorsqu'il faisait son truc si téméraire mais « oh si charmant ». Il disait, le visage impassible : « Est-ce que ça ne sent pas le cramé ? » et l'objet de ses désirs pour cette soirée se mettait à hennir de plaisir en face de l'originalité de cette personnalité étrange, distraite, autodestructrice, mais de toute évidence éminemment créatrice. Graham aurait souhaité pouvoir parler à quelques-unes d'entre elles de ce bouton sur la machine à écrire destiné à produire automatiquement de la merde.

« Va te chercher un peu plus de café quand tu voudras, lui cria Jack. Un tas de trucs dans le congélateur si tu comptes rester quelques jours. La chambre d'amis est prête. »

Bien sûr qu'elle l'était. On ne sait jamais quand elle peut être utile. Non pas que Jack aurait eu le moindre scrupule à mouiller les draps matrimoniaux.

Curieusement, Graham continuait à apprécier Jack comme il l'avait toujours fait. Mais cela n'avait absolument rien à voir avec l'affaire. Il posa sa tasse de café par terre et se leva doucement. Puis il traversa lentement la pièce en direction du bureau. Le ronronnement et la frappe intermittente de la machine couvrirent le bruit de ses pas. Il se demandait quelle sorte de phrases Jack était en train de taper. Il espérait, d'une manière assez sentimentale, qu'il n'était pas en train d'écrire un cliché.

C'était son favori, celui avec le manche en os noir et une lame de vingt centimètres, qui, large de trois centimètres près de la virole, se terminait par une pointe extrêmement affilée. Après l'avoir sorti de sa poche, il le tourna légèrement, afin que la lame puisse glisser plus aisément entre les côtes. Il fit encore quelques pas et alors, au lieu de donner un coup de couteau, il parut simplement entrer en collision avec Jack, tandis que la lame était fermement tenue devant lui. Il visa à peu près au milieu du dos, du côté droit. Le couteau rencontra quelque chose de dur, puis glissa un peu vers le bas, et s'enfonça brusquement de la moitié de sa longueur.

Jack laissa échapper un curieux soupir de fausset et une de ses mains s'écrasa sur les touches. On entendit une succession rapide de frappes, puis une douzaine de lettres s'emmêlèrent et le bruit s'arrêta. Graham baissa les yeux et s'aperçut que le haut de la lame, à cause sans doute du léger ricochet, avait coupé le bout de son index. Il sortit le couteau, et leva rapidement les yeux.

Jack pivota sur son tabouret. Son coude gauche frotta contre la machine à écrire, de sorte que d'autres lettres vinrent se joindre au paquet amalgamé qui s'efforçait d'atteindre la feuille de papier. Comme le visage barbu se tournait lentement vers lui, Graham finalement perdit son sang-froid. Il poignarda à plusieurs reprises le bas du corps de Jack, situé entre le cœur et les parties sexuelles. Après avoir reçu plusieurs coups, Jack glissa sans bruit du tabouret pour s'écrouler sur la moquette. Mais cela ne calma pas Graham. Déplaçant sa main sur le manche, afin de pouvoir frapper vers le bas, il continua à s'acharner sur le même emplacement. Entre le cœur et les parties sexuelles, c'était ça qu'il voulait. Entre le cœur et les parties sexuelles.

Graham n'avait aucune idée du temps qu'il avait mis à poignarder Jack. Il s'était simplement arrêté quand le couteau lui parut entrer plus facilement, quand toute résistance, non de la part de Jack, mais de son corps, apparemment, avait disparu. Il retira alors le couteau pour la dernière fois et l'essuya sur le pull-over de sa victime. Puis il le déposa sur la poitrine de son ami, se rendit à la cuisine pour se rincer les mains. Il trouva un peu de sparadrap et en colla maladroitement un morceau sur le bout de son doigt. Ensuite il retourna s'asseoir dans son fauteuil, se pencha au-dessus du bras pour ramasser sa tasse de café. Elle était encore à moitié pleine et suffisamment chaude. Il s'installa pour la boire.

A sept heures, Ann arriva à la maison, s'attendant à trouver une odeur de cuisine et à voir apparaître Graham agitant un large verre dans sa main, se préparant sans doute pour une autre soirée remplie de larmes et de récriminations. Elle avait cessé de penser que les choses pourraient aller mieux et même à la manière de s'y prendre pour qu'il en soit ainsi. En revanche, elle prenait chaque jour comme il se présentait. Elle essayait de garder en mémoire les bons souvenirs, au fur et à mesure que la soirée dégénérait. Elle reprenait confiance pour deux raisons. Il lui semblait premièrement qu'on ne pouvait continuer à être animé éternellement par des émotions aussi négatives. Deuxièmement, elle s'était rendu compte qu'il n'arrivait que très rarement à Graham de lui reprocher maintenant quelque chose directement à elle. C'était ainsi. Il était agressif vis-à-vis de son passé, à cause de la situation présente, mais nullement vis-à-vis d'elle, cette Ann qui vivait présentement. L'eau de source du réconfort cependant, avait-elle remarqué, coulait bien mieux lorsque Graham était absent. Quand il était là, il semblait bien plus probable que la situation pouvait s'éterniser, que son mari peut-être la haïssait véritablement.

A huit heures, Ann appela la direction de l'université. On lui dit que, d'après ce que l'on savait, Graham avait travaillé normalement toute la journée et était rentré chez lui vers le milieu de l'après-midi. Aimerait-elle avoir le numéro personnel de la secrétaire du département d'histoire ? Ann ne pensait pas que ce fût nécessaire.

A huit heures dix elle appela Jack et n'obtint aucune réponse.

Elle espérait que Graham ne s'était pas de nouveau remis à voir des films.

A dix heures, contre sa volonté, elle téléphona à Barbara et tomba sur Alice. Après deux secondes, Barbara prit l'appareil.

« Je ne pense pas que ce soit réellement une bonne idée que vous parliez à ma fille. Merci infiniment, mais elle est tout ce que j'ai, maintenant que vous m'avez enlevé mon mari. » C'était sans aucun doute destiné à Alice par la bande.

« Désolée, mais je ne savais pas que c'était elle qui allait répondre au téléphone.

– De toute façon, je ne veux pas que vous téléphoniez ici.

– Non. Je comprends parfaitement.

– Vous comprenez ? Eh bien, ce doit être charmant pour vous. Cela me fait vraiment quelque chose de savoir que tout au moins la femme qui m'a volé mon mari me comprend. Peut-être me comprenez-vous mieux que je ne le fais moi-même. Peut-être m'avez-vous volé Graham pour mon propre bien. »

Ann éprouvait toujours de la sympathie pour Barbara avant qu'elle ait besoin d'avoir affaire à elle. Mais si indirects que puissent être les rapports, elle se sentait épuisée presque immédiatement ensuite. Pourquoi Barbara prenait-elle un tel plaisir aux complications ?

« Je me demandais simplement... je me demandais simplement si vous n'aviez pas parlé avec Graham.

– Parlé ? Pourquoi donc ? Nous ne sommes pas mercredi.

– Non, je veux dire, il n'est pas rentré à la maison. Je

me demandais s'il... s'il n'était pas passé pour emmener Alice ou quelque chose comme ça. »

On éclata de rire à l'autre bout du fil, ensuite il y eut un soupir théâtral.

« Bon, bon, bon. Puisque vous me le demandez : Non je n'ai pas vu Graham, Non je ne le laisserais pas avoir un contact avec Alice en dehors de ce que le jugement de divorce a stipulé et Non je ne peux pas savoir où il peut être allé parce que (le ton devint plus tendu) les seules fois où il n'est pas rentré à la maison lorsqu'il était avec moi, furent précisément les moments où il fricotait avec vous. Avez-vous regardé si sa valise était là ?

– Que voulez-vous dire ?

– Bon, laissez-moi vous expliquer comment ça se passe, de sorte que vous puissiez en avoir une claire vision si ça arrive. Toutefois, je dois dire que je ne pense pas que ça soit à votre honneur s'il fait déjà des siennes après combien, trois ans, quatre ans ? Oui, ce doit être quatre ans parce que Alice avait douze ans quand il est parti. Je me souviens de lui avoir fait remarquer qu'il s'en allait au moment crucial du développement d'une enfant. Étant donné qu'elle a seize ans maintenant, vous devez nous l'avoir volé il y a quatre ans. Vous voyez, c'est ainsi que je date les choses dorénavant. Vous vous surprendrez peut-être à faire de même un jour ou l'autre. A propos de la valise, je voulais vous dire qu'il ne prend jamais qu'une valise. Juste quelques vêtements, pas même sa brosse à dents. Je suppose qu'il se sent moins coupable de cette manière. Seulement une valise, ce n'est pas vraiment une mauvaise affaire pour vous. J'ai obtenu un assez bon prix pour tout son barda. Oh, et autre chose, c'est qu'il fait attendre le taxi au coin de la rue. Il part la mine allongée, en soupirant, avec sa valise et bondit dans le taxi au coin de la rue. Pourquoi ne pas appeler la compagnie de taxis du quartier et découvrir où il est allé ? Je veux dire c'est ce que j'ai fait. »

Puis le téléphone fut brutalement raccroché. Ann se sentait déprimée. Barbara était certainement quelqu'un capable d'entretenir longtemps des émotions négatives.

A dix heures et demie elle appela de nouveau Jack. C'était évident maintenant que Graham découchait.

Que doit-on faire dans ce cas-là ? Appeler la police ? « Probablement est tombé sur un vieux copain, madame. Est-ce qu'il boit ? » Elle ne pouvait évidemment pas dire non catégoriquement. Mais Graham n'avait jamais été en retard à ce point.

A onze heures moins le quart, elle monta à l'étage et poussa la porte de son bureau. Elle n'était pas entrée ici depuis la nuit de la fête. Automatiquement elle traversa la pièce pour gagner la fenêtre et regarda dans le jardin du côté de la rocaille. D'une certaine manière elle fut soulagée de voir qu'il n'était pas là.

Sans prendre la peine de tirer les rideaux, Ann alluma la lumière. Cette pièce ne lui était pas expressément interdite, mais elle avait quand même l'impression d'y être de trop. C'était le domaine particulier que Graham s'était réservé depuis leur mariage et pas uniquement parce qu'il y travaillait.

Elle jeta un coup d'œil autour d'elle. Le bureau, le fauteuil, la bibliothèque, le classeur. La seule chose qui avait changé depuis la dernière fois où elle y avait pénétré était sa photographie sur le bureau. Graham, habituellement, avait un portrait d'elle pris au moment de leur mariage. C'était sur cette photo – de tous les clichés qu'on avait pris d'elle – se disait-elle, celle où elle apparaissait la plus heureuse. Mais Graham l'avait remplacée avec une autre qu'elle avait presque oublié lui avoir donnée : elle avait alors quinze ans, révélant les rondeurs de l'adolescence, avec un bandeau de petite fille dans les cheveux, et, sur le visage, un sourire incertain exprimant son acceptation des faits et gestes du monde.

Ann poussa un ou deux journaux sur le bureau de Graham sans les regarder, puis, distraitement, elle ouvrit le tiroir du haut du classeur. 1911-15 : c'était rempli de dossiers parfaitement rangés. Elle tira le second tiroir, 1915-19. Il avait glissé avec une telle facilité qu'elle se sentait à peine consciente de l'avoir ouvert.

Une boîte de kleenex était posée en diagonale sur une pile de magazines ; un mouchoir était à demi tiré. Ann poussa la boîte sur le côté. Le magazine du dessus, de cette pile d'environ trente hebdomadaires, présentait le dos de sa couverture : une pub étincelante pour des cigarettes. Ann le feuilleta et découvrit qu'il s'agissait d'une revue de nus. Elle parcourut le reste de la pile dont les différents titres étaient toujours tournés en dessous. Ils contenaient tous le même abondant matériel. Voilà pourquoi Graham ne semblait plus avoir tellement envie de lui faire l'amour.

Ou peut-être... ou peut-être ça fonctionnait dans l'autre sens. Il s'intéressait à ça précisément parce qu'il n'avait plus envie d'elle. C'est l'histoire de l'œuf et de la poule, se dit-elle. Tandis qu'elle parcourait de nouveau le magazine du haut de la pile, elle fut prise d'une fébrilité désagréable. Son ventre se contracta. Bien entendu Graham n'était pas infidèle lorsqu'il venait ici, c'était simplement – simplement oui, d'une certaine manière il l'était. C'était préférable, se disait-elle, de trouver ça plutôt qu'un paquet de lettres d'amour, mais quand même elle se sentait trahie. Elle était choquée aussi, non pas par ce qu'elle voyait, mais par le besoin de Graham, des hommes, de se livrer à ce genre de choses. Pourquoi les hommes ont-ils de tels besoins ? Pourquoi faut-il qu'ils chevauchent leurs magazines pour avoir l'illusion de violer une douzaine de femmes à la fois ? Pourquoi ont-ils besoin de stimuli visuels aussi grossiers ? Qu'y avait-il de tordu dans leur imagination ?

Quand elle tira le tiroir 1919-24, elle respira une faible odeur d'amandes amères qui s'expliqua immédiatement par un pot de colle ouvert, à demi séché. La spatule de plastique n'avait pas été remise à sa place dans le couvercle, mais était posée à côté de quelques grains de colle agglutinés sur la couverture d'un album jaune. Ann s'immobilisa un instant, vérifiant sans raison le silence de la maison, puis ouvrit l'album au beau milieu. Elle découvrit deux de ses photographies – c'était donc ici qu'elles atterrissaient – et quelques photocopies de coupures de presse. C'étaient les critiques d'un de ses premiers et pires films, critiques qui étaient sorties des années avant qu'elle ne rencontre Graham et dont aucune ne mentionnait son nom. Elle n'en avait même pas gardé un exemplaire pour elle.

Elle tourna quelques pages puis revint au début de l'album et se mit à le regarder plus attentivement. C'était le rapport secret de Graham sur sa vie à elle, avant qu'ils ne se rencontrent : photos, critiques de ses films (bien évidemment peu d'entre elles la citaient), photocopies de quelques pull-overs qu'elle avait portés pour une publicité lorsqu'elle était fauchée (où avait-il pu dénicher ça ?). Même la photocopie d'articles lors de rares occasions – très rares grâce au ciel -- où son nom apparaissait dans la rubrique des potins. L'un d'eux avait été entouré de rouge par Graham :

... remarqué aussi Jack Lupton, ce fils de la nature, auteur de romans remplis des vapeurs de draps fumant comme des saunas. Il escortait Ann Mears, la soi-disant starlette aux efforts méritoires. On nous informe de bonne source que le divorce de M. Lupton (père de deux enfants) est imminent mais notre barbu se refuse à tout commentaire...

Ann se souvenait à quel point cet entrefilet l'avait rendue malade à l'époque, comme il lui avait fallu recevoir l'ordre formel de son agent d'oublier tout ça.

A côté de cette coupure qui était en bonne page, on pouvait voir, dessinée au feutre rouge, la pointe d'une flèche, la hampe se perdait sur le côté. Ann suivit l'indication, trouva une double page où le texte commençait. C'était une critique (qui était apparue trois mois avant le potin la concernant) de *Trop tard pour pleurer*. Ce film minable. Cette critique était signée par Jack. Mon Dieu, par Jack. Elle l'avait totalement oublié. L'écrivain barbu avait effectué un bref passage en tant que critique de films dans un des journaux du dimanche. Et, peu après, Ann l'avait rencontré à une soirée. Un passage de l'article était entouré de rouge :

... Au milieu du néant fumeux de ce morceau de celluloïd invendable, on trouve quelques moments qui nous évitent de sombrer dans l'ennui le plus lourd. Ces moments surviennent généralement à l'apparition d'Ann Mears, parfaitement à l'aise dans un rôle pourtant insignifiant et dont la grâce déploie à travers ce film plus gris qu'un ciel d'orage un éclatant arc-en-ciel.

Finalement, Ann avait tiré le tiroir 1924-29 ne s'attendant plus à trouver quelque journal intime caché, faisant ses louanges, quelques signes sentimentaux d'un bonheur

éphémère. Du côté gauche se trouvait une cassette vidéo
et sur la droite une grande enveloppe de papier kraft.
Aucune indication n'était portée sur la cassette. Ann
ouvrit l'enveloppe et trouva un paquet de pages qui
avaient été arrachées à un livre ou à plusieurs livres. Il y
avait des gribouillis sur le côté de quelques pages, des mots
soulignés et des points d'exclamation. Elle reconnut
vaguement qu'il s'agissait d'une des pages d'un roman de
Jack, puis peu à peu comprit leur unique source. Elle les
feuilleta et remarqua que presque toutes les pages renvoyaient à des scènes de cul.

Il était trois heures du matin lorsque Ann emporta la
cassette en bas. Le bureau de Graham, fouillé avec
précaution, n'avait rien révélé de nouveau. Dans la
bibliothèque Ann avait retrouvé les cinq exemplaires
défigurés des romans de Jack. Avec appréhension, elle
glissa la cassette vidéo dans l'appareil et la fit revenir au
commencement. Elle débutait par une publicité pour une
nouvelle marque de biscuits au chocolat dans laquelle un
serviteur en kilt s'approchait de la reine Victoria et lui
présentait un paquet de biscuits sur un plateau d'argent.
La reine ouvrait le paquet, mordait dans un des biscuits
et son visage rond et lugubre s'éclairait d'un sourire. « Ça
ne nous amuse pas », lançait-elle, alors qu'une rangée de
courtisans en kilts bondissait dans une ronde infernale de
huit secondes en vantant les mérites du biscuit.

Ann n'avait jamais vu cette publicité auparavant. Elle
allait pourtant la revoir de nouveau. La bande contenait
huit enregistrements de cette annonce. Au troisième
passage, Ann prit vaguement conscience de quelque chose
de familier. Au cinquième passage, elle le reconnut,
malgré sa moustache en croc et son béret écossais. Dick
Devlin. Comment Graham avait-il pu découvrir ça ? Car

même alors qu'elle savait que c'était Devlin, elle ne pouvait pas encore vraiment le reconnaître dans les trois derniers passages. Et pourquoi ces huit versions ?

Ann n'alla pas se coucher cette nuit-là. Elle fit repasser la bande, déroutée par l'obsession et la dissimulation que cela impliquait. Puis elle retourna aux classeurs. La seule chose qu'elle n'avait pas vue – parce qu'elle avait cru tout d'abord qu'il s'agissait d'une sorte de papier de protection – était des feuilles et des feuilles de l'*Evening Standard*. Toujours la même page de ce journal, le programme des cinémas. Tous ses films étaient entourés de cercles rouges baveux, inscrits au feutre. A plusieurs reprises, elle s'aperçut qu'elle n'avait jamais entendu parler des films sélectionnés. Le rapport supposé qu'ils pouvaient avoir avec elle était incompréhensible.

Elle feuilleta de nouveau les pages arrachées aux romans de Jack et commença à se rendre compte de quelque chose. S'il pense que tout cela me concerne, il est fou, se dit-elle. Puis elle se reprit. Graham n'était pas fou. Graham était triste, bouleversé, quelquefois ivre, mais on ne pouvait pas dire qu'il était fou. Pas plus qu'on ne pouvait dire qu'il était jaloux. C'était un mot qu'elle n'aurait pas utilisé pour lui. Mais oui, il était triste, bouleversé, il ne parvenait pas à accepter le passé, mais il n'était pas jaloux. Quand Jack, en parlant de lui, l'avait appelé « mon petit Othello », Ann avait été contrariée, non seulement parce que c'était condescendant, mais aussi parce que cela dérangeait sa manière de voir.

Finalement, avec quelque répugnance, elle accepta le conseil de Barbara et regarda dans l'armoire de Graham. Tous ses vêtements, apparemment, étaient là. Ainsi que sa valise. Bien sûr, c'était normal, bien sûr qu'il n'avait pas filé.

A dix heures, le lendemain, elle téléphona aux hôpitaux et à la police. Personne ne l'avait vu. La police lui conseilla d'appeler ses amis. On ne lui demanda pas si son mari buvait. Pourtant on lui dit : « N'auriez-vous pas eu une petite dispute, madame ? » Elle téléphona à son travail et expliqua qu'elle avait la nausée. Puis, après avoir appelé une dernière fois Jack, elle prit le métro.

La voiture stationnait devant l'appartement de Repton Gardens. C'est Graham qui vint ouvrir la porte. Elle se jeta instinctivement contre lui et glissa ses bras autour de sa taille. Il lui tapota l'épaule, puis la dirigea vers le couloir en refermant la porte d'un coup de pied. Il l'entraîna vers la salle de séjour. Il lui fallait marcher de côté, tel un crabe, mais elle ne s'en souciait guère. Lorsqu'il la fit s'arrêter, elle regardait encore son cou, son profil, son froncement de sourcils. Graham avait les yeux dirigés vers l'autre bout de la pièce. Elle se retourna et vit Jack allongé près de son tabouret. Il y avait un tas de trous dans son pull-over couvert de taches à la hauteur du ventre. Un couteau était posé à plat sur sa poitrine.

Avant qu'elle puisse regarder Graham celui-ci la prit fermement par les épaules et la fit avancer en direction de la cuisine. C'est alors qu'il bredouilla ses premiers mots depuis qu'elle était arrivée dans l'appartement.

« C'est bien ainsi. »

Ces mots la calmèrent, même si elle savait que c'était sans raison. Quand Graham la coinça contre l'évier, la tournant vers le jardin, tirant ses mains derrière son dos, elle ne résista pas. Elle le laissa faire et resta ainsi lorsqu'il s'absenta pour quelques secondes. Quand il revint, il lui attacha les poignets sans vraiment serrer, avec un bout de corde à linge en plastique. Il la laissa regarder vers le jardin. Trois mètres de corde à linge sale, de couleur crème, pendaient à ses poignets.

C'est bien ainsi, se répétait Graham. En dehors de ça, tout allait de travers. C'était bien ainsi. Il aimait Ann, il n'y avait aucun doute là-dessus et il espérait qu'elle ne se retournerait pas. Il fut surpris de constater le vide qu'il y avait dans sa tête. La chose importante, se disait-il, c'est que ça ne ressemble pas à un film. Ce serait vraiment la pire ironie. Il ne voulait pas de ça. Pas de réplique finale avant le baisser du rideau, pas de mélodrame. Il se dirigea vers Jack et prit le couteau qui reposait sur sa poitrine. Il se dit brusquement, alors qu'il se relevait, « parfois un cigare n'est seulement qu'un cigare, mais quelquefois c'est autre chose ». Eh bien, on ne choisit réellement jamais, n'est-ce pas, pensa-t-il.

Il s'assit de nouveau dans le fauteuil familier et avec un courage et une fermeté qui le surprirent lui-même il s'entailla profondément les deux côtés de la gorge. Comme le sang jaillissait, il grogna involontairement. Ann se retourna.

Il avait pensé qu'elle courrait vers le téléphone, le décrocherait d'un coup de pied, composerait le numéro de la police avec ses mains liées derrière son dos, puis attendrait l'arrivée de quelqu'un. Bien assez de temps. En fait, Ann traversa immédiatement la pièce en courant, traînant derrière elle la corde à linge, passa devant Graham expirant, devant Jack mort, contourna le bureau, puis baissant la tête, enfonça la vitre avec son crâne. Cela lui fit extrêmement mal mais lui permit d'ouvrir un grand trou dans le carreau. Ensuite elle se mit à crier aussi fort qu'elle le put. Pas de mot, mais un cri implacable et définitif. Personne ne vint, bien que plusieurs personnes l'aient entendue. Trois d'entre elles téléphonèrent à la police et une aux sapeurs-pompiers.

De toute façon, ça n'aurait rien changé si quelqu'un était arrivé immédiatement. Les calculs de Graham ne furent pas bouleversés par la succession non prévue des événements. Au moment où le premier policier passa la main par la fenêtre cassée pour en soulever le loqueteau, le fauteuil était irrémédiablement gâté.

Table

*Ce volume a été composé
par Aisne Compo à Saint-Quentin,
reproduit et achevé d'imprimer
sur Roto-Page
en février 1991
par l'Imprimerie Floch à Mayenne
pour le compte des Éditions Denoël*

*D.L., février 1991.
Éditeur, n° 3410.
Imprimeur, n° 30459.
Imprimé en France.*